üchen= u. Dienstmädchen ausw., auch solche, die melken können, e für Restaurants, suchen sof. Stellen. Hildebrandt, Elb., Bökel 4 (Island).

üchl. Mädchen, welches kochen , sucht Stelle für Küche und Haus. Wiemers, Elbf., Hofkamperstr. 36.

l. Mädchen mit g. Zeugn. s. sof. Stelle. rf., Untergrünewalderstraße 30, part.

Aelt. erfahr. Mädchen schäftigung. E., Gesenbergstr. 21, II.

ür ein junges Mädchen wird zum an. Stelle in kl. Haushalt ges., wo elbe sich noch ausbilden kann. Es weniger auf Lohn als auf gute andlung gesehen. Off. unt. G 781 die Exp. dss. Bl. Elb., Burgstr. 7.

Bess. ausw. Mädchen Stellung in kl. Haush. mit Familien-luß. Näh. E., Gesundheitsstr. 138, II.

Besseres Mädchen Stelle für den Morgen, event. bis hr. Elb., Turnstr. 17a, III. Etg.

Perfekte Kostümnäherin Kunden in und außer dem Hause. rfeld, Höchstenstraße Nr. 18, I. Et.

Perfekte Glanzbüglerin Kunden. Elb., Lagerstr. 15, III.

erfekte Glanzbüglerin Kunden. Elb., Berlinerstr. 58, Htrh.

Tüchtige Glanzbüglerin Kunden. Elb., Schreinerstr. 20, part.

üglerin sucht Kunden im Waschen Bügeln. Elb., Gesundheitsstr. 27a.

lanzbüglerin übernimmt Herren= e. Elb., Briefstr. Nr. 4, II. Etg.

, die l. in d. Rest.=Küche th. war, s. ähnl. . f. d. Sonnt.=Nachm. u. Abd. Selb. k. n. Buffet ausb. E., Arrenbergerst. 5, II.

rfahr. alleinsteh. Frau Stelle auf halbe Tage (Morgens) sserem Hause. Zu erfr. Elberfeld, lattstraße Nr. 32.

t empfohl. Arbeitsfrau Stellen. Elb., Carnapsstr. 78, II, l.

ht. Wasch= u. Putzmädchen Kunden. Elb., Oberstr. 39, 2 Tr.

ol. Wasch= u. Putzmädchen Kunden. Elb., Königsstr. 368, I.

rlässiges, älteres propres Mädchen Kunden im Waschen und Putzen Stelle zum Spülen u. Kartoffeln= n. Elberfeld, Baustraße Nr. 28.

insteh. Person s. Kunden im Waschen Putzen. Elb., Lärchenstraße 17, part.

n, w. in fein. Herrschaftsh. ged. hat, s. lnißh. Besch. E., Ludwigsstr. 103, pt.

Frau sucht Beschäftigung für ganze gleichv. welche. Gute Zeugn. stehen erfügung. Näh. in der Exped. [235

lleinst. Wasch= u. Putzfrau s. St. für g. Tage. E., Hombüchelerstr. 57, III, r.

Wasch= u. Putzfrau sucht Kunden. Untergrünewalderstraße 30, part.

nge Wasch= u. Putzfrau este Kunden. Elb., Paradestr. 72, pt.

Telegramm!

Unsere Landsleute aus den deutschen Kolonieen, die

Togo-Truppe,

37 Personen,

trifft am **Freitag** dem 7. Dezember, Vormittags 11,34 Uhr, am **Bahnhof Steinbeck** ein.

Abends 8 Uhr: **Erste große pantomimische Vorstellung** im **Eden-Theater.**

Eden-Theater.

Familien=Etablissement ersten Ranges.

Außerordentlicher Erfolg des Programms: **5 Harrisons, 3 Piccolos, James Basch, Rosa Harwood, die Sollés, lebende Photographieen der Kaiserfeier, ...vus, „Heirathsvermittler".**

Dazu ... Dezember:

To... ...uppe

(... ...en),

... ...tichen Kolonieen.

... besonderer Erlaubniß des ... (Togo) auf Reisen befindet.

... ...mische Vorstellung.

... ...en vorläufig ohne Preisaufschlag und sind in den Cigarrenhandlungen zu haben.

... Samstag, 8. Dezember, täglich Nachmittags 5 Uhr:

Extra-Familien- u. Schüler-Vorstellung der Togo-Truppe.

zu kleinen Preisen. Erwachsene **30** Pfg., Kinder **15** Pfg.

Musterzeichner.

Sonnabend, 8. dss., im **Reichshof, Barmen:**

Vortrag

über: **„Die Verwendung der Pflanze in den verschiedenen Stilepochen"**, erläutert durch Zeichnungen und Skizzen. Interessenten sind herzlich willkommen. Ferner **Besprechung** über **Stiftungsfest.** — Sonntag, 9. dss.: **Unterhaltungsabend** in **Elberfeld, „Harmonie".**

Der Vorstand des Wupperth. Bez.-V. d. V. d. Musterzeichner.

Im Salamander.

Donnerstag des 6. Dezember 1900:

Internation. Ringkampf-Konkurrenz

Hermann Schulz
Therese

Im »Generalanzeiger« für Elberfeld-Barmen waren im Dezember 1900 an mehreren Tagen hintereinander Anzeigen des Eden-Theaters am Kipdorf erschienen. Die »Togo-Truppe« würde am 7. Dezember um 11.34 Uhr am Bahnhof Steinbeck eintreffen; um 16 Uhr sollte die »Erste große pantomimische Vorstellung« stattfinden. 37 Personen hatte die Zeitung angekündigt, als »Unsere Landsleute aus Westafrika. Erste und einzige Truppe, welche sich mit Erlaubniß des Kaiserlichen Gouverneurs zu Lomé auf Reisen befindet«.

Täglich sollte es bis 23 Uhr im Eden-Theater mehrere Vorstellungen geben; Eintritt 40 Pfennig, Kinder die Hälfte.

Die letzte Anzeige erschien am 17. Dezember 1900.

Der Ort, heute ein Kino, war ein Varieté für Belustigungen aller Art und wurde von einem geschäftstüchtigen Kaufmann namens Ernst Knevels geführt. Ihm war es gelungen, die Togoer nach Elberfeld zu verpflichten; da waren die Afrikaner schon einige Jahre in Europa unterwegs.

Carl Hagenbeck in Hamburg hatte mit diesen »Völkerschauen« begonnen, andere Veranstalter stiegen in das lukrative Geschäft ein und führten dem deutschen Publikum Afrikaner, Eskimos, Menschen aus Fernost und Indianer aus Nordamerika vor. Die Veranstalter wollten Geld verdienen, für die Deutschen war die Zurschaustellung der Fremden, mit denen die Veranstalter Verträge oft über mehrere Jahre abgeschlossen hatten, eine Sensation.

Nicht selten fanden solche »Völkerschauen« in Zoologischen Gärten statt, gleich neben den Käfigen von Löwen und Leoparden, waren es doch auch »seltene fremdartige Wesen«, die man vorführte.

Es wurde stillschweigend geduldet, dass Afrikaner und andere mit mehreren ihrer Frauen auf die Reise gingen. So war der evangelisch getaufte Nayo William, Oberhaupt der »Togo-Truppe« aus dem Togoer Ort Klein-Popo, mit seinen vier Frauen in Europa unterwegs, ohne dass jemand Anstoß daran genommen hätte.

Dass viele dieser Menschen wegen des ungewohnten Klimas, der fremden, oft mangelhaften Ernährung oder der schlechten Unterbringung starben, wurde möglichst geheim gehalten, ebenso, dass unterwegs Geborene auf die anstrengenden Reisen nur in Ausnahmefällen mitgenommen werden durften. Sie wurden in Pflegefamilien gegeben oder in Waisenhäusern untergebracht. Viele dieser Kinder bekamen ihre Eltern nie mehr oder erst nach Jahren zu Gesicht, wenn die Verträge ausgelaufen waren.

Ankunft unter einem Himmel, der Schneefall erwarten ließ (1900)

Ein Schwarm verwilderter Brieftauben taumelte durch den Qualm der Lokomotive, sie verloren sich am grauen Himmel auf der Suche nach einem schützenden Dach oder Abfällen. Das schwarze Ungetüm hielt mit kreischenden Bremsen. Eine Tür des einzigen Waggons wurde geöffnet, Männer und Frauen stolperten die hohen Stufen zum Bahnsteig herunter. Sie schlugen sich wegen der Kälte Wolldecken um Schultern und Köpfe. Einige Männer wuchteten Ballen und Koffer auf den Bahnsteig oder warfen sie durch die Fenster. Zum Schutz der Passagiere oder der wenigen Bürger, die das ungewohnte Spektakel trotz der eisigen Kälte sehen wollten, hatten Schutzpolizisten in einigem Abstand Aufstellung genommen. Sie starrten, ebenso wie das Dutzend Neugierige aus der Stadt, auf die angekommenen Schwarzen.

Einige Frauen hatten sich auf die Gepäckbündel gehockt und zogen die Decken enger um ihre Schultern. Ein aufgeregter Weißer, ein kleiner dicker Kerl, schrie mit wedelnden Armen etwas in einer fremden Sprache und forderte vergeblich Aufmerksamkeit ein. Hinter dem Absperrband standen jetzt nur noch die Schutzmänner, die neugierigen Gaffer hatten sich bald davongemacht. Sie hatten von der Ankunft der Afrikaner durch die Tageszeitung erfahren, doch die Kälte hatte sie verscheucht, und es gab nicht viel zu sehen.

Die Lokomotive fuhr davon und nebelte den verloren wirkenden Haufen der Fremden noch einmal gehörig ein.

Der Weiße, der die Sprache der Afrikaner beherrschte, hatte es wohl aufgegeben, am Bahnhof Steinbeck Ordnung in das Chaos von Koffern, Bündeln und Menschenleibern zu schaffen. Er stellte sich noch einmal in Position:

»Vor dem Bahnhof stehen drei Lastwagen für euch! Gleich hier um die Ecke«, schrie er und gestikulierte zum Ausgang hin.

Ein Schwarzer, der ihn um Kopflänge überragte, legte ihm eine Hand auf die Schulter.

»Ich bin Nayo William«, sagte er auf Deutsch. »Für zwei von meinen Frauen brauche ich einen Personenwagen. Dassi ist schwanger, sie kann in ihrem Zustand nicht auf einen Lastwagen klettern«, verlangte er.

»Ja! Ja! Schon gut, Herr William! Am Ausgang steht mein Wagen, ein Personenwagen, ich komme gleich«, rief er lauter, als nötig gewesen wäre, und deutete wieder mit einer Hand in der Luft herum. »Alle anderen auf die Lastwagen!« Er klatschte ein paarmal in die Hände.

Die Hand des großen Schwarzen lag immer noch auf seiner Schulter.

»Ist der Veranstalter nicht mitgekommen?«, fragte er. »Oder sind Sie das?«

»Nein, nein!«, antwortete der Mann genervt. »Veranstalter ist Herr Knevels. Er bereitet im Theater alles vor. Um vier Uhr ist die erste Vorstellung, das wissen Sie ja!«

»Sind genug Strohsäcke oder Matratzen da? Und Wolldecken? Wir können nicht auf dem Boden schlafen, ist das klar?«

»Ja, ja«, sagte der Dicke und deutete hektisch mit der Hand in Richtung Bahnhofsvorplatz, »ich bin da nicht zuständig. Besprechen Sie alles mit Herrn Knevels! Ich bin hier wegen der Verständigung und nicht wegen irgendwelcher Strohsäcke!«

»Wo sind wir hier eigentlich?«, fragte der Schwarze.

»Steht doch da, Bahnhof Steinbeck!«

»In unserem Vertrag steht nichts von Steinbeck!«

»Können Sie ja nicht wissen. Wir sind hier in Elberfeld, für den anderen Bahnhof haben wir keine Genehmigung bekommen. Wegen Menschenauflauf.«

Der Schwarze wandte sich ab und ging mit zwei Frauen zu dem Personenwagen, auf den der Weiße gezeigt hatte.

Nach und nach bewegten sich die Afrikaner, schleppten gelangweilt ihre Bündel und Koffer zu den Lastwagen. Es wurde nur wenig geredet, manchmal erklang ein Zuruf in der fremden Sprache, eine zänkische Bemerkung, ein Lachen. Es dauerte, bis alle die Wagen bestiegen hatten und über das vereiste Kopfsteinpflaster davonrumpelten, gefolgt von dem großen Personenwagen, in dem sich zwei Frauen und der große Schwarze, der sich als Nayo William vorgestellt hatte, zusammendrängten.

Bis zu einer Straße mit dem Namen Kipdorf waren es weniger als zehn Minuten Fahrt. Ein eisig kalter Tag mit dunklem Himmel, der Schneefall erwarten ließ.

Ein Pferd ist gestürzt

An den ersten Dezembertagen des Jahres 1900 hatten Schnee, Regen und Frost die Straßen mit einer dicken Eisschicht überzogen. Für Pferdefuhrwerke galt Kopfsteinpflaster auch bei solchem Wetter als einigermaßen sicher; da hätten die Pferdehufe besseren Halt, hieß es. Als gefährlicher galten die wenigen bereits asphaltierten Straßen, da würden auch Stollen unter den Hufen wenig helfen. Das Problem war in den Tageszeitungen ausführlich diskutiert worden.

An diesem Samstagmittag war der Fuhrmann Peter Kleinhans, ein eher schmächtiger Mann, mit Säcken voller Steinkohle und Briketts zu einigen Haushalten unterwegs. Im Winter hatte er reichlich zu tun. Sein Verdienst war gering, aber weniger schlecht als in den Sommermonaten, wenn er manchmal Bauern in der Ernte mit Pferd und Wagen aushelfen konnte. Er hatte vier Kinder und eine kranke Frau zu versorgen.

Mit den Einnahmen dieses Tages würde er Medikamente und Lebensmittel für das Wochenende einkaufen können. Vielleicht sogar eine Kanne Bier, wenn die Kunden bereit waren, sofort zu zahlen! Nichts anderes beschäftigte ihn auf seinem Weg.

Kleinhans führte das Pferd am Halfter und bog in die Straße mit Namen Kipdorf ein. Hundert Meter weiter, nach dem Postamt und unmittelbar vor dem Eden-Theater, verlor das Tier plötzlich den Halt, strampelte wild mit den Hufen, fiel zu Boden und wurde unglücklich zwischen den beiden Deichselarmen eingeklemmt.

Der schon betagte, magere Klepper gab einen wilden Schreckenston von sich, einen Schrei, er schnaufte, Kopf und Nüstern auf das eisige Pflaster gedrückt. Vergeblich versuchte er, den Kopf zu heben, sich aufzurichten. Seine Hufe scharrten auf dem Eis, die Hinterbeine schlugen hilflos durch die Luft und fanden keinen Halt. Kleinhans, kopflos von dem plötzlichen Unfall, versuchte, das Tier zu beruhigen, redete ihm gut zu, zerrte vergeblich am Halfter und stieß dabei Verwünschungen aus. Schließlich sah er sich nach Hilfe um. An den Fenstern der gegenüberliegenden Wohnhäuser zeigten sich neugierige Gesichter, meistens von Frauen. Keine Tür öffnete sich, niemand, um dem Mann mit dem gefallenen Pferd zu helfen.

Die Straße war menschenleer, wer ging schon ohne Not in die Kälte hinaus. Der Himmel eisgrau und bewegungslos.

Den Wohnhäusern und Geschäften gegenüber, aus dem Schatten des mächtigen Eingangs vom Eden-Theater, löste sich unerwartet eine große Gestalt. Ein schwarzer Mann mit einem Bündel auf dem Arm, das der Fuhrmann für ein Wäschebündel hielt. Er schien von der oberen Stufe herab das gefallene, immer noch jämmerlich schnaufende und zuckende Pferd und den hilflosen Fuhrmann zu betrachten.

Von den Schwarzen im Eden-Theater hatte Kleinhans in der Zeitung gelesen, aber noch nie einen Afrikaner leibhaftig gesehen. Vom Anblick des Fremden, der da aus dem Dunkeln auftauchte, war er nicht wenig erschreckt und starrte ihn an. Der Mann war europäisch gekleidet, hatte aber ein breites braunes Tuch um die Schultern geschlungen.

So, als sei der Schwarze zu einer Entscheidung gekommen, legte er sein Bündel vorsichtig auf den Absatz oberhalb der Stufen der steinernen Treppe, die frei war von Eis oder Schnee. Dann kam er eilig herab und stellte sich wortlos neben den Fuhrmann. Er überragte Kleinhans um mehr als einen Kopf. In aller Ruhe nahm er ihm die Zügel aus der Hand und begann, die Ketten, Stricke und Lederriemen zu lösen, mit denen das Pferd an die Karre geschirrt war. Dabei tätschelte er das Pferd und murmelte beruhigende Worte.

Kleinhans war ein wenig zurückgetreten; er begriff durchaus, was der Mann da vorhatte. Er selbst war in seiner Panik dazu nicht in der Lage gewesen.

Die Zügel hielt der Fremde bei seiner Arbeit locker in der rechten Hand und redete unablässig zu dem Tier. Jetzt stemmte er sich, zufrieden mit seinen Vorbereitungen, mit einer Schulter unter die schweren Deichselarme und wuchtete sie hoch. Ketten fielen klirrend auf das vereiste Pflaster.

Es schien, als hätten seine ganze Art und leisen Worte, die der Fuhrmann nicht verstand, eine beruhigende Wirkung auf das Tier. Von der Deichsel und dem Geschirr befreit, kam es, wenn auch mühsam, auf die Beine, zuerst mit den beiden vorderen Hufen, dann stand es zitternd und unsicher auf allen vieren. Es schnaufte, schüttelte den Kopf nach der Anstrengung, in den Augen noch etwas von dem Entsetzen der letzten Minuten. Aus seinem Maul liefen ein paar Fäden Speichel.

Der Schwarze tätschelte seinen Hals und besah sich seinen Zustand, immer noch dem Tier sanft zuredend. Außer ein paar bösen Schrammen an einem hinteren Bein fand er keine Verletzungen. Der Mann führte das Pferd mitten auf der leeren Straße einmal im Kreis, während er die Schritte des Tieres aufmerksam betrachtete, gab die Zügel dem Fuhrmann, lächelte ihm zu und sagte: »Nix Schlimmes passiert!« Er zeigte auf die Schrammen am hinteren Huf und sagte: »Pinkeln Sie auf die Wunde, dann heilt sie schnell.« Seine Stimme war tief, seine Aussprache ließ den Fremden erkennen.

Jetzt ging er wieder die Stufen des Theaters empor, nahm sein Bündel auf den Arm und blieb oben stehen. Der Fuhrmann führte das Pferd rückwärts vor den Wagen, befestigte Ketten und Stricke an den Deichselarmen und wandte sich von der Straße her an den Schwarzen.

»Verstehen Sie mich?«

»Wenn Sie langsam sprechen, verstehe ich alles.« Und er lächelte auf eine Art, die Kleinhans beruhigte, so als stünde da jemand, der zu einem Freund geworden war.

»Sie haben mir sehr geholfen!«, rief er die Stufen hinauf. Darauf sagte der Mann nichts. »Da muss ich mich ja wohl bedanken!« Der Mann nickte und lächelte dem Fuhrmann zu, ohne ein Wort zu sagen. Der fuhr fort: »Dann will ich mal los, die Kohle abliefern.« Mit einer Hand zeigte er erklärend auf sein Fuhrwerk. Er zögerte aber noch loszufahren, als sei er noch etwas schuldig. Er hätte sicher gern ein paar Fragen gestellt, zum Beispiel, was der Schwarze da für ein Bündel mit sich herumtrug. Und eine Menge anderer Fragen, die er nicht zu stellen wagte.

»Habt ihr da unten, wo Sie herkommen, auch Pferde?«, fragte er stattdessen. Jetzt lächelte der Schwarze breit, man sah eine Reihe weißer Zähne.

»Ich komme nicht von da unten«, sagte er. »Sie meinen sicher, ob es in Afrika auch Pferde gibt?« Kleinhans nickte eifrig. »Ja, da gibt es viele Pferde, schöne Pferde!«

Der Fuhrmann zögerte, weiterzufragen, wollte nichts Falsches sagen. Er hatte durchaus nicht überhört, dass es dem Schwarzen vielleicht nicht gefallen hatte, als er »von da unten« gesprochen hatte.

»Wollen Sie mit dem Wäschebündel in die Wäscherei am Rathausplatz? Dann könnte ich Sie hinbringen.«

Der Schwarze, sein Bündel auf dem Arm, kam noch einmal die Stufen herab und ging ganz nah an den Fuhrmann heran, der unsicher einen Schritt zurückwich.

»Sehen Sie! Das ist mein kleines Mädchen«, sagte er leise und sanft. Er schob die Tücher zur Seite, sodass der Fuhrmann das Gesicht eines schlafenden Säuglings sehen konnte. Wie er noch nie eines gesehen hatte. Nur einen Augenblick lang sah er das dunkle Gesicht mit den geschlossenen Augen, weil der Mann die Tücher wegen der Kälte gleich wieder über das Kind zog. Kleinhans hatte sich mit geöffnetem Mund über das Bündel gebeugt, als hätte er ein Wunder betrachtet, und suchte vergeblich nach Worten.

Zwei in Mäntel vermummte Gestalten näherten sich jetzt von der Morianstraße her, ein Mann und eine Krankenschwester oder Diakonisse mit weißer Haube. Sie begrüßten den Schwarzen mit Handschlag und einigen Worten, die der Fuhrmann nicht verstand. Er merkte, hier war er überflüssig geworden.

Er zog mit einem leisen »Hüh!« am Kopf des Pferdes und winkte verlegen dem Schwarzen zu, der seine freie Hand ebenfalls zum Abschied hob.

Kleinhans konnte noch wahrnehmen, dass ein kleiner, dicker Mann eilig die Stufen des Theaters hinunterstolperte und hinter der Dreiergruppe, der Schwarze mit seinem Kind in der Mitte, herlief. Vielleicht gehört er dazu, dachte er.

Er machte sich mit seinem Wagen auf den Weg zu seinen Kunden. Seine Gedanken gingen durcheinander. Dem Pferd auf die Wunde pinkeln? Wenn man mich beauftragt, die Kohle in die Keller zu schleppen, würde das ein zusätzlicher Verdienst sein, dachte er. Ein weiterer Vorteil wäre, dass ich die leeren Säcke sofort wieder mitnehmen könnte. Aber dann beschäftigte ihn viel stärker sein gerade überstandenes Abenteuer, das böse hätte enden können. Und dass es Unsinn war, dass Kopfsteinpflaster bei solchem Wetter weniger gefährlich sei als asphaltierte Straßen. Und dass es hoffentlich nicht mehr schneien würde! Dass er den Umweg über den Rathausplatz zur Wäscherei aus Dankbarkeit gern für den schwarzen Mann gemacht hätte. Aber der hätte sich mit seinem kleinen Kind auf den

Kohlesäcken ja nur schmutzig gemacht! Dann beherrschte ihn nur noch ein Gefühl von Dankbarkeit, er lächelte kopfschüttelnd vor sich hin und murmelte: »Diese Neger …! Mit einem schwarzen Säugling in einem Bündel Wäsche! Wenn ich das meiner Frau erzähle …«

Wenn sein Pferd an diesem Tag wieder im Stall stand, würde er die Wunde mit seinem Urin einreiben, beschloss er. Denn der Mann hatte es ernst gemeint, der verstand was von Pferden!

Egal, ob das vielleicht mit Zauberei zu tun hatte! Was weiß man denn von denen da unten!

Das schwarze Kind

Fritz Hufnagel hatte zornig die Samstagszeitung beiseitegelegt und war dabei, seiner Frau Helene, die die Kaffeetafel für den bevorstehenden Besuch vorbereitete, den Grund seiner Empörung zu erklären. Gerade hatte er gelesen, dass der Rat der Stadt beschlossen hatte, einige der wichtigsten Straßen nicht zu asphaltieren, weil dann die Hufe der Pferde keinen Halt mehr finden und ständig stürzen würden.

»Das ist ja unglaublich, was sich diese Idioten im Rathaus ausdenken! An unsere Transportprobleme denken die nicht!«, schimpfte er vor sich hin. »Wahrscheinlich erwarten sie, dass unsere Lastwagen bis Düsseldorf auf Kopfsteinpflaster fahren!«

Helene galt als handfeste, tüchtige Hausfrau, auch wenn manche über ihre traditionelle Frömmigkeit lächelten. Mit ihrem Mann Fritz verband sie, seit sie sich auf einem Volksfest in Wülfrath kennengelernt hatten, eine liebevolle Beziehung; als die einzige Belastung empfanden beide, dass sie keine eigenen Kinder haben würden.

Er war mit seiner Tirade über den Rat der Stadt noch nicht zu Ende, als es schellte. Damit war das leidige Thema für viele Wochen erledigt. Mit den Gästen und den Nachrichten, die sie mitbrachten, würde sich ihr Leben verändern.

Das ahnte das Ehepaar aber nicht!

»Unser Besuch, Pastor Giebel«, sagte Helene, die in Gedanken nicht mit fallenden Pferden oder Transportproblemen seiner Firma beschäftigt war, sondern mit der Bewirtung der Gäste. Sie guckte noch einmal prüfend über den gedeckten Tisch und öffnete die Tür.

Mit Pfarrer Giebel kam die Gemeindeschwester Pauline in die Küche. Da standen bereits die Kaffeetassen und ein selbst gebackener Apfelkuchen bereit.

Heute hielt man sich nicht mit dem sonst üblichen Tischgebet oder langen Begrüßungsreden und dem Austausch von Alltagskram auf. Kaum hatten sie Platz genommen, kam der Pastor mit seinem Anliegen zur Sache.

»Es ist ein schwarzes Kind, ein Mädchen«, sagte er bedächtig. Er blickte einen Moment stumm auf die Tischdecke und rückte an seiner Tasse. Man konnte den Eindruck haben, dass er diese Nachricht ein wenig schuldbewusst vortrug, weil er Hufnagels früher hätte sagen können, dass es sich um ein afrikanisches Kind handelte. Gemeindeschwester Pauline trug wie immer ihre weiße Haube der Zehlendorfer Schwestern auf dem Kopf, die sie auch in den Räumen nicht ablegte.

Helene goss Kaffee ein und machte eine einladende Handbewegung auf den Kuchen. Dann saßen sich die vier schweigend gegenüber. Das Ehepaar musste die Nachricht erst verarbeiten. Auch Fritz, der sonst immer launige Bemerkungen zur Hand hatte, wirkte nachdenklich.

Hufnagels waren informiert, dass es um ein Pflegekind gehen würde, hatten aber bisher nichts Näheres erfahren.

»Schwarz?«, fragte Helene schließlich zögernd.

Der Pastor nickte.

»Der Vater, Herr William, hat darauf bestanden, Sie vorher kennenzulernen. Wenn Sie zustimmen, das Mädchen für ein paar Jahre zu versorgen.« Er machte eine Pause, hüstelte. »Die Gemeinde würde Ihnen etwas Geld dazugeben. Viel wird es nicht sein. Von den Eltern des Kindes können Sie wohl nicht viel erwarten.«

»Wer redet denn hier von Geld!«, sagte Fritz und fragte: »Wie lange soll das Kind denn bei uns bleiben?«

Helene sah, dass es in seinem Gesicht arbeitete, fand aber nicht heraus, ob er dem Vorschlag zustimmen würde.

Würde sich heute ihr Traum erfüllen? Warten und Hoffen, Beten und wieder Warten auf ein eigenes Kind hatten zwar ihre Liebe nicht zerstört, aber Helene war auf eine traurige Weise müde geworden. Manchmal saß sie nach dem Abendessen noch eine Stunde lang am Tisch. Sogar Fritz, der bei allen Gelegenheiten heitere Bemerkungen parat hatte und fast immer einen Ausweg wusste, konnte wenig gegen ihre Trauer ausrichten. Denn auch er vermisste ein Kind!

Fritz griff die Hand seiner Frau und lächelte sie an.

Vor wenigen Tagen hatte die Gemeindeschwester Therese angesprochen, ob sie bereit wären, für ein paar Jahre ein Kind aufzunehmen.

»Bis der Vertrag für die Truppe abgelaufen ist. Das muss ich nachsehen, Herr Hufnagel. Danach würde der Vater, Herr William, Therese wieder abholen und mit nach Afrika nehmen. Nach Togo, soweit ich weiß.«

»Was muss man denn da beachten, wenn es ein schwarzes Kind ist?«, fragte Helene. Sorge und Zweifel standen ihr ins Gesicht geschrieben. Was wusste man schon von schwarzen Kindern? Nicht viel mehr als die Hautfarbe.

»Da muss man nichts beachten«, mischte sich Schwester Pauline resolut ein. »Schwarze Kinder sind genau wie weiße! Da gibt es keinen Unterschied. Das hat mir Missionar Ellmann bestätigt, der viele Jahre in Afrika gelebt und gearbeitet hat. Seine Frau ist Hebamme und weiß gut Bescheid.«

»Und wann kommt dieser Vater? Er ist doch sicher auch schwarz, oder?« Helene spürte selbst, dass diese Bemerkung überflüssig war und errötete.

»Herr William ist mitgekommen, er wartet im Hausflur mit seiner kleinen Therese. Ein Übersetzer ist sicherheitshalber auch mitgekommen, aber Herr William spricht ganz gut Deutsch. Wir haben die beiden gebeten, erst einmal dort zu bleiben. Bis wir mit euch gesprochen haben. Wir wussten ja auch nicht, dass alles so schnell gehen würde.«

Helene fühlte sich etwas überrumpelt, während Fritz die Situation aufregend fand. Da wurde ihnen eine weitreichende Entscheidung abverlangt, die ihr Leben umkrempeln würde.

Die Tageszeitung vom 15. Dezember 1900 lag auf der Fensterbank und wurde an diesem Tag nicht mehr angerührt. Was der Kaiser proklamiert hatte, was die Räte der Rheinprovinz beschlossen hatten, welche Fabriken in Elberfeld oder Solingen gerade gute oder schlechte Geschäfte machten, welche Straßen man asphaltieren würde, wer geheiratet hatte und wer gestorben war, würde sie vorläufig nicht mehr interessieren. Schweigend saßen die vier noch eine Weile am Tisch. Nur das Ticken der Wanduhr war zu hören und das Geschrei der Kinder im Hinterhof, wo sie sich bei einer Schneeballschlacht vergnügten.

Bis Pastor Giebel aufstand.

»Wenn Sie einverstanden sind, hole ich jetzt den Vater, Herrn William. Er hat, wie gesagt, einen Übersetzer dabei. Den brauchen wir vielleicht, weil er die Veranstalter vertritt, wegen der Papiere und so.«

»Und was ist mit der Mutter? Ist die denn einverstanden?«, wollte Helene wissen.

Pastor Giebel stand schon in der Tür, er drehte sich noch einmal um.

»Auf eine solche anstrengende Reise von einer Stadt zur nächsten dürfen die Afrikaner Säuglinge und kleine Kinder nicht mitnehmen. Deshalb hat uns der Veranstalter gebeten, eine Pflegefamilie für Therese zu suchen.« Er zögerte noch einmal kurz und fuhr bedauernd fort: »Wenn wir keine Pflegefamilie finden, muss das Mädchen in ein Waisenhaus.«

Er hatte gerade die Tür hinter sich zugezogen, als Schwester Pauline das Wort ergriff.

»Sie wünschen sich doch schon lange von Herzen ein Kind, liebe Helene! Was soll der arme Vater denn machen? Er ist ein sehr ernsthafter Mann, hatte ich den Eindruck, und es fällt ihm und seiner Frau sicher nicht leicht, sich von der Neugeborenen zu trennen! Es ist ja nur für ein paar Jahre … Und Sie, liebe Helene, haben doch aus dem Krankenhaus Erfahrungen mit der Versorgung von kleinen Kindern, oder?«

Helene und Fritz hörten sich schweigend die beruhigenden Worte der Gemeindeschwester an. Helene drückte jetzt Fritz' Hand, so als suche sie Kraft oder seine Zustimmung für die schwierige Entscheidung. Ihr Mann konnte seine freudige Aufregung nur mühsam verbergen.

Ein schwarzes Kind!

Fragen über Fragen türmten sich in Helenes Kopf. Sollten sie den Vater nach seiner Religion fragen? Aus welchem Land kamen sie noch mal? Wo lag denn dieses Togo, das der Pastor erwähnt hatte? War das nicht eine der deutschen Kolonien? Lebten da nicht Wilde? Dies und viel mehr wirbelte durch Helenes Kopf.

Aber stärker als alle Zweifel war da eine frohe Erwartung, die ihr Innerstes ausfüllte. Wenn Gott es so gefügt hatte, war es gut! Das dachte sie.

Für ihren Mann war es ein großartiges Abenteuer, das ihrem Leben einen Sinn geben würde. Für Helene würde es vielleicht das Ende ihrer ständigen Niedergeschlagenheit bedeuten.

Pastor Giebel kam in die Küche zurück, gefolgt von einem kleinen dicken Weißen im Anzug und mit einer lässig gebundenen

Fliege am Hals; offenbar der Übersetzer oder der Veranstalter der Afrika-Schau, die im Eden-Theater gezeigt wurde. Davon hatten sie in der Zeitung gelesen, die Anzeige aber nicht beachtet. Und nun war ihnen Afrika so nahe gerückt!

Ein groß gewachsener Afrikaner mit breiten Schultern, europäisch gekleidet, folgte den beiden. Er trug ein Bündel im Arm. Sie blieben an der Tür stehen.

»Herr William möchte Sie kennenlernen und hat auch ein paar Fragen an Sie«, begann der Dicke, blickte auf den Afrikaner, und sie wechselten ein paar Worte in einer Sprache, die niemand im Raum verstand.

»Herr William möchte wissen, ob Sie bereit sind, seine Tochter für einige Jahre zu versorgen. Er könnte nicht viel dafür bezahlen, sagt er. Aber er möchte, dass es dem Kind gut geht. Und ob Sie ihm genug zu essen geben können. Und … Sie sollen es lieben!«

Helene Hufnagel war unsicher sitzen geblieben. Fritz stand auf und schüttelte lächelnd die Hand des Afrikaners. Den deutschen Begleiter beachtete er nicht.

»Ich hole Stühle von nebenan«, sagte er und schleppte zwei Stühle in die Küche.

Der kleine Dicke setzte sich, der Afrikaner blieb an der Tür stehen.

Wieder ein kurzer Wortwechsel zwischen dem Deutschen und dem großen schwarzen Mann, der zur Überraschung aller auf Deutsch das Wort ergriff.

»Ich hörte, dass Sie keine eigenen Kinder haben. Kann meine kleine Therese bei Ihnen bleiben? Bis mein Vertrag ausgelaufen ist?«

Fritz sah kurz seine Frau an und sagte: »Therese heißt das Mädchen? Die Kleine kann so lange bleiben wie nötig. Wir werden sie behandeln wie unser eigenes Kind. Darauf gebe ich Ihnen mein Wort!«

Der Schwarze lächelte. Der kleine weiße Begleiter zupfte ihn am Ärmel und wollte sich einmischen. Aber der andere ließ ihn nicht zu Wort kommen und wandte sich jetzt an Fritz.

»Das ist gut! Dann kann ich beruhigt auf Reisen gehen, bis wir Therese wieder abholen. Bei Ihnen ist sie gut aufgehoben, das weiß ich!«

»Wie sollen wir das mit der Religion machen?«, fragte Fritz. »Sie müssen wissen, meine Frau ist evangelisch und ziemlich fromm.«

Der Schwarze grinste: »Ich bin auch getauft, meine vier Frauen auch. Wir sind Christen.«

»Selbst wenn nicht, wäre es mir egal«, sagte Fritz.

Der Schwarze grinste, was niemand deuten konnte.

»An Essen und Kleidung soll es nicht fehlen. Helene hat viel auf der Kinderstation im Krankenhaus gearbeitet und weiß, wie man mit den Kleinen umgeht.«

Werde ich das Kind lieben können?, dachte Helene. Konnte sie das so leichthin jetzt und hier versprechen?

Der Dicke, der seinen Namen nicht genannt hatte, redete wieder ein paar Worte in der fremden Sprache mit dem Afrikaner. Für Hufnagels waren es nur seltsame Laute. Helene schossen wieder Fragen durch den Kopf. Wenn sie sie jetzt nicht stellte, wen sollte sie dann fragen? So, als hätte ihr Mann ihre Gedanken erraten, legte er einen Arm um ihre Schultern, um sie zu beruhigen.

»Jetzt hast du dein Kind!«, sagte er lächelnd. »Natürlich werden wir es lieben!«, flüsterte er ihr ins Ohr und lächelte zärtlich.

Das nahm ihr für den Moment alle Unsicherheit. Dankbar sah sie Fritz an. Sollte sie den Schwarzen nach der Mutter fragen?

Pastor Giebel warf ein: »Herr William lebt mit vier Frauen zusammen, das ist so üblich in seiner Heimat. Das sollten Sie wissen, liebe Helene! Daran sind wir hier nicht gewöhnt!«

»Eine schöne Sitte!«, flüsterte Fritz und blickte lächelnd den Afrikaner an.

»Und was sagt die Mutter von Therese dazu?«, fragte Helene.

»Keiner Mutter fällt es leicht, ein Neugeborenes wegzugeben, auch wenn es nur einige Jahre sind«, sagte der dicke Mann. »Aber auf der anstrengenden Reise können wir nicht erlauben, dass Kleinkinder dabei sind. Das ist im Vertrag mit den Afrikanern geregelt! Entweder kommen sie in ein Waisenhaus oder in eine Pflegefamilie. Wir müssen uns da an die Vorschriften und an den Vertrag halten, verstehen Sie?«

»Will Herr William das Kind gleich hierlassen?«, fragte Helene und bemühte sich, ihre innere Aufregung unter Kontrolle zu halten.

Die Frage hatte der Afrikaner verstanden, er kam zum Tisch und legte Helene das Kind auf den Schoß. Sein Gesicht war unbewegt. Er ging zur Tür zurück, wo er vorher gestanden hatte, und sagte ein paar Worte in seiner Sprache.

»Er sagt, er sei Ihnen dankbar für Ihre Güte. Und er sei sicher, dass sein Mädchen hier in guten Händen sei. Es sei für ihn nicht leicht, sich von Therese zu trennen, aber es ginge ja nicht anders.«

Fritz und Helene beugten sich über das Kind, das die Augen geschlossen hatte. Es war für beide ein besonderer Moment, als ihre Köpfe sich über dem Kind berührten, ein Augenblick von Innigkeit und starken zärtlichen Gefühlen, sodass Fritz Helene sanft im Nacken berührte.

Der dicke Weiße schien es eilig zu haben, auch Pastor Giebel und Schwester Pauline standen auf. Den Kuchen hatte niemand angerührt.

Wortlos, mit unbewegtem Gesicht ging der Afrikaner mit den deutschen Begleitern die Treppenstufen hinab. Helene, das Kind auf dem Arm, begleitete sie bis an die Haustür. Der Schneefall hatte wieder eingesetzt.

Der dicke Weiße wandte sich noch einmal an Helene.

»Ich habe ja Ihre Adresse, gnädige Frau. Wenn Sie Zeit haben, würde ich morgen wiederkommen und Ihnen die Papiere bringen.«

»Welche Papiere?«, fragte sie.

»Das Kind ist hier geboren. Deshalb müssen wir es hier dem Standesamt melden; die brauchen jetzt noch Ihre Adresse für all diesen Verwaltungskram. Sie wissen schon, Name des Vaters, seine Adresse in Togo und so. Im Geburtenregister ist das Mädchen schon eingetragen. Alles andere erledigen wir für Sie!«

Helene nickte, richtig verstanden hatte sie nicht, was der Mann gemeint haben könnte. Sie stellte keine Fragen, um sich nicht noch mehr zu verwirren. Für einen Tag reichten ihr die Aufregungen.

Keine Abschiedstränen. Haben Afrikaner keine Gefühle wie wir?, fragte sich Helene und versuchte, ihre eigenen Gefühle zu deuten. Oder verstehen wir ihre Gefühle vielleicht nicht? Der Mann hatte ihnen nicht einmal die Hand zum Abschied gegeben. Vielleicht war das in Afrika nicht üblich, dachte sie verwirrt. Aber sie war auch erleichtert. So konnte man nichts falsch machen. Sie war beruhigt, weil Fritz ihr seine Hand auf die Schulter legte und sie sanft zurück in die Küche führte. Doch beide wussten, dass sich gerade – und mit diesen Gesten – ihr Leben ganz und gar verändern würde.

Die Gemeindeschwester hatte, ohne ein Wort zu sagen, ein kleines Bündel zurückgelassen, das Helene und Fritz erst jetzt wahrnahmen. Fritz öffnete es. Zutage kamen eine Flasche mit Schnuller, eine Wundsalbe, Milchpulver, einige Windeln. Die Schwester hatte an die Erstversorgung gedacht, denn an dem Tag hatten die Geschäfte längst geschlossen.

Erste Versuche, Eltern zu sein

Sie setzten sich wieder an den Küchentisch, Helene hielt das Kind auf ihrem Schoß. Beide waren erleichtert, endlich allein zu sein. Mit dem Kind! Fritz saß Helene glücklich lächelnd gegenüber. Um etwas zu tun oder sich zu beruhigen, stopfte sie sich hastig ein Stück Kuchen in den Mund. Fritz betrachtete sie, er ahnte, wie verwirrt seine Frau sein musste. Wie kann ich ihr helfen?, überlegte er, was braucht sie? Darauf hatte er nur eine Antwort: Hier an ihrer Seite sein!

Helene schickte Fritz nach einem Bleistift und einem Blatt Papier. Sie wollte aufschreiben, was sie oder ihr Mann bei nächster Gelegenheit im Kaufhaus Tietz oder im Lebensmittelgeschäft nebenan besorgen sollte. Sie zog vorsichtig das leichte Tuch vom Gesicht des Kindes, um es zu betrachten. Das kleine Mädchen schlug plötzlich die Augen auf und sah Helene und Fritz an. Das war der Moment, den sie nie vergessen würden, beide dachten das Gleiche, ohne es auszusprechen. Schweigend verharrten sie ein oder zwei Minuten, vor sich das schöne dunkle, jetzt wache Gesicht mit den blanken Augen. Es schien, als würde die Kleine sie, ihre neuen Eltern, neugierig betrachten, aber den Blick konnten sie nicht wirklich deuten.

Helene begann, leise über die notwendigen Einkäufe vor sich hin zu reden.

Einen Kinderwagen, Windeln sind schon da, auch eine Milchflasche, Milch würden sie brauchen. Besser noch Milchpulver!

Noch mehr schrieb sie auf, strich einiges wieder, überlegte konzentriert.

Es war Samstag und die Geschäfte schon geschlossen. Was tun? Die Kleine wird schon nicht verhungern. Eine Flasche Milch stand auf der Fensterbank, sie müsste sie verdünnen, erinnerte sie sich.

Sie würde alles andere, was sie jetzt brauchten, am Montag selbst besorgen, wenn ihr Mann zur Arbeit war. Konnte sie das Kind für eine Stunde allein lassen? Das ging nicht! Was sollte sie tun? Bei Roses nebenan einen Kinderwagen leihen, das war die Lösung! Sie schickte ihren Mann zu den Nachbarn, um zu fragen. Er kam mit dem Kinderwagen und einigen Baby-Fläschchen zurück.

Aufgeregt und durcheinander hatte er den ahnungslosen Nachbarn etwas von einem Baby erzählt, und man würde ein paar Sachen brauchen, für den Übergang. Roses waren verblüfft, leicht verwirrt, stellten aber dem stotternden Fritz jetzt keine Fragen, sondern gaben ihm, was er verlangte.

Man würde schon erfahren, was sich bei ihren Nachbarn abspielte!

Am Montag würde Helene mit dem Kinderwagen in Ruhe losziehen können!

Helene fühlte sich glücklich und beschwingt, alle Angst und Bedrängnis waren abgefallen. Den Gedanken, dass es nur für einige Jahre sein würde, hatte sie schon vergessen.

Jetzt war dieses Baby bei ihnen, es war für das Paar Liebe auf den ersten Blick.

Das Kind blickte sie aus großen braunen Augen an, ohne einen Ton von sich zu geben.

Lag eine Frage in diesem Blick? Ich fange schon an zu spinnen, rief Helene sich zur Ordnung und versuchte, ihre Ruhe wiederzufinden.

Sie schob ihrem Mann das Kind auf den Schoß.

»Halt sie mal. Eine Hand unter dem Köpfchen. Das musst du jetzt sowieso lernen!«, sagte sie und suchte seinen Blick. Er lächelte.

Helene ging ins Schlafzimmer und zerriss ein altes Betttuch, um einen Vorrat an Windeln zu haben. Wo würde das Mädchen schlafen? Sie würden ein Kinderbett brauchen, das kriegte man bei der Diakonie leihweise. Oder Fritz würde noch am Sonntag eines zimmern. Ein Laufstall? Nein, das wäre etwas für Ältere. Kindernahrung? Sie würde sich in der Küche des Hospitals noch einmal genau erkundigen. Vielleicht erst einmal Milchpulver und Wasser vermischen? Aufgeweichten Zwieback? Ihr schwirrte nun doch der Kopf, als Fritz mit dem Säugling ins Schlafzimmer kam und ihn auf ihr Bett legte und sie die Windel öffnete. Sie war trocken. Helene erleichtert.

Sah die Kleine aus wie alle Säuglinge in Afrika? Die Fußsohlen waren rosig, ebenso die Innenseiten ihrer Hände. Wie alt mochte das Baby sein? Vielleicht erst ein paar Tage, dachte sie. Auf dem Nabel klebte noch ein Pflaster. Die Kleine strampelte lebhaft mit den Beinen, als sei sie erleichtert, nicht mehr in Windeln eingezwängt zu sein. Wer hatte ihr den Namen Therese gegeben? War das auch ein afrikanischer Name?

Sorgfältig band sie die Windel wieder um den kleinen Körper und begann dabei zu sprechen und leise ein Kinderlied zu singen. Viel Zärtlichkeit legte sie in ihre Stimme, so gut es ihr in der Aufregung gelang. Sie bemerkte nicht, dass ihr Mann lächelnd in der Tür stand und ihr zusah.

Die Landsleute von da unten

Der deutsche Begleiter des Afrikaners kam nicht wie angekündigt am nächsten Tag, sondern erst am Nachmittag des folgenden Mittwochs, als Helene allein zu Hause war. Ihr wäre lieber gewesen, ihren Mann dabeizuhaben, sie fühlte sich ohne ihn angesichts der Tragweite der Verwaltungsangelegenheiten unsicher. Aber Fritz kam erst nach 18 Uhr von der Arbeit.

»Das war eine schlimme Warterei auf dem Amt«, klagte der Dicke, der sich jetzt als Heinrich Sander vorgestellt hatte. »Immer fehlte noch etwas, das die von mir wissen wollten. Der komplette Name des Vaters, Name der Mutter, ihr Wohnort, ihre Staatsangehörigkeit. Da habe ich einfach gesagt, diese Afrikaner aus Togo wären alles Deutsche. Wir werben sogar mit dem Satz ›Unsere Landsleute aus den deutschen Kolonien‹!« Der dicke Mann lachte. »Das wollte der Beamte nicht gelten lassen, Neger könnten keine Deutschen sein, sagte er. Das müsste er erst einmal prüfen, und ich sollte am nächsten Tag noch einmal hin, auch weil mir einige Angaben fehlten.«

Er zog aus einem Stapel Papiere ein Blatt hervor.

»Hier ist erst einmal die Geburtsurkunde. Voller Name Therese Akua Hufnagel.«

»Das Kind soll Hufnagel heißen? So wie wir?«

Sander stierte ratlos auf das Papier.

»Da muss ich morgen gleich noch mal nachfragen«, sagte er.

»Vielleicht ist da was durcheinandergeraten. Der Vater heißt ja William oder so. Lassen wir das erst einmal so stehen, wie es ist. Können wir ja immer noch ändern.«

»Und was bedeutet Akua?«

»Das ist der zweite Name von Therese. Das machen diese Leute so, dass sie einen Namen dazusetzen, je nachdem, ob ein Mädchen geboren wurde, an welchem Wochentag und solche Sachen. Das kommt uns natürlich komisch vor, aber die da unten machen das so. Ihr Kind ist an einem Mittwoch geboren, sagte man mir. Deshalb heißt sie mit zweitem Vornamen Akua.«

»Stehen die Namen der Eltern hier nicht drauf?«, wollte Helene wissen.

»Die haben da nichts zu suchen, gnädige Frau! Wenn Sie es notieren wollen: Der Vater heißt William, Nayo William. Aber auch John Calvert steht hier irgendwo. Da kann ja kein Mensch durchblicken!«

»Und die Mutter? Steht deren Name auch irgendwo?« Helene zeigte auf die Papiere, die ihr Sander noch nicht gezeigt hatte. Er schob ihr den Packen Papier über den Küchentisch.

»Ich lass Ihnen das alles hier. Dann können Sie sich das mit Ihrem Mann in Ruhe durchsehen. Wichtig ist eigentlich nur die Eintragung bei unseren Behörden, die Geburtsurkunde. Die muss man immer aufheben! Für später. Wenn mal was passiert.«

»Ist unsere Therese denn nun Deutsche oder Togolesin?«

»Sie ist hier geboren, also ist sie Deutsche, bis auf Weiteres. Togolesin sagt man übrigens nicht. Das heißt Togoerin, wenn Sie es genau wissen wollen. Aber da kommt es nicht so drauf an. Manche sagen Togolesen. Wir sagen ja Chinesen zu denen aus China.« Der Mann wurde ungeduldig, zog seine Taschenuhr aus der Westentasche und erhob sich. »Wir sind noch für ein paar Tage im Eden-Theater. Fragen Sie nach Herrn Knevels oder nach mir. Wenn Sie

Fragen haben, kommen Sie vorbei … Aber besser, Sie kommen nicht mit dem Kind, das wäre für die Eltern ja nicht so schön. Falls Sie verstehen, was ich meine.«

Helene und Fritz nahmen sich vor, die Papiere in aller Ruhe durchzulesen. Aber es kam immer wieder Wichtiges dazwischen! Ein Haushalt mit einem Baby forderte von ihnen volle Aufmerksamkeit.

Die Frage der Staatsangehörigkeit Thereses wurde im Laufe der ersten Jahre nie eindeutig geklärt. Ein Amt schob die Verantwortung an das nächste. Wenn es galt, in Schulen oder Ämtern Formulare auszufüllen, schrieben Hufnagels ihren Namen, Staatsangehörigkeit Deutsch. Es hatte bisher damit keine Probleme gegeben, auch wenn einige Beamte zweifelnd guckten. Eigentlich kümmerte sich bei den Ämtern niemand wirklich darum. Oder niemand wollte die Verantwortung übernehmen.

Geht die Farbe nicht ab?

Fritz Hufnagel hatte sich die ersten Tage von seiner Arbeit freigenommen, er wollte Helene mit den vielen plötzlich auftauchenden Problemen nicht allein lassen. Hat die Kleine genug gegessen? Salbe aus dem Krankenhaus gegen den wunden Hintern! Das ist normal, sagte sie ihrem Mann. Sie fragte sich aber manchmal insgeheim: Wie würde ich mich verhalten, wenn ich die richtige Mutter wäre?

In ihrer Straße und im ganzen Stadtteil hatte sich bald herumgesprochen, Hufnagels hätten jetzt ein schwarzes Kind. Wenn Helene mit dem Kinderwagen in der Stadt unterwegs war, hatte sie einiges auszuhalten. So im Mittelpunkt zu stehen war sie nicht gewöhnt. Bei ihren ersten Ausflügen in die Stadt fand Helene die allgemeine Aufmerksamkeit großartig. Es machte sie stolz. Aber nach und nach ging ihr das Aufsehen auf die Nerven. Vor allem die vielen Fragen, zu denen man Auskunft von ihr verlangte.

Sie stand mit dem Kinderwagen am Ausgang vom Kaufhaus Tietz, gleich am Rathausplatz, wo sie Einkäufe gemacht hatte. Plötzlich drängten sich Trauben von Neugierigen um den Kinderwagen, beugten ihre Gesichter dicht an die bunte Bettdecke, um möglichst viel von dem schwarzen Kind zu sehen. Nur das Gesicht und die Hände, alles andere war zugedeckt. Therese blickte ernst auf die weißen Gesichter und verzog keine Miene.

Ein Vorfall allerdings hatte Helene besonders verstört: Sie stand mit dem Kinderwagen auf dem Markt an einem Verkaufsstand für Käse, wieder drängelte sich ein Dutzend Männer und Frauen um sie herum. Diese Neugier kannte sie nun schon; sie würde geduldig bleiben und auch die dümmsten Fragen beantworten.

Ist denn da unten alles wie bei unseren Kindern? Geht die Farbe nicht ab? Färbt sie nicht das Bettzeug? Was isst denn so ein Negerlein? Vielleicht nur Bananen? Wo haben Sie das kleine Äffchen her?

Da drängte sich ein Polizist durch die Menschengruppe und schob die Neugierigen beiseite.

»Was ist denn hier los?«, wollte er mit herrischer Stimme wissen.

»Ein Negerkind!«, rief ein Mann aus der Menge. Der Polizist beugte sich über den Wagen, um das kleine Wesen in Augenschein zu nehmen.

»Wer sind Sie denn?«, wandte er sich an Helene, die den Griff des Wagens umklammert hielt.

»Ich bin die Mutter!«, sagte sie.

»Da ist doch ein Negerkind!«, rief jemand aus der Menschentraube. »Die kann doch nicht die Mutter sein!«

»Wo haben Sie das Kind her?«, fragte der Polizist. »Sie sind doch nicht die richtige Mutter, oder?«

»Mein Mann und ich sind die Pflegeeltern, wenn Sie es genau wissen wollen!«, erklärte Helene aufgebracht.

»Und wo sind die Eltern?«

»Die sind jetzt auf Reisen, und wenn sie zurückkommen, nehmen sie Therese mit in ihre Heimat.«

»Dann haben Sie doch sicher Papiere, einen Ausweis oder so«, wollte der Schutzmann wissen, nahm seinen Tschako ab und wischte sich den Schweiß von der Stirn. Obwohl es erst März war, war ihm heiß unter seiner Kopfbedeckung. Ein Mann rief aus dem Hintergrund dazwischen:

»Vielleicht haben die das Negerchen gekauft?!«

»Unsinn«, sagte er Polizist. »Man kann keine Menschen kaufen. Die Sklaverei, die gibt es nicht mehr.«

Helene hatte verstört dem Wortwechsel zugehört. Zurufe aus der Menge gingen jetzt wild durcheinander, sie konnte kaum noch etwas verstehen. Was sollte sie dem Schutzmann sagen?

»Die Geburtsurkunde und alle anderen Papiere kann ich nicht dauernd mit mir herumschleppen. Sie liegen außerdem im Archiv der Kirchengemeinde, damit da nichts drankommt. Bei Pastor Giebel, den kennt jeder hier. Der kennt sich aus bei den Ämtern!«

Sie hatte es einfach behauptet, um den Polizisten und die lästigen Fragen loszuwerden und nicht zu riskieren, dass man sie wegen der Papiere auf die Wache bestellte.

Ratlos setzte der Polizist seinen Tschako wieder auf.

»Ich will hier keinen Menschenauflauf«, sagte er noch und wandte sich an die Umstehenden. »Besser, ihr geht nach Hause, Leute.« Dann wandte er sich wieder an Helene. »Und Sie, gute Frau, sollten mit dem Negerlein hier keinen Volksauflauf verursachen! Wo kommt das Kind überhaupt her?«

»Die Eltern kommen aus Afrika! Das Kind ist hier geboren«, antwortete sie.

Der Schutzmann schüttelte ratlos den Kopf. »Afrika ist groß!«, sagte er hilflos.

»Meine Therese hat eine deutsche Geburtsurkunde, also ist sie Deutsche. Ihre leiblichen Eltern stammen aus Togo!«

»Die sind Togolesen?«, fragte jemand aus der Menge.

»Togoer! Nur Dummköpfe sagen Togolesen.« Das hatte sie patzig in die Menge gerufen, denn niemand hatte die Versammlung verlassen, wie es der Polizist gefordert hatte.

Helene gingen solche Fragen einerseits auf die Nerven. Aber es hatte ihr auch Spaß gemacht, die Leute zu belehren.

Seit diesem Vorfall am Rathausplatz in der Innenstadt von Elberfeld zog Helene seltener mit dem Kinderwagen los. Sie und ihr Mann hatten das Wort Neger bisher nicht verwendet, irgendetwas störte sie daran; als sei es ein Schimpfwort. Dass das Wort auch in den Zeitungen benutzt wurde, konnte sie nicht überzeugen.

Auch Pastor Giebel hatte ihnen gesagt: »Besser, Sie benutzen das Wort überhaupt nicht! Es ist nicht schön!« Erklärungen dafür konnte auch er nicht geben.

Therese war ihre Therese, das kleine Mädchen war ihr Mädchen, und Hufnagels waren glücklich, dass ihr Leben so plötzlich eine solche Wendung genommen hatte. Dass sie Therese eines Tages würden abgeben müssen, wenn der Vater wiederkam, daran dachten sie nur insgeheim; so schnell würde das ja nicht sein!

Wenn Einkäufe zu machen waren, bat Helene immer häufiger ihre Nachbarin, Frau Rose, oder deren erwachsene Kinder, das für sie zu erledigen. Therese und sie blieben meist zu Hause, bis der Vater von der Arbeit heimkam. Fritz kam nun häufiger früher aus seinem Betrieb, um für die kleine Familie Einkäufe zu machen.

Seit ein Kind im Haus ist, ist mein Fritz viel häuslicher geworden, dachte Helene und war zufrieden damit.

Sie verbrachten jetzt viele gemeinsame Stunden mit ihrem Kind in der Wohnung. Therese lag zwischen ihnen auf einem weichen Teppich am Boden, und sie beobachteten, wie sie strampelte, sich auf den Bauch zu drehen versuchte, Geräusche von sich gab und von Woche zu Woche den Mann und die Frau deutlicher mit ihren Blicken wahrnahm. Bald würde sie herumkrabbeln und Spielzeug brauchen. Und mit dem Sprechen beginnen.

Ihre Wohnung hatte sich verändert, war nicht mehr so ordentlich wie bisher. Überall lagen Sachen von Therese herum, Fläschchen, Tücher, Stofftiere, Klötzchen, die sie schon in den Händen halten konnte und durch das Zimmer warf.

Den Tag, an dem sie Thereses erstes Lächeln bemerkten, trugen sie in einen Kalender ein, der immer bei ihnen in der Küche hing und aus dem Helene an den Abenden nach dem Essen vorlas. Diesen Kalender, der auf der anderen Rheinseite in einem Ort namens Neukirchen erschien, kannte Helene seit ihrer Kindheit. Die Texte für jeden Tag waren fromme Bibelauslegungen und Geschichten.

Daran hatte sich Fritz erst gewöhnen müssen.

Ich bin keine richtige Mutter!

Therese weinte oder schrie selten, sie meldete sich nur, wenn sie Hunger hatte. Sie ist so lieb, weil sie sich vielleicht dankbar zeigen will, dachte Helene, wischte aber solche Gedanken sogleich beiseite. Sie wusste: Jedes Kind nimmt, was es kriegen kann. Und sie fragte sich auch: Wofür eigentlich dankbar? Sollte *sie* nicht dankbar sein? Therese hatte so viel Glück in ihr Leben und das ihres Mannes gebracht.

Sie schlief meist so ruhig und bewegungslos, dass Helene manchmal Sorge befiel. Sie horchte, ob das Kind noch atmete. Ich kann ihr die Brust nicht geben. Ich bin keine richtige Mutter, dachte Helene traurig. Daran würde sie nichts ändern können. Aber alles andere konnte sie ihrem Kind geben!

Auch Fritz nannte Therese »mein Kind« und manchmal im Übermut »mein Schokoplätzchen«.

Therese lernte Laufen und Sprechen, bevor sie zwei Jahre alt wurde. Ihren Geburtstag hatten Helene und Fritz auf den Tag festgelegt, als das Kind zu ihnen gekommen war. Das war jener unvergessliche Samstag gewesen. Die Geburtsurkunde spielte für sie keine Rolle. Erst als das Kind in die Schule kam und sie ein Formular ausfüllen mussten, nahmen sie das fremde Datum schulterzuckend zur Kenntnis; für sie war die erste Begegnung ihr eigentlicher Geburtstag, der wurde auch gefeiert.

Dass Therese nur Deutsch sprach, beschäftigte Hufnagels kaum.

»Woher soll sie eine andere Sprache können?«, sagte Fritz. »Wir können ja nur Deutsch, und alle Kinder reden den gleichen Unsinn wie ihre Eltern. Und wir sind ihre Eltern, oder?«

»Sie sollte bald mit anderen Kindern spielen«, sagte Helene. »Sie kann nicht nur mit uns zwei Alten zusammenleben.«

»Denkst du an die Nachbarskinder?«, fragte Fritz. »Sie ist anders als die anderen Kinder.«

Helene ahnte, was ihr Mann damit sagen wollte.

»Wenn man sie schlecht behandelt oder sie wegen ihrer Hautfarbe hänselt, müssen wir ihr helfen. Du glaubst nicht, was ich manchmal in der Stadt und in Geschäften zu hören kriege!«, sagte sie. »Bald gibt es hier in der Gemeinde einen Kindergarten. Da sollten wir sie anmelden. Was meinst du?«

»Natürlich«, antwortete Fritz.

»Vielleicht mit Edelgard von den Roses zusammen. Die lauert jetzt schon immer, um mit unserer Kleinen zusammen zu sein. Vermutlich wird sie im Kindergarten das einzige schwarze Kind sein.«

»Wenn sie in den Kindergarten kommt, nehme ich mir einen Tag frei vom Betrieb. Dann kann ich dabei sein, und wir könnten mit den Betreuerinnen sprechen. Damit es ihr da gut geht.«

»Würdest du das tun?«

»Für die Kleine tu ich alles!«, antwortete ihr Mann und lachte seine Frau an.

Es gab ja eine Menge Themen, mit denen sich das Ehepaar bisher nicht beschäftigen musste. Dem sahen sie gelassen entgegen, im Augenblick standen meist die praktischen Dinge im Vordergrund.

Ihr Leben hatte sich heftig verändert. Eine neue Art von Lebensfreude hatte unmerklich Einzug gehalten. Wenn Fritz zur Arbeit ging, freute er sich auf den Abend. Wenn er nach Hause kam, wollte er als Erstes wissen, wie es Therese ging, nahm sie sofort auf den

Arm, spielte mit ihr und brachte sie zum Lachen. Das Mädchen schien es gern zu haben, es machte keinen Unterschied zwischen ihm und seiner Frau.

Das Kinderlächeln veränderte die Hufnagels. Sie würden sie behüten, sagten sich die beiden, wenn Therese schlief und sie ihr Atmen oder Gemurmel im Schlaf aus dem Nebenzimmer hörten und sie unter sich die Tagesereignisse austauschten.

»Wilhelm König gibt mir mehr Geld, weil wir jetzt doch ein Kind haben«, sagte er in die Dunkelheit hinein.

»Wir kommen doch gut aus«, sagte sie. »Aber das ist trotzdem schön!«

»Finde ich auch. Er ist der beste Chef, den ich jemals hatte.«

Minderwertig? Wie kommst du darauf?

Fritz machte geduldig vieles mit, auch wenn er mit der Frömmigkeit seiner Frau wenig anfangen konnte. Er ging auch mit zu den Veranstaltungen in der Gemeinde, die ihn eigentlich langweilten. Aber er fand heraus, dass es auch in diesen Kreisen sehr nette Leute gab, mit denen er sich gern unterhielt. Und noch etwas fiel ihm auf, womit er nicht gerechnet hatte: Es gab Ehepaare in der Gemeinde, die Hufnagels und ihrem Kind aus dem Weg gingen. Bei ihnen meldete sich der Verdacht, es könnte mit Thereses Hautfarbe zu tun haben.

Am Abend, als Therese schon schlief, sprachen sie darüber und wie sie darauf reagieren sollten.

»Vielleicht bilden wir uns das nur ein«, gab Helene zu bedenken.

»Glaube ich nicht«, antwortete Fritz, »wir leben ja sehr zurückgezogen, seit Therese hier ist. So als müssten wir sie von der Welt fernhalten.«

»Ist das etwa falsch?«

»Es ist jedenfalls nicht gut! Die Kleine muss ja mitbekommen, dass sie gleichwertig unter allen anderen lebt. Wie soll sie sonst eines Tages in der Schule klarkommen?«

»Das dauert ja noch.«

»Egal. Sie soll sich weder als etwas Besonderes fühlen noch als etwas Minderwertiges.«

»Minderwertig? Wie kommst du darauf?«

»Guck doch mal in die Zeitung!«, sagte er aufgebracht. »Da steht nicht minderwertig, aber da ist von Wilden im Urwald die Rede, denen man Kultur bringen müsste. Weil sie an Zauberei und Hokuspokus glauben, vielleicht sogar Menschenfresser sind. Lies mal die Bücher, die einige der Forscher oder Missionare geschrieben haben!«

»Dagegen kommen wir nicht an«, sagte Helene bedrückt.

»Und ob wir dagegen ankommen! Das schulden wir unserem kleinen Mädchen! Glaub nicht, Therese würde das nicht merken! Kinder können zwar so manches nicht ausdrücken, aber sie empfinden genau, ob die Leute feindselig sind oder nicht!« Er schwieg einen Moment und starrte auf das Licht, das bei Nacht schwach durch das Fenster ihres Schlafzimmers fiel. »Sie hat ja nur uns!«

Was Krokodile fressen

Roses von derselben Etage kannten Therese seit ihrem ersten Tag bei Hufnagels. Dass sie aus dem Osten kamen, hörte man an ihrer Art zu sprechen. Bei den Kindern hatte sich die ostpreußisch-breite Mundart nach und nach verloren. Roses hatten drei Söhne und zwei Töchter, die jüngste im gleichen Alter wie Therese.

Diese Kleine, sie hieß Edelgard, kam beinahe täglich am Nachmittag über den Flur und klopfte an Hufnagels Tür. Helene war erleichtert, dass ihre Therese endlich eine richtige Freundin hatte.

Die Roses waren ordentliche Leute.

Fritz Hufnagel hatte Rose in seiner Firma eine Anstellung besorgt, auch wenn er keine Ausbildung vorweisen konnte. Den handfesten, soliden Mann beschäftigte er zunächst mit Pack- und Lagerarbeiten. Damit war der zufrieden. Fritz baute auf seine Lernfähigkeit und wurde nicht enttäuscht. Aus dem konnte man noch was machen, war sich Fritz sicher.

Seit einiger Zeit gingen Therese und Edelgard in den Kindergarten, den die Gemeinde eingerichtet hatte.

Helene arbeitete in der Küche und hörte durch die offene Tür das Plappern der beiden Mädchen. Sie spielten auf dem Teppich mit ihren Puppen.

Edelgard fragte: »Warum ist deine Puppe nicht schwarz?«

Einen Augenblick lang herrschte Stille.

»Schwarze Puppen gibt es nicht«, sagte Therese schließlich selbstbewusst und etwas patzig.

»Warum gibt es keine schwarzen Puppen?«

»In Afrika gibt es überhaupt keine Puppen. Da spielen die Kinder mit Krokodilen!«, antwortete Therese ihrer Freundin ernst.

»Was sind Krokodile?«, fragte Edelgard.

»Das sind große Tiere aus dem Wasser, die können einen Menschen mit einem Happs auffressen.«

»Woher weißt du das?«

»Papa hat mir ein Buch gezeigt, mit ganz vielen Tieren aus Afrika drin. Und da war auch ein Krokodil, und Papa hat gesagt, wenn ich wieder in Afrika bin, kann ich mit denen spielen.«

»Und wenn sie dich fressen?« Die Angst in der Stimme von Edelgard war bis in die Küche zu hören.

Ernsthaft erwiderte Therese: »Die fressen keine schwarzen Kinder. Nur die anderen!«

»Welche anderen?« Die Antwort schien Edelgard nicht zu beruhigen.

»Die anderen eben, die nicht schwarz sind!«, sagte Therese, als wäre es ganz selbstverständlich.

Helene wischte sich die Hände trocken und ging zu den Mädchen. Sie hockte sich zu ihnen auf den Boden.

»Hör mal zu, Edelgard. Therese hat das nicht so gemeint. Sie wollte dich vielleicht erschrecken. Oder Spaß machen. In Afrika gibt es, glaube ich, auch schwarze Puppen und anderes Spielzeug. Und die Krokodile sind viel zu gefährlich, um mit ihnen zu spielen, auch für schwarze Kinder.«

Edelgard stand auf.

»Ich muss jetzt nach Hause«, sagte sie verwirrt und wandte sich zur Tür.

Als sie gegangen war und die Tür hinter sich geschlossen

hatte, nahm Helene ihr Kind in den Arm und wiegte es hin und her.

»Wolltest du sie erschrecken?«, fragte sie vorsichtig. Es dauerte eine Minute, bis Therese, die in sich gekehrt zu Boden blickte, antwortete. Auf die Frage ging sie nicht ein.

»Sie nennen mich im Kindergarten Neger-Therese. Und in Afrika wären die Leute alles Wilde. Auch die Edelgard hat das gesagt. Und einmal haben sie alle gerufen: Negerlein, Negerlein! Warum tun die das?«, fragte Therese und schaute ihre Mutter an.

Helene sah in Thereses traurige Augen, drückte sie zärtlich und schaukelte sie.

»Das dürfen sie nicht sagen. Ich komme morgen mit und rede mit Tante Luise. Sagen sie sonst noch Sachen, die dir nicht gefallen?«

Therese schüttelte den Kopf und fragte: »Ist Neger ein schlimmes Wort? Heißen alle schwarzen Mädchen Therese?«

Helene lächelte. »Nein, meine Kleine! Den Namen hat dir deine richtige Mutter gegeben, als du geboren worden bist. Deshalb heißt du Therese. Das ist ein schöner Name, einen schöneren gibt es gar nicht. Und schwarze Haut ist genauso schön wie weiße Haut. Oder noch schöner! Manche Leute finden schwarze und braune Menschen schöner als weiße. Mir ist das egal.«

»Wie heißt meine richtige Mutter, die mich geboren hat?«

»Sie hat auch einen schönen Namen, finde ich. Sie heißt Dassi Creppy, das steht auf deiner Geburtsurkunde.«

»Ich würde sie Mama Dassi nennen!«, antwortete Therese und lachte.

Da sind sie alle gegangen!

Je älter Therese wurde, desto verschlossener wurde sie, und es brauchte immer häufiger Zeit, bis Hufnagels merkten, dass das mit den Erfahrungen zu tun haben könnte, die ihr Kind machte und von denen sie nichts wussten. Das Gespräch mit Edelgard im Kinderzimmer war für die Pflegeeltern das erste deutliche Signal, dass Therese durchaus Unterschiede zwischen den Menschen wahrnahm. Und sich selbst unter ihnen ebenso. Seit diesem Ereignis achteten Hufnagels bewusster darauf, wie ihre Tochter auf die Welt und die Menschen und ihre Handlungen reagierte. Das meiste behielt sie offensichtlich für sich, bis es diese besonderen Momente gab, die die Pflegeeltern oft überraschten. Dann erfuhren sie etwas von den heimlichen Gedanken und Gefühlen ihres Kindes.

Einmal geschah es, dass Therese aus dem Fenster Kinder auf dem Hinterhof spielen sah. Helene war mit Näharbeiten beschäftigt. Als Therese sie fragte, ob sie nach unten gehen dürfte zu den anderen Kindern, stimmte sie gedankenlos zu. Sie freute sich immer, wenn ihre Tochter zu Spielkameraden wollte.

Nach einer Viertelstunde kam Therese wieder nach oben.

»Was ist los? Warum bist du schon wieder da?« Sie sah von dem Stoff auf, an dem sie gearbeitet hatte, und bemerkte, dass irgendetwas das Kind zu bedrücken schien. Auf ihr Drängen erzählte ihre Tochter, man hätte sie zuerst mitspielen lassen. Dann aber hätten sich einige Fenster geöffnet, und Erwachsene hätten ihre Kinder gerufen, nach oben zu kommen. Schließlich waren nur noch zwei Kinder da; sie hatten ohne die anderen die Freude am Seilspringen und Fangenspielen verloren.

»Sie sind alle gegangen«, sagte Therese. »Warum sind die weggegangen?«

Helene sah sich nicht zum ersten Mal mit dem Problem konfrontiert, dass es Eltern gab, die ihre Kinder von Therese fernhalten wollten. Bei einem Jahresfest der Schule, die ihr Kind nun besuchte, hatten sie ähnliche Erfahrungen gemacht. Da hatte sich Therese fast immer nahe bei ihnen aufgehalten, obwohl die meisten Kinder auf dem Schulhof herumtobten.

Sie und Fritz hatten begonnen, darauf zu achten und darüber zu sprechen.

Wie sollte sie das Problem ihrem Kind erklären?

»Mach dir darüber keine Gedanken«, sagte sie hilflos. »Vielleicht war bei den Kindern das Essen fertig und sie mussten nach Hause.«

Es war eine Ausrede, die ihr selbst nicht gefiel. Ob Therese ihr glaubte? Sie sagte nichts dazu und beschäftigte sich mit einem Bilderbuch. Bald würde Papa nach Hause kommen.

Von Klauen und Lügen

Hufnagels waren bald nicht mehr überrascht, wenn ihnen ihre Tochter unerwartet Fragen stellte, die mit zurückliegenden Erlebnissen zu tun hatten, die sie selbst schon fast vergessen hatten. Helene hatte ihre Tochter, ohne sich viel dabei zu denken, zum Laden für Kolonialwaren geschickt, um zwei Pfund Zucker zu holen. Therese, sieben Jahre alt, war nicht zum ersten Mal geschickt worden, um kleine Einkäufe zu machen. Sie kannte auch den Kolonialwarenladen in der Nähe.

Therese stellte die Tüte mit Zucker in der Küche ab und beschäftigte sich mit ihren Schulaufgaben. Als Fritz nach Hause kam und sie gemeinsam beim Abendessen saßen, fragte Fritz nach den Ereignissen des Tages. Zu beider Überraschung plapperte Therese los:

»Also, das Geschäft, wo Mama immer kauft, war geschlossen, da bin ich zwei Häuser weiter zum anderen Laden gegangen.« Sie lachte vor sich hin, offenbar gut gelaunt. »Der Mann hinter der Theke war ziemlich blöd. Er begrüßte mich mit Hallo, Bimbo-Neger-Mädchen! Du Deutsch sprechen?« Sie lachte wieder vor sich hin. »Da habe ich ihm gesagt, er sollte erst mal selbst richtig Deutsch lernen. Da hat er nur noch blöd geguckt und mir den Zucker in die Tüte gefüllt.«

Es gab zwei Häuser weiter keinen Kolonialwarenladen, das wussten Helene und Fritz und ahnten, dass die Geschichte, die ihnen die Tochter erzählt hatte, pure Fantasie war.

Oder bündelten sich da andere Erfahrungen mit Schimpfwörtern, von denen sie nichts wussten? Einen Ausdruck wie Bimbo für Schwarze hatte sie sich ja nicht ausgedacht!

Dieser Gedanke bewegte beide, sie würden abends darüber sprechen. Von den Gedanken und Gefühlen ihrer Tochter erfuhren sie ja meist zufällig.

Wie so oft fiel es ihnen schwer, die Bemerkungen ihrer Tochter einzuordnen. Das verunsicherte sie, und sie fragten sich: Machen wir etwas falsch?

»Unsere Therese ist nicht nur ein liebes Mädchen«, sagte am Abend Helene zu ihrem Mann. »Die Geschichte vom Einkaufen war ja glatt gelogen!«

»So darfst du das nicht sehen, Helene! Sie hat zwischendurch immer wieder gelacht, damit wollte sie uns andeuten, dass sie uns ein Märchen erzählte. Sie hat eben ihre eigene Art, Dinge zur Sprache zu bringen. Ich finde das ganz in Ordnung, wir werden uns daran gewöhnen«, sagte Fritz. Er hatte auch Gefallen an der Geschichte von den Krokodilen gefunden, die schon zwei Jahre zurücklag. »Sie hat sicher einiges auszuhalten. Auch Sachen, von denen wir nichts erfahren.«

»Man kann sie nicht zwingen zu reden. Aber wir sollten achtsam sein mit ihr.«

»Was können wir mehr tun, als das Kind zu lieben? Und ihm das auch zu zeigen – daran kann nichts falsch sein. Und das, was sie in den Zeitungen Pädagogik nennen, davon versteh ich nichts«, gab Fritz zurück.

»Ich habe in einer Bäckerei gearbeitet«, sagte Helene. »Da hat mir das auch keiner beigebracht.«

»Mach dir keine Gedanken, Helene, du verstehst mehr von Kindern als alle, die ich kenne!«

Im Nebenzimmer schlief Therese, die Tür stand halb offen, Helene wollte immer sofort zur Stelle sein, wenn dem Kind etwas fehlte.

»Wir erziehen sie wie ein deutsches Kind. So gut wir können. Was sollten wir sonst auch tun?« Helenes Bedenken fanden aber keine Ruhe. »Wir wissen ja vielleicht nicht, was sie sonst noch braucht! Weil sie doch aus Afrika kommt …« Die beiden hatten nie versucht, Therese über ihre Eltern und ihre Herkunft zu belügen. Da waren sie sich einig gewesen.

»Mach dir nicht zu viele Gedanken, Liebes! Wir können nicht alles falsch gemacht haben. Und Afrika kennt sie doch gar nicht, sie ist doch unser Mädchen! Irgendwo habe ich mal gelesen, eine Erziehung ohne Fehler und Irrtümer gebe es nicht. Sie ist ein waches, fröhliches Kind und fühlt sich bei uns zu Hause. Dass sie manchmal seltsam guckt, als hätte sie viele Fragen, die sie noch nicht aussprechen kann – vielleicht machen das alle Kinder. Warte ab, bis sie in der Schule ein bisschen weiter ist. Du wirst sehen, da wird sie ihre Klugheit zeigen!«

»Kann es sein, dass wir sie wie ein rohes Ei behandeln?«, fragte Helene. »Immer nehmen wir sie in Schutz. Vielleicht sollten wir strengere Eltern sein.«

»Was du da sagst, ist nicht so verkehrt«, sagte Fritz nachdenklich. »Aber wo sollten wir strenger sein? Sie klaut nicht, sie lügt nicht, sie hilft dir in der Küche, sie wird eine vorbildliche Schülerin sein. – Vielleicht wäre alles einfacher, wenn sie klauen und lügen würde«, fügte er lachend hinzu. »Dann könnten wir uns endlich wie richtige Erzieher und strenge Eltern aufspielen, ihr auf die Pfoten hauen und sie zur Rede stellen!«

»Du würdest sie doch wohl nicht schlagen? So wie man mich im Heim geprügelt hat?«

»Da kann ich mitreden. Mein Alter hatte eine sehr lockere Hand, und wie! Nein, nein, das kommt nicht infrage!«

Einfach rausschmeißen!

Wilhelm König, der Junior-Chef in Fritz' Firma, hatte sich in den letzten Jahren regelmäßig nach dem Ergehen von Hufnagels Tochter erkundigt. Und an einem Wochenende war er mit seiner Frau zum Nachmittagskaffee zur Wohnung seines Prokuristen gekommen, um Therese endlich kennenzulernen. Sie saßen gemeinsam an der Kaffeetafel, und Therese benahm sich vorbildlich. Höflich reichte sie den Gästen den Zucker und antwortete nur, wenn sie gefragt wurde. Deshalb kam die Frage, die sie stellte, für alle völlig überraschend.

»Warum heißen Sie König! Sie sind ja kein König, sondern arbeiten in der Fabrik!«

Verblüfft blickten alle auf Therese. Wilhelm König hüstelte, dann lächelte er.

»Ich weiß nicht, seit wann meine Familie König heißt und woher der Name kommt. Könige oder Fürsten haben wir keine in der Verwandtschaft, soviel ich weiß. Ich denke mal, dass meine Vorfahren in einer Gegend gelebt haben, wo mal ein armer König bei meinen Vorfahren angeklopft hat, um Wasser zu erbitten. Oder einer meiner Vorfahren war der König der Bettler! So haben wir vielleicht den Namen bekommen.«

Therese hatte aufmerksam zugehört.

»Gibt es Könige nur in Märchen? Und was hat der Kaiser damit zu tun?«

Der Fabrikant musste einen Augenblick überlegen.

»Könige oder Kaiser nennt man Männer und Frauen, die ein Land regieren und alles bestimmen. Die Kaiser sind noch ein bisschen mächtiger als die Könige! So wie der deutsche Kaiser! Meistens wohnen sie in Schlössern, das sind ganz große Häuser mit vielen Zimmern, und sie haben viele Diener, und manche sagen, sie würden von Tellern aus Gold essen. Ich kenne keinen einzigen König, auch wenn ich so heiße. Wenn dir deine Eltern Märchen vorlesen, wirst du eine Menge Könige finden.«

Therese hörte sich die komplizierte Antwort aufmerksam an. Sie blickte zu Helene.

»Und was ist mit Gott und Jesus, sind die auch Könige?«

Helene wusste sogleich, dass Therese auf die biblischen Geschichten anspielte, sie sie ihr manchmal abends erzählte.

»Das sagt man nur so«, sagte sie, ein bisschen verlegen. »Die haben mit unserem Kaiser nichts zu tun.«

Therese ließ nicht locker. »Und Hufnagel?«

»Die Erklärung ist ganz einfach«, sagte Fritz. »Wenn ein Pferd neue Hufeisen bekommt, werden sie mit Hufnägeln befestigt. Vielleicht war einer meiner Vorfahren ein Schmied. Meine Familie hat nicht immer in Lettland gelebt, sondern ist vor hundert Jahren von Franken aus eingewandert und hat den Namen mitgenommen!«

Therese schien nicht zufrieden mit den Antworten.

Worüber dachte Therese nach, wenn sie nicht fragte? Sie wandte sich an Wilhelm König und seine Frau.

»Kann ich später, wenn ich groß bin, bei Ihnen arbeiten? In der Fabrik?«

»Natürlich kannst du das. Aber wir sind keine richtige Fabrik, sondern eine Bandwirkerei mit zwanzig Arbeitern.«

»Und wozu braucht man Bänder?«

»Um die Ränder und Absätze von vornehmen Kleidern zu schmücken, aber wir machen auch ganz kräftige Bänder, also Stricke, um Kühe und Pferde anzubinden. Alles, was man so braucht … Aber wir sind keine richtige Fabrik! Unter Fabriken versteht man große Betriebe mit vielen hundert Arbeitern.«

Darauf ging Therese nicht ein, schien auch nicht zufrieden zu sein mit der Erklärung. Ihre nächste Frage kam unvermittelt.

»Haben Sie auch Kinder?«

»Wir haben zwei Söhne, Herbert und Gustav. Die sind ein paar Jahre älter als du. Wenn du uns mal besuchst, kannst du sie kennenlernen.«

»Sind die beiden nett?«

Die Erwachsenen am Tisch mussten spontan lachen.

»Die sind sehr nett, meistens. Aber sie fressen uns die Haare vom Kopf!«

»Ich würde gern mal sehen, wo Papa arbeitet«, sagte Therese und dann ernsthaft: »Wenn Ihre Kinder Ihnen die Haare vom Kopf fressen: Haben Sie deshalb schon fast eine Glatze?«

Helene war die Frage ihrer Tochter peinlich, Fritz hatte sie gefallen, er grinste. Und sein Chef lachte und sagte schließlich:

»Ein Kind muss doch wissen, wo der Papa täglich hingeht. Außerdem wird bei uns gleich gegenüber gerade eine neue Kirche gebaut. Du solltest mal sehen, was für Maschinen die benutzen, um die riesigen Steine nach oben zu bringen. Sie sagten mir, sie würden noch ein ganzes Jahr für die Arbeit brauchen.«

Mit der Geschichte vom Bau einer Kirche konnte er Thereses Interesse nicht wecken. Stattdessen fasste sie nach:

»Ist es schwer, in einer Fabrik zu arbeiten?«

Die Frage setzte die Erwachsenen in Verlegenheit. Wie sollte man einem Kind die komplizierten Zusammenhänge erklären? König kam über ein paar allgemeine Bemerkungen nicht hinaus.

»Es kommt darauf an, was man arbeitet. Weißt du, da muss man an alles denken. Dein Papa und ich organisieren, dass die Waren gut produziert werden und keine Fehler haben. Und dass sie ordentlich verpackt und verschickt werden. An Leute, die sie bestellt haben und bezahlen. Und wir passen auf, dass die Arbeiter bei uns fleißig sind, schließlich werden sie ja dafür bezahlt.«

»Und wenn jemand faul ist, alles falsch macht, böse und gemein zu anderen ist?«

Wilhelm König fühlte sich nicht ganz wohl, als er versuchte, diese schwierige Frage zu beantworten.

»Dann müssen wir mit der Person reden, sie ermahnen …«

»Oder einfach rausschmeißen!«, sagte Therese bestimmt und holte sich ein Glas Milch aus der Küche.

Therese und Fritz begleiteten das Ehepaar bis zur nächsten Straßenecke, wo sie nahe der neuen Schwebebahn-Haltestelle waren. Sie winkten ihnen nach und schlenderten zu ihrer Wohnung zurück.

»Das sind ganz nette Leute«, sagte Therese und griff die Hand ihres Vaters. »Da will ich später mal arbeiten!«

Besuch in der Fabrik

Im Werk der Firma Gustav König ging Fritz mit Therese an der Hand die langen Reihen der Maschinen entlang und erklärte seiner Tochter alle Funktionen, als wäre sie eine Erwachsene. So sprach er immer mit ihr, weil er die betuliche Art, wie manche Erwachsene mit Kindern reden, albern fand.

»Und die Fäden da, das Garn? Wo kommt das her?« Therese war stehen geblieben und legte vorsichtig eine Hand auf eine der Rollen. Diese Frage hatte Fritz nicht erwartet. Er erklärte ihr, dass man das Garn in Holland und Belgien kaufen würde, dahin kam es aus Brasilien, und dass es Baumwolle sei, die auf Sträuchern wachsen würde, und auch aus Amerika würde sie in ihr Land kommen. In Barmen und Elberfeld würde man das Garn färben, dafür gebe es besondere Betriebe.

»Das können wir auch mal ansehen«, sagte er. »Weißt du noch, wo Brasilien liegt?«

»Hast du mir doch im Atlas gezeigt«, antwortete sie und boxte ihn im Spaß in den Bauch. »Und Belgien ist gleich nebenan bei uns.« Nach einer nachdenklichen Pause fragte sie: »Warum kommt die Baumwolle nicht aus Afrika? Kriegt ihr da gar nichts her?«

Fritz hob verlegen eine Schulter.

»Keine Ahnung, meine Kleine! Ich werde mich mal erkundigen. Soviel ich weiß, kommt Baumwolle auch aus Ägypten. Vielleicht kommt die auch über Belgien hierher, und wir wissen es nicht.«

Therese schien nicht wahrzunehmen, dass die Arbeiter und Arbeiterinnen ihre Beschäftigungen unterbrochen hatten und sie anstarrten. Die Männer und Frauen guckten nicht unfreundlich, eher neugierig, und einige lächelten ihr zu. Dass ihr Vater hier eine höhere Position einnahm, wurde Therese an diesem Tag zum ersten Mal bewusst und erfüllte sie mit Stolz.

»Willst du noch sehen, wie sie die Wolle färben?«, fragte er.

»Heute nicht!«, sagte sie. »Ich will noch mit Edelgard Schulaufgaben machen.«

Da geh ich nicht rein!

Durch die geöffnete Tür hatte der Buchhalter Otto Lenzen mitbekommen, dass Hufnagel mit seiner Tochter den Betrieb besuchte. Er stand auf und beobachtete neugierig die beiden bei ihrem Rundgang, die Maschinen standen ganz in der Nähe seines Verschlages, in dem er die Bücher führte.

Zwischen ihm und Fritz Hufnagel bestand ein gutes Verhältnis; Lenzen war zwar selten in der Lage, auf die Scherze seines Vorgesetzten angemessen einzugehen, sosehr er das auch wollte. Aber er mochte den Prokuristen, der ihn nie von oben herab behandelte. Als Chefbuchhalter gehörte er ja auch zur gehobenen Gesellschaft in der Firma, fand er.

Eine Woche nach Thereses Besuch in der Bandwirkerei sprach er Fritz Hufnagel an und fragte, ob Hufnagels mit Therese wohl einmal zu ihnen zu Besuch kommen würden. Als Fritz zustimmte, verabredeten sie den kommenden Sonntag, nachmittags zum Kaffee.

»Meine Frau und die Kinder werden sich freuen!«, sagte Lenzen, rieb vergnügt seine Hände und bedankte sich für die Ehre.

»Wie alt sind deine Kinder, Otto?«

»Der Junge ist acht Jahre alt, die kleine Else fünf.«

»Hast du ihnen erzählt, dass Therese eine Afrikanerin ist?«

»Natürlich wissen sie das. Und freuen sich, sie kennenzulernen.«

Hufnagels folgten der Einladung zur Familie Lenzen nur zu gern. Nach dem Besuch der Bandfabrik mit anschließendem Kaffee bei

Wilhelm König und seiner Familie hatten Helene und Fritz beschlossen, dass sie künftig häufiger mit Therese »unter Leute« gehen sollten. Das wäre gut für Therese, andere Kinder kennenzulernen.

Sie nahmen zwei Stationen der Schwebebahn, die Therese seit ihrer ersten Fahrt besonders liebte.

»Die Leute haben Kinder? Ein Junge und eine kleine Else?«, fragte Therese.

Fritz nickte.

»Sind die auch so nett wie die Kinder von Königs?«

»Ich kenne sie ja noch nicht, bin aber ziemlich sicher, dass sie auch nett sind«, antwortete Hufnagel.

Therese drehte sich noch einmal zu Fritz um. »Es gibt ziemlich bekloppte Kinder!«

»Wie meinst du das?«, fragte er.

»Manche verstehen gar nichts und sind dumm!«

»Davon hast du uns bisher nichts erzählt«, erwiderte ihr Vater verblüfft.

»Ich habe keine Lust, dauernd von dummen Kindern zu sprechen. Davon kriege ich schlechte Laune«, sagte sie selbstbewusst. Damit war für sie das Gespräch beendet, die Schwebebahn hielt, und Therese genoss das Schaukeln und das Kribbeln beim Aussteigen.

Sie gingen in eine Seitenstraße, die Am Brögel hieß, und suchten die Hausnummer. Dann klingelten sie an dem alten Gebäude. Sogleich stand das Ehepaar Lenzen mit beiden Kindern in der Tür, sie sahen ihren Gästen gespannt entgegen, die sich durch den Vorgarten näherten.

Die kleine Else stand an der Hand ihrer Mutter. Therese ging spontan auf sie zu, wie sie es bei kleineren Kindern häufig tat.

Mit vor Schrecken geweiteten Augen klammerte sich Else an die Schürze ihrer Mutter und schrie und heulte vor Entsetzen auf, als sie Therese auf sich zukommen sah. Die Mutter versuchte, ihr Mädchen zu beruhigen, doch es war vergeblich. Schließlich verschwand sie mit der wie am Spieß brüllenden Tochter im Haus. Lenzen und sein Sohn standen hilflos in der Tür.

Da drehte sich Therese um, ging die wenigen Stufen hinunter und sagte in aufgebrachtem Ton: »Da geh ich nicht rein!«

Fritz ging ihr nach, versuchte, sie zu beruhigen. Die kleine Else wüsste es nicht besser.

Aber Therese war nicht umzustimmen.

»Ich geh da nicht rein«, wiederholte sie. »Ich will nicht, dass ein kleines Scheißerchen Angst vor mir hat.«

»Sie hat noch nie ein schwarzes Kind gesehen«, sagte Fritz leise und hockte sich zu ihr. »Vielleicht ist sie ganz nett. Komm doch mit! Lenzens sind nette Leute!«

»Vielleicht sind sie das nicht zu mir«, sagte Therese.

Alles Zureden half nicht. Hufnagels wechselten ein paar Worte mit dem entsetzten Lenzen. Aus einem hinteren Zimmer war das Brüllen der Kleinen bis auf die Straße zu hören.

»Habt ihr Else nicht gesagt, dass Therese schwarz ist?«, fragte Helene.

»Natürlich. Wir sind ja auch völlig überrascht. Wollen Sie nicht doch reinkommen? Else beruhigt sich sicher bald.«

Da hörten sie Thereses Stimme. Sie stand mit dem Rücken zu allen anderen und rief: »Geht ruhig rein! Ich warte hier auf euch.« Sie setzte sich auf den Bordstein und kümmerte sich um niemanden mehr.

Hufnagels waren ratlos. Fritz wechselte noch ein paar Worte mit Otto Lenzen, dann beschlossen sie, den Heimweg anzutreten. Während der Fahrt mit der Schwebebahn schwiegen sie. Therese schaute offenbar gut gelaunt aus dem Fenster. Fritz gesellte sich dazu.

»Das Brüllen von dieser kleinen Idiotin hat dich erschreckt«, sagte er, weil ihm sonst nichts einfiel.

Zuerst schwieg Therese. Dann sagte sie:

»Ich brüll ja auch nicht, wenn ich weiße Gesichter sehe.«

»Sie wusste es nicht besser«, sagte Fritz hilflos. »Vielleicht hätte sie sich schnell beruhigt.«

»Jetzt hat sie ja Zeit genug, sich zu beruhigen!« Mehr gab Therese in der nächsten halben Stunde nicht von sich. Als sie in ihre Wohnung kamen, ging sie sogleich in ihr Zimmer und schloss die Tür.

Hufnagels setzten sich in die Küche. Der Vorfall hatte auch sie mitgenommen.

»Sie muss lernen, sich anständig zu benehmen«, sagte Fritz leise zu Helene; er wollte nicht, dass Therese alles mithörte.

»Ich versteh das nicht. So etwas ist ja zum ersten Mal passiert«, sagte Helene.

»Sie fühlte sich verletzt. Als würde ihr jemand zeigen, dass sie hässlich oder minderwertig ist.«

»Im Kindergarten oder in der Schule ist das nie passiert, oder?«

»Das wissen wir nicht, außerdem ist sie da unter Gleichaltrigen. Trotzdem versteh ich das nicht. Sollen wir sie nicht holen?«

Helene klopfte vorsichtig an die Tür zu Thereses Zimmer. Das hatte sie bisher noch nie getan. Dann öffnete sie vorsichtig die Tür.

Therese saß auf ihrem Bett, ganz steif, und starrte aus dem Fenster. Sie drehte sich nicht zu Helene um.

»Kommst du zu uns in die Küche?«, fragte sie. Therese schüttelte den Kopf, ohne sie anzusehen. Ein Moment Schweigen. Dann schien sie es sich anders überlegt zu haben. Sie wischte über ihre Augen, stand auf und folgte ihrer Mutter.

Helene holte Kuchen aus dem Schrank, goss Therese Kakao ein und ihrem Mann und sich selbst Kaffee. Beiden Erwachsenen schien es besser, das Thema des missglückten Besuchs jetzt nicht zu besprechen.

Es würde dafür schon der richtige Moment kommen.

Das Kind sollte mehr unter Menschen sein, waren sie sich einig.

Schrebergarten

An einem sonnigen Sonntagmorgen marschierte Fritz mit Helene und Therese aus der Haustür; er hätte eine Überraschung für die beiden.

Fritz hatte von einem Angestellten seiner Firma zufällig erfahren, dass in der Nähe ein Schrebergarten frei geworden sei, die bisherigen Pächter wären weggezogen. Mit dem zuständigen Kleingartenverein wurde er schnell handelseinig.

Das Grundstück hatte ungefähr 20 mal 15 Meter, mit einem kleinen Häuschen für Gartenmöbel und Geräte.

Helene und Therese waren ahnungslos gewesen – und begeistert. Fritz hatte sich schon überlegt, ein Stück sollte allein Therese gehören. Als er es ihr zeigte und erklärte, stand sie nachdenklich davor, einen Finger verlegen im Mund.

»Was soll ich da pflanzen?«, fragte sie.

»Entweder Blumen oder Erbsen oder anderes Gemüse. Vielleicht Erdbeeren? Das entscheidest ganz allein du.«

»Auch Baumwolle?«, fragte sie.

Fritz lachte. »Die wächst bei uns nicht, es ist zu kalt. Außerdem ist das Stück zu klein dafür! Guck dich mal in den anderen Schrebergärten um, dann kommst du vielleicht auf Ideen, die dir gefallen. Du musst das nicht sofort entscheiden!«

»Warum heißen solche Gärten Schrebergärten?«, wollte Therese wissen.

»Ich glaube, dass ein Arzt in Berlin, der Schreber hieß, vor ein paar Jahren die Idee hatte, dass Kinder und Erwachsene, vor allem die Arbeiter, Natur brauchen, Orte, wo sie spielen und sich frei bewegen können«, erklärte Fritz. Therese nahm die Auskunft kommentarlos entgegen.

Im Laufe der jetzt regelmäßigen Besuche, meist an Wochenenden, entschied sich das Mädchen für Blumen, in jedem Jahr neue. Umgraben und Unkrautjäten erledigte sie allein.

An einer Ecke hatte sie ein Stück abgeteilt, um Kürbisse zu ziehen, die dann weit über die Wiese in der Mitte des Grundstücks rankten. Fritz und Helene sahen erleichtert, dass ihre Tochter mit den Leuten von den Nachbargrundstücken sehr schnell Freundschaften schloss, mit Erwachsenen und Kindern, und mit ihnen über Blumen und Kürbisse und sonstiges Gemüse fachsimpelte.

Schulprobleme

Therese war in der vierten Klasse der Volksschule, eine Schülerin, die ohne besondere Anstrengungen ihr Pensum schaffte. Sie war ein freundliches, bei den meisten beliebtes Mädchen. Ihre Zeugnisse gehörten zu den besten in ihrer Klasse. Das war nicht der Grund für ihre Beliebtheit, da machten sich Lehrer und Eltern keine Illusionen. Mit Therese befreundet zu sein – und um ihre Freundschaft rissen sich viele Mitschülerinnen – bedeutete, im besonderen Licht allgemeiner Aufmerksamkeit zu stehen. Ob Therese bemerkte, welche Attraktion ihre Hautfarbe und ihre wilden schwarzen Haare für die anderen hatten, hier oder auf der Straße, dem Marktplatz oder in Versammlungen, war nicht eindeutig zu klären. Wenn Helene sie darauf ansprach, zuckte sie mit den Schultern, gab aber keinen Kommentar ab. Sie war sehr zurückhaltend mit Äußerungen über sich selbst, seien es gute oder böse Erfahrungen. Nur besondere Ungerechtigkeiten teilte sie mit, wie die mit dem Musiklehrer.

Der hatte sich geweigert, sie im Chor der Schule mitsingen zu lassen. Obwohl sie eine schöne Stimme hatte und Musik liebte. An den Proben ließ man sie teilnehmen, nicht aber an den Konzerten.

Als Helene die Klassenlehrerin darauf ansprach, bekam sie eine für sie überraschende Antwort: »Liebe Frau Hufnagel, es ist ja so, dass der Chor auch öffentlich auftritt. Sicher hat ihre Therese eine schöne Stimme, und bei den Proben darf sie gerne mitmachen. Besser aber nicht bei öffentlichen Auftritten, hat ihr Musiklehrer entschieden! Wenn sie in der Reihe der anderen steht, richten sich immer alle Blicke auf sie, die Aufmerksamkeit gilt dann nicht mehr der Musik oder dem ganzen Chor. Das stört, das ist nicht gut. Das wäre auch für Ihre Therese nicht gut, immer so im Mittelpunkt zu stehen! Sie soll sich wie ein normales Kind fühlen, nicht als etwas Besonderes.«

Ratlos nahm Helene dieses Argument mit nach Hause. Für sie war ihre Therese etwas Besonderes, das war ihr klar. Das sind fast alle Kinder für ihre Eltern! Sie versuchte, die Begründung der Lehrerin zu verstehen. Würden sich nicht auch die Zuhörer bald der Musik, dem Gesang zuwenden und vergessen, dass da auch ein schwarzes Kind auf der Bühne stand? Würde man ein weißes Kind, das in Afrika zur Schule ging, ebenso behandeln? Gab es das?

Als sie Fritz von diesem Gespräch erzählte, wurde er zornig.

»Diese Art von Zurücksetzung finde ich ungeheuerlich! Wo soll das denn hinführen? Kannst du mir das erklären? Ich werde mir diesen Musiklehrer vorknüpfen, verlass dich drauf! Der verdient einen Tritt in den Hintern!«

»Mach bitte unserem Kind das Leben nicht noch schwerer«, versuchte Helene zu beschwichtigen. »Wir wissen ja nicht mal, was sie sonst noch auszuhalten hat, von dem wir nichts erfahren!«

Eine Art von Einsamkeit

Im Jahre 1911 wurde Therese am Gymnasium angemeldet. Den Vorschlag dazu hatten ihnen Pastor Giebel und Schwester Pauline gemacht, die das Leben des Kindes durch all die Jahre begleitet hatten. Vieles regelten sie mit Bedacht im Hintergrund, ohne dass die Pflegeeltern es immer erfuhren.

So hatten sie durch ihre Kontakte mit Kirchengemeinden in nahe liegenden Orten herausgefunden, dass in Duisburg ein Bruder von Therese gelebt hatte. Wie Therese bei einer Pflegefamilie.

Dieser Bruder war kurz vorher im Alter von 13 Jahren gestorben. Was zum frühen Tod des Jungen geführt hatte, erfuhren sie erst, als Helene, Fritz und Therese an einem Sonntag mit der Bahn die umständliche Reise in die Hafenstadt Ruhrort machten. Hoffmanns, die Pflegeeltern des Jungen, der Fred geheißen hatte, holten Hufnagels am Bahnhof ab und fuhren von dort ein Stück mit der Straßenbahn. Schweigend betraten sie den Friedhof und standen am schmucklosen Grab von Thereses Bruder – oder Halbbruder, das wusste man nicht genau.

»Er war ein wilder Junge, unser Fred. Aber wir haben ihn gerngehabt. Und unsere anderen Kinder mochten ihn auch!«

»Woran ist Fred gestorben?«, wollte Therese wissen. Sie hatte bis zu diesem Moment die Erwachsenen schweigend begleitet. Ihr Inneres war in Aufruhr. Hier lag ihr Bruder. Hatte sie noch mehr Geschwister? Würde sie sie jemals kennenlernen? Wie sollte sie das anstellen? Wen konnte sie danach fragen? Es würde nicht einfach sein. Aber sie wünschte es sich, ohne genau zu wissen, warum. In diesem Augenblick war ihr zum ersten Mal bewusst, dass es in ihrem Innern eine besondere Art von Einsamkeit, von Alleinsein gab. Woher sonst sollte diese Sehnsucht, die sie an diesem Grab fühlte, herrühren? Sie schwieg darüber, weil sie dafür keine Worte hatte. Wie hätte sie ihren geliebten Pflegeeltern, die für sie Vater und Mutter waren, das erklären können?

»Er hatte plötzlich einen Magendurchbruch. Als er im Krankenhaus operiert wurde, was es schon zu spät. Die Ärzte konnten ihm nicht mehr helfen.«

»Habt ihr seine richtigen Eltern informieren können?«, fragte Fritz.

»Die sind doch jetzt in Schlesien. Das stand auf einer Postkarte, die vor ein paar Tagen von seinem Vater William gekommen ist. Wohin sollten wir ihnen schreiben? Wir haben die Veranstalter in Hamburg durch einen Brief informiert, dass Fred William gestorben ist. Aber da hat sich niemand gemeldet. Die Veranstalter kümmern sich ja um nichts. Wir wissen nicht einmal, wann der Vater mit seinen Frauen zurückkehrt.«

Therese ging ein Stück hinter den Erwachsenen, die auf den Ausgang des Friedhofs zusteuerten. Das hilflose wirre Gefühl ließ sie schwerer atmen, und der Gedanke, dass sie vermutlich nie wieder hierher zurückkehren würde, zu ihrem Bruder, den sie nicht gekannt hatte, machte sie traurig und hinterließ in ihrem Innern eine Leere.

Sie hob, von den anderen unbemerkt, einen Stein auf und steckte ihn in ihre Manteltasche.

Wie man sich wehrt

Therese war nun beinahe 13 Jahre alt, fast schon eine junge Frau. Ihre äußere Schönheit zog in der Schule und auf den Straßen Aufmerksamkeit auf sich. Sie war schlank und großgewachsen. Nach außen hatte sich an ihrer bescheidenen Haltung, ihrer Hilfsbereitschaft und ihrer Frömmigkeit, die ihr ihre Pflegemutter vermittelt hatten, nichts geändert. Von den Malen, wenn sie Gehässigkeiten über ihre Hautfarbe hörte, erzählte sie ihren Pflegeeltern fast nichts oder erst im Nachhinein, dass es Probleme gegeben hatte. Dann zeigte Therese manchmal eine andere Seite ihres Wesens: eine selbstbewusste Empfindlichkeit. Sie war nie auf den Gedanken gekommen, in solchen Fällen zu den Klassenlehrern zu gehen, um sich zu beklagen, zu protestieren! Sie wehrte sich auf ihre eigene Art.

Ein Vorfall wurde mit dem Direktor der Schule verhandelt.

Therese wurde aus dem Unterricht gerufen und zum Direktor der Schule zitiert; die Eltern einer Mitschülerin hatten sich bei der Schulleitung über den »Übergriff der Negerin«, die Misshandlung ihrer Tochter beschwert, die an Knien und Händen blutig nach Hause gekommen sei.

Therese stand vor dem Schreibtisch des Direktors. Ihre Klassenlehrerin war dazugerufen worden, sie hielt sich im Hintergrund und stand in der Nähe der Tür.

»Du hast Streit mit Agnes Winkelsträter gehabt, Therese. Gestern ist das wohl gewesen. Erzähl mir mal, was da vorgefallen ist«, forderte der Direktor sie auf.

»Ich finde es nicht schön, beleidigt zu werden«, sagte Therese. In ihrem Gesicht zeigte sich kein Schuldbewusstsein.

»Womit hat sie dich beleidigt?«

»Mir ist es egal, wie diese Agnes über meine Hautfarbe denkt. Da kann sie drüber denken, wie sie will. Aber mich nennt niemand Neger-Schlampe, ohne die Folgen zu tragen!«

»Welche Folgen?«, wollte der Direktor wissen, ohne seine Stimme zu heben.

»Das war ja nicht das erste Mal, dass sie mich beleidigt hat. Da habe ich ihr eine Abreibung gegeben.«

»Was ist eine Abreibung, deiner Meinung nach?«

»Ich habe ihr die Beine weggetreten, sie ist hingefallen.«

»Hast du ihr auch gesagt, warum du das gemacht hast?«

»Nein. Ich habe sie nur aufgefordert, es noch einmal zu sagen. Darauf hat sie nichts gesagt, und dann habe ich ihr empfohlen, doch mal in den Spiegel zu gucken! Da könnte sie sehen, wie eine richtige Schlampe aussieht.«

»Warum?« Der Direktor unterdrückte ein Lächeln.

Darauf antwortete Therese nichts. Sie bekam nicht mit, dass ihre Klassenlehrerin im Hintergrund an der Tür ebenfalls lächelte.

»Sonst hast du sie nicht beschimpft oder beleidigt.«

»Kein Wort! Nur das mit dem Spiegel.«

Der Direktor wandte sich an die Lehrerin.

»Was meinen Sie, Frau Halbohm? Kann das stimmen, was Therese da sagt?«

Die Lehrerin kam langsam ein Stück näher an den Schreibtisch.

»Gelogen hat Therese noch nie! Und sie hat ein sehr gutes Verhältnis zu allen anderen Schülerinnen und Schülern.«

»Und das Wort Neger-Schlampe: Wird das unter den Schülern häufig gebraucht?«

»Ich höre es hier zum ersten Mal.«

Der Direktor wandte sich an Therese:

»Gibt es sonst noch Schimpfwörter, mit denen man dich beleidigt?«

Therese schüttelte den Kopf.

»Hast du deinen Pflegeeltern von dem Streit erzählt, Therese?«

»Nein. Ich fand es nicht so wichtig und wollte sie nicht beunruhigen. Die machen sich immer gleich Sorgen.«

»So, du kannst jetzt gehen. Ich werde mit deinen Eltern und mit den Eltern von Agnes reden. Hier an unserer Schule soll niemand beleidigt werden. Schon gar nicht wegen der Hautfarbe! Prügeleien dulden wir allerdings auch nicht!«

Damit war die Sache erledigt. Der Direktor hatte noch eine Frage an Therese.

»Deine Mutter hat mir gesagt, dass du vielleicht bald mit deinen Eltern nach Togo reist. Weißt du schon, wann das sein wird?«

Therese zuckte mit den Schultern.

»Freust du dich, deine richtigen Eltern wiederzusehen?«

In Thereses Gesicht sah man keine Regung.

»Ich kenne sie ja noch nicht«, sagte sie schließlich. Für ihre wirren Gefühle, wenn sie an ihre leiblichen Eltern dachte, hätte sie keine Worte finden können.

»Und Afrika, freust du dich darauf, in deine Heimat zu reisen?«

Wieder zuckte Therese nur mit den Schultern. Der Mann sah wohl, dass weitere Fragen zwecklos waren.

»Dann geh jetzt in deine Klasse«, sagte er nur.

Bedrückende Nachricht

Einige Wochen nach dem Besuch am Grab von Fred Hoffmann in Duisburg traf bei Hufnagels eine Nachricht ein, die sie in Aufregung versetzte. Eine Postkarte aus Berlin ohne Datum. Sie war eng bekritzelt, und sie hatten Mühe, sie zu entziffern. Die Karte war von Thereses Vater. Nayo William hatte sie geschrieben.

> »Ihr lieben Menschen, wir sind guter Dinge, weil wir in wenigen Wochen über Rotterdam nach Afrika reisen. Jetzt sind wir noch im Süden von Deutschland. Wie geht es meiner Tochter? In ein paar Wochen wird sie mit einem Auto der Veranstalter abgeholt und mit uns reisen. Wir danken Ihnen für alle Fürsorge. Nayo WILLIAM.«

Für einige Tage behielten Hufnagels die Nachricht für sich. Sie mussten mit dem bedrückenden Gedanken fertigwerden, dass sie schon bald ohne Therese würden leben müssen. Fritz hatte Mühe, die völlig aufgelöste Helene zu beruhigen. Ihm ging es nicht viel besser. Es hatte keinen Sinn, die Nachricht vor Therese zu verheimlichen. Als sie es ihr nach einem gemeinsamen Mittagessen sagten, ging Therese, ohne irgendeine Regung zu zeigen, in ihr Zimmer und schloss leise die Tür hinter sich. Sie beschäftigte weniger ihr Leben ohne Helene und Fritz und alles, was auf sie zukommen würde. Vielmehr spürte und dachte sie, es sei nun an ihr, Therese, die beiden zu trösten und zu beruhigen. Der Gedanke bedrückte sie, und sie war froh, eine halbe Stunde allein zu sein, um darüber nachzudenken, wie sie das anstellen könnte.

Therese war in die zweite Klasse des Gymnasiums versetzt worden, als schon überall davon geredet wurde, das Deutsche Reich könnte in einen Krieg hineingezogen werden. Hufnagels lasen die Kommentare in den Zeitungen und hörten die Gerüchte, kümmerten sich aber nicht weiter darum. Sie hatten jetzt andere Sorgen: Bald würde Therese sie verlassen. Was könnten sie tun, um ihr das Leben in Afrika zu erleichtern?

Nach der Postkarte aus Berlin hatten sie allerdings nichts mehr von den Veranstaltern oder von William gehört. Vielleicht kommt der Abschied nicht so bald, hofften sie. Aber das war ihnen kein Trost. Auf ihre Gemüter legte sich ein Schleier aus Sorge, Trauer und Angst. Um alles nicht noch schlimmer zu machen, hatten sie bald aufgehört, darüber zu reden.

Fritz besprach sich mit seinem Arbeitgeber, seine Pflegetochter nach Rotterdam zu begleiten. Um sicher zu sein, dass sie gut versorgt sein würde bis zur Abfahrt nach Afrika. Was wussten sie schon von den Verhältnissen, die man in Rotterdam oder die Therese in Togo antreffen würde?

Den Vater hatten sie ja nur ein einziges Mal gesehen, und das war eine Ewigkeit her. Sie verwarfen den Gedanken allerdings schnell wieder, was könnte Fritz in einem fremden Land schon ausrichten?

Ein Abschied

Es war ein Sonntag im April 1913, als vor Hufnagels Haus auf dem Bürgersteig ein fremdes Auto anhielt, ein Adler-Personenwagen. Der Fahrer stieg aus und drückte auf die Türklingel. Als Fritz öffnete, stand ein Mann in blauer Arbeitskleidung vor ihm.

»Sind Sie Hufnagel? Wohnt hier eine Therese Akua William?«

Fritz nickte. »Was wollen Sie von ihr?«

»In zwei oder drei Stunden komme ich wieder. Sie soll ihre Sachen packen, ich bringe sie mit einem anderen Negerkind nach Rotterdam. Da geht sie auf ein Schiff nach Afrika. Also in ungefähr zwei Stunden!« Er drückte Fritz ein Papier in die Hand. »Hier die Anweisung vom Veranstalter!«

Ohne eine Antwort abzuwarten, stieg der Fremde ins Auto und fuhr davon.

Fritz war wie vor den Kopf geschlagen. Ich hätte es wissen müssen, dachte er bedrückt und kehrte in die Küche zurück. Helene und Therese sahen ihm an, dass etwas passiert war.

»In zwei oder drei Stunden«, sagte Fritz.

Helene brach in Tränen aus, laut weinend warf sie ihren Kopf auf die Tischplatte. Therese ging um den Tisch herum und legte einen Arm um ihre Schultern.

»Es geht ja nicht anders. Ich komme wieder«, sagte sie. »Ich weiß nur nicht, wann das sein wird, liebe Mama!«

Helene riss sich zusammen, schniefte noch ein paarmal. Dann stand sie auf und zog Therese mit in ihr Schlafzimmer. Vom Kleiderschrank nahm sie resolut einen Koffer, legte ihn auf das Bett und klappte ihn auf. Stumm, ohne sich absprechen zu müssen, nahmen sie Thereses Kleider und legten sie sorgfältig in den Koffer. Zwischendurch wurde Helene von dem Gedanken an den Abschied überwältigt, dann holte sie tief Atem, starrte aus dem Fenster, um ihre Haltung zurückzugewinnen, sprechen konnte sie nicht darüber.

Therese kaute an ihren Lippen. Ein chaotisches Gefühl stürzte auf sie ein, aber sie versuchte, sich zusammenzureißen.

»Die Dokumente. Mein Pass«, sagte sie leise zu Fritz, der hilflos in der Tür zum Schlafzimmer stand. Er holte die Mappe mit ihren Papieren, die er schon vorbereitet hatte. »Ihr müsst mich hier abmelden, auch an der Schule«, sagte sie, als sei sie jetzt die Verantwortliche in der Familie. Dann ging sie in ihr Zimmer, kam nach wenigen Minuten mit ihrer Umhängetasche zurück und setzte sich auf einen der Küchenstühle.

Viel zu reden gab es nicht. Fritz hatte sich ihr gegenübergesetzt und starrte vor sich hin. Helene zog den Koffer hinter sich her und stellte ihn an die Tür. Ihre Augen und ihr Gesicht waren vom Weinen gerötet, niemand fand Worte, um den anderen oder sich selbst zu trösten.

»Komm mit, mein Schokoplätzchen! Wir wollen Roses Ade sagen!«

Sie gingen gemeinsam über den Flur. Edelgard stand stumm in der Küchentür, niemand fand Worte. Therese drückte ihrer Freundin zwei Bücher aus der Schulbücherei in die Hand.

»Kannst du sie bitte abgeben?«

Dann schwiegen sie.

»Es muss wohl so sein«, sagte schließlich der alte Herr Rose hilflos, stand auf und schüttelte bewegt Thereses Hand. Therese ging zu allen Kindern und drückte ihnen die Hände. Sich zu umarmen war unter Nachbarn nicht üblich. Bevor sie die Wohnung verließen, drehte sich Therese noch einmal um, ging zurück und umarmte Edelgard, die es verlegen über sich ergehen ließ.

Dann gingen sie.

»Gott behüte dich, mein Kind!«, sagte Helene, als sie ihre Tochter noch einmal umarmte. Aus ihrer Schürzentasche gab sie Therese eine Tüte mit Süßigkeiten.

»Da!« Mehr sagte sie nicht und drückte ihr einen Beutel mit Butterbroten und eine Flasche Wasser in die Hand.

Sie standen vor der großen Limousine. Auf dem Rücksitz saß ein mageres schwarzes Mädchen, jünger und kleiner als Therese, das sich nicht rührte und sich in seine Ecke gekauert hatte. Der Fahrer hatte sich bei laufendem Motor wieder hinter das Steuer gesetzt. Als sich der Wagen entfernte, gingen Fritz und Helene wortlos in ihre Wohnung zurück. Wieder hatte sich ihr Leben abrupt geändert. Und sie hatten keine Möglichkeit gehabt, das zu verhindern. Fritz stieg in den Keller, um sich in seiner Werkstatt abzulenken. Er machte sich heftige Vorwürfe und hatte Mühe, seine Wut auf sich selbst zu zügeln. Verflucht, ich hätte mitfahren sollen! Therese mit Fremden allein in einem Auto!

Vermutlich hätte der Fahrer nicht erlaubt, dass er einstieg. Ohne Pass wäre das ja auch nicht gegangen. Keines der Argumente, mit denen er versuchte, das Thema des Abschieds einzukreisen, beruhigte ihn. Schließlich warf er den Hammer beiseite, löschte das Licht und ging in die Wohnung zurück. Es war totenstill. Im Schlafzimmer fand er Helene. Sie hatte ihren Kopf unter der Decke vergraben. Nur an den Bewegungen ihrer Schultern erkannte Fritz, dass sie weinte.

Die Fahrt nach Rotterdam

Der Fahrer, so schien es Therese, war ein komischer Kerl. Wahrscheinlich ein bisschen bescheuert. Solche Gedanken halfen ihr, nicht an den Abschied von Helene und Fritz zu denken. Damit könne sie sich jetzt nicht dauernd beschäftigen, redete sie sich ein. Und das beruhigte ihr Gemüt, wie sie es erhofft hatte.

Während der Fahrt über Duisburg, Dinslaken, Arnheim und andere Städte sprach der Mann am Steuer kein Wort. Den Weg nach Rotterdam schien er zu kennen, denn er hatte keinen Autoatlas oder Landkarten dabei. Einmal hielt er in einem Dorf und zeigte wortlos auf eine Bäckerei. Therese verstand, sie sollten sich etwas zum Essen holen. Geld für den Einkauf gab er ihr nicht, sondern stierte bis zur Weiterfahrt vor sich hin. Helene hatte Therese Geld zugesteckt. Als sie jetzt das trostlose Gesicht des Mädchens neben sich sah, das sich auch jetzt noch nicht rührte, dachte sie, dass das kleine Wesen Hunger haben könnte. Sie kaufte ein paar Brötchen und Gebäck, sie gab ihr davon, und das Mädchen verschlang alles wortlos. Therese hatte auch Limonade für sie beide gekauft, gierig trank das Mädchen die Flasche leer. Sie nahm auch eines der von Helene vorbereiteten Butterbrote und aß, ohne aufzusehen.

»Bist du vielleicht meine Schwester?«, fragte Therese, um irgendwie ein Gespräch in Gang zu bringen. Das Mädchen zuckte mit den Schultern.

»Wo hast du denn bisher gelebt?«

»Dortmund«, sagte es mit piepsiger Stimme.

»Wie heißt du?«

»Sie nannten mich Rosemarie.«

»Rosemarie, hast du bei deutschen Leuten gewohnt?«

»Im Heim. Zuerst bei einer Familie mit vielen Kindern, da war es nicht schön. Da haben mich Leute weggeholt und in ein Kinderheim gebracht. Da war es auch nicht schön.«

»Weißt du denn, wie dein Vater heißt? Oder deine Mutter?«

Rosemarie zuckte mit den Schultern. »Woher soll ich das wissen!?«

»Könnte ja sein, dass man es dir erzählt hat. Mein Vater heißt Nayo William. Viel mehr weiß ich auch nicht. Vielleicht bist du meine Schwester. Freust du dich darauf, nach Afrika zu kommen?«

Die Kleine zuckte wieder mit den Schultern.

Mit der ist nicht viel anzufangen, dachte Therese und überlegte, wie sie gemeinsam die Zeit totschlagen könnten. Sie fragte nach allen möglichen Spielen, die sie im Kindergarten und in der Schule gelernt hatte. Vergeblich. Therese sah wieder aus dem Fenster: Felder, Waldstücke, Dörfer, einzelne Bauernhöfe, manche blau-weiß gestrichen, Kühe auf der Weide, manchmal ein Pferd. Die Zeit verging unendlich langsam.

So recht wusste Therese nicht, wie ihr zumute war. War sie traurig, oder freute sie sich auf die Reise? Sie hätte es nicht sagen können. Wie soll man sich freuen, wenn man nicht weiß, was in den nächsten Stunden passieren wird und was einen erwartet?! Wenn man alles zu Hause zurücklassen musste … Solche Gedanken gingen ihr im Kopf herum.

Stunde um Stunde verging. Einmal fragte Therese den Fahrer, wie lange die Fahrt noch dauern würde.

»Drei Stunden«, sagte er mürrisch. »Wenn ihr wollt, könnt ihr schlafen.«

An Schlafen war für sie nicht zu denken, sie dachte jetzt an den Abschied von den Pflegeeltern und an ihre anderen Eltern, die sie zum ersten Mal sehen würde. An Nayo William, ihren Vater. Den Namen ihrer Mutter hatte ihr Helene einmal genannt, aber sie hatte ihn vergessen. Helene hatte ihr auch erzählt, der Vater sei ein großgewachsener, sehr ernsthafter Mann, damit konnte sie wenig anfangen. Er war in einem Ort geboren, der Klein-Popo hieß, das fand sie damals lustig. Vielleicht klingt der Ort ja nur auf Deutsch lustig und Popo hat in Afrika eine ganz andere Bedeutung.

An Afrika dachte sie auf dieser Fahrt nicht, weder an die Dörfer noch an Elefanten oder Krokodile. Die Schule und ihre Freunde zogen in ihrer Erinnerung vorbei. Sie dachte an Helene und Fritz, die jetzt ohne sie würden leben müssen. Wie sollte das gehen? Sie konnte sich nicht vorstellen, wie es möglich sein sollte, sie eines Tages wiederzusehen, bei dem Gedanken überfiel sie eine große Traurigkeit, die sie ihnen beim Abschied nicht hatte zeigen wollen.

Dann weinte sie ein bisschen und döste schließlich vor sich hin, eingelullt vom Geräusch des Autos. Manchmal wachte sie auf, wenn der Wagen durch eine enge Kurve fuhr oder der Fahrer laut hustete. Seinen Namen kannte sie nicht. Vielleicht entführte er Kinder und verkaufte sie in fremde Länder, ging ihr durch den Kopf, aber dann fand sie diese Vorstellung lächerlich.

Vielleicht ist er nur schüchtern und ist noch nie mit schwarzen Kindern unterwegs gewesen, dachte sie. Vielleicht hatte er Angst vor ihnen.

Sie erinnerte sich, wie Fritz und Helene sie zu einem Besuch bei einem Arbeitskollegen ihres Vaters mitgenommen hatten. Und wie das kleine blöde Mädchen bei ihrem Anblick gebrüllt hatte und sich gar nicht beruhigen wollte.

Ob afrikanische Kinder sich auch so erschraken, wenn sie zum ersten Mal einen weißen Menschen sahen?

Schließlich musste sie doch eingeschlafen sein.

Es war schon dunkel, als sie aufwachte. Aus dem Fenster sah sie eine endlose, von Straßenlaternen beleuchtete Allee mit Bäumen, rechts und links vornehme Häuser mit Eisengittern und Vorgärten.

Welche Sprache sprach man hier? Waren sie in Belgien oder Holland? Aber das interessierte sie eigentlich nicht, stellte sie fest.

Der Wagen fuhr schließlich durch einen Stadtteil mit Lagerhäusern und durch ein eisernes Tor, das sofort von zwei Männern hinter ihnen geschlossen wurde. Dann hielt der Wagen.

»Ihr könnt jetzt aussteigen«, sagte der Fahrer. »Ich zeig euch, wo ihr hinmüsst. Lasst nichts von euren Klamotten im Auto liegen!«

Bist du Therese William?

Er ging vor den beiden Kindern her zu einer eisernen Eingangstür und führte sie in ein Gebäude, das nur aus Beton und Eisen zu bestehen schien und Therese an eine Fabrik erinnerte, wie sie sie aus Elberfeld kannte. Über viele Treppenstufen folgten sie dem Mann, immer weiter nach oben. Ihren Koffer hatte Therese in der Hand, die Tasche über der Schulter. Rosemarie folgte wie ein ängstliches Hündchen. Therese lächelte ihr auf einem Treppenabsatz zu, um ihr Mut zu machen. Doch das Mädchen verzog keine Miene und guckte in sich gekehrt auf die Stufen herab.

In der vierten oder fünften Etage, Therese hatte nicht mitgezählt, öffnete der Mann eine quietschende Eisentür, und sie kamen in eine Art Halle. Das Erste, was Therese sah, waren Wolldecken und Tücher, die über Drähten hingen. So hatte man den großen Raum in kleine Einheiten geteilt. Mehr konnte sie zuerst nicht sehen.

Gleich neben der Eingangstür stand ein Schreibtisch, an dem eine magere weiße Frau saß und in Papieren blätterte. In einem Aschenbecher qualmte eine Zigarette. Als sie aufsah und die Angekommenen betrachtete, bemerkte Therese in ihrem grauen Gesicht Müdigkeit, sie sah abgespannt aus und hatte eine ungesunde Gesichtsfarbe. Rosemarie versteckte sich ängstlich hinter Thereses Rücken.

»Therese William aus Elberfeld«, sagte der Fahrer. »Und das ist wohl Rosemarie. Mehr weiß ich nicht von ihr. Ich habe sie aus einem Heim in Dortmund geholt.«

»Das reicht schon«, sagte die Frau. »Ich habe ja eine Liste mit allen Kindern der Neger, die mitsollen. Wenn jemand schon gestorben ist, mache ich ein Kreuz dahinter ...« Therese hatte den Eindruck, dass das scherzhaft klingen sollte, und dachte an ihren verstorbenen Bruder Fred.

»Kann ich jetzt gehen?«, fragte der Fahrer.

»Fahren Sie zum Hafen. Am Liegeplatz 16 sollen Sie gegen acht Uhr neue Fracht abholen.«

»Davon weiß ich nichts. Welche Fracht denn?«

»Keine Ahnung! Wahrscheinlich Eskimos.«

»Was wird aus den beiden hier?«, fragte er, als sei er besorgt und hätte noch Verantwortung für die Mädchen.

»Die kommen jetzt zu ihren Eltern. Die sind alle hier oben! Kümmern Sie sich nicht darum.«

Darauf gab der Fahrer Therese und Rosemarie die Hand und sagte: »Gute Reise!« Dabei lächelte er unbeholfen. Dann ging er.

»Bist du Therese William?« Die Frau hinter dem Schreibtisch sah auf. Therese nickte.

»Und du?« Sie zeigte auf das andere Mädchen.

»Sie haben mich Rosemarie genannt«, flüsterte die Kleine.

»Sonst keinen Namen?«

Das Mädchen schüttelte den Kopf. Sie hatte Angst, das konnte man sehen, und Therese nahm ihre Hand. Da sah sie lächelnd zu ihr auf.

»Für dich finden wir auch was. Ihr seid euch ja alle ähnlich«, sagte die Frau.

Aus dem Raum hörte Therese anhaltendes Gemurmel, verstehen konnte sie nichts. Der Gestank war schrecklich.

»Bleibt hier stehen!«, sagte die Frau mit müder Stimme.

Sie stand auf und verschwand im Gewirr der Wolldecken und Tücher; nach einigen Minuten kam sie zurück. Hinter ihr erschien ein schlanker, großgewachsener Afrikaner. Er war europäisch gekleidet, hatte aber ein buntes Tuch um seine Schultern gelegt. Er betrachtete ruhig die schwarzen Mädchen, die da verschüchtert am Schreibtisch standen. Dann legte er entschlossen eine große Hand auf Thereses Schulter.

»Ich bin dein Vater«, sagte er auf Deutsch. Mehr sagte er nicht. Die Frau am Schreibtisch schrieb etwas in ihre Kladde und nickte. Sie waren entlassen.

Da ahnte Therese noch nicht, dass sie diesen schrecklichen Raum mit dem üblen Geruch für einige Monate nicht verlassen würde.

Warum man hier siebenunddreißig Menschen aus Togo mit ihren Kindern festhielt, konnte sie nicht wissen; sie erfuhr es erst Jahre später von ihrem Bruder Kodjo.

Ihr Vater Nayo William brachte Therese in jenes Geviert, das er mit seinen vier Frauen bewohnte. Hier sollte sie nun auch wohnen.

Auf dem Boden lag ein schmutziger graubrauner Teppich, sie sah ein paar Kissen und Decken, die zu Rollen gebunden waren, in einer Ecke Essgeschirr aus Blech. Die vier Frauen, die auf dem Boden saßen, sahen sie neugierig an.

Wie sollte sie ihre Mutter unter ihnen erkennen? Wieder musste sie sich zusammenreißen, um nicht in Panik zu geraten.

Wie sollte sie mit ihnen sprechen? Sie ahnte, dass nur ihr Vater Deutsch verstand. Aber seine Frauen? Wo waren ihre anderen Kinder? Therese wusste nur von Fred.

Eine schlanke große Frau stand langsam auf und stellte sich vor sie hin. Sie hatte ein eindrucksvolles, aber strenges Gesicht. Dichte schwarze Haare standen um ihren Kopf. In einer Sprache, die Therese nicht verstehen konnte, sagte sie etwas zu ihr und lächelte sie an. Das ist meine Mutter, ging ihr durch den Kopf. Sie hatte sie angesprochen! Weil ihr der Name ihrer Mutter wieder eingefallen war, sagte sie:

»Bist du meine Mutter Dassi?« Und wiederholte die Frage auf Französisch. Viel Französisch konnte sie nicht, sie hatten in der Schule erst ein paar Unterrichtsstunden gehabt.

Als hätte sie ihre Tochter verstanden, nahm die Frau sie in ihre Arme und hielt sie fest. Immer mehr Worte sprudelten aus ihr heraus. Die anderen Frauen waren auf dem Boden sitzen geblieben und gaben immer wieder den gleichen Laut, zwei Silben, von sich und nickten im Takt und indem sie ihre Oberkörper vor und zurück wiegten, als wollten sie die Worte ihrer Mutter bestätigen.

Therese wusste ja nicht einmal, welche Sprache das war!

Weil es spät war, bereiteten die Frauen die Schlafplätze. Die Decken wurden ausgerollt, sie füllten fast das ganze Geviert. Ihr gab man ein Stück süßes Brot und einen Becher Wasser. Mehr bekam sie an diesem ersten Abend nicht. Ihre Mutter zeigte auf einen Platz neben sich. Therese zog ihre Schuhe aus und suchte in ihrem Koffer nach ihrem Nachthemd. Die vier Frauen wurden richtig wach, als sie es sahen. Sie setzten sich noch einmal auf und prüften den Stoff, sprachen offensichtlich über das Muster oder das Material. Von Hand zu Hand ging ihr Nachthemd. Ob sie es bewunderten, konnte Therese nicht erkennen. Die Frauen legten zur Nacht nur ihre Tücher ab, die sie um ihre Schultern trugen. Dann krochen sie unter die dünnen Decken. Sie redeten noch leise miteinander, dann war Therese eingeschlafen, wachte aber immer wieder auf.

Ihr Vater hatte, ohne dass sie es bemerkt hatte, ihre seltsame Kabine verlassen. Sie hatte keine Ahnung, wo er die Nacht verbrachte. Von allen Seiten hörte sie Gemurmel und Stimmen, laut und leise. Selten Gelächter, manchmal ein Keifen mit hoher Stimme.

Sie müssen alle diesen Gestank aushalten, und haben niemals Ruhe, dachte Therese.

Alltag im Lager

Ihren Vater sah sie am nächsten Morgen wieder. Sie versuchte, ihn nach einem Bad zu fragen, es war vergeblich. Also behielt sie ihr Nachthemd an und zog ein paar Kleidungsstücke darüber. Ihr Vater brachte Tee in ihren Verschlag und süßes Gebäck, wie sie es am Abend schon gegessen hatte. Wo er die Nacht verbrachte, erfuhr sie nicht. Sie hockten zu sechst im Kreis, das war ihr erstes Frühstück mit ihrer afrikanischen Familie. Gesprochen wurde erst, als die letzten Brocken verzehrt waren, aber sie verstand nichts. Da die anderen sie ab und zu ansahen, vermutete sie, dass sie auch von ihr sprachen. Das war ihr nicht angenehm, sie wusste nicht, warum.

Rosemarie hatte sie aus den Augen verloren. Auch in den nächsten Tagen sah sie ihre Reisegefährtin nicht wieder und war sicher, dass sie wohl doch nicht ihre Schwester sein konnte.

Nach dem Frühstück verschwand ihr Vater wortlos, und ihre Mutter begann sofort, ihrer Tochter ihre Sprache beizubringen, während sie vor ihr auf dem Boden hockte. Die drei anderen Frauen nahmen lebhaften Anteil an diesem Unterricht. Vermutlich waren sie froh, dass etwas passierte. Therese versuchte, sich ihre Namen einzuprägen. Yenoussi, Amanoua, Victoria. Das gelang ihr nicht sehr gut, denn der Sprachunterricht forderte ihre ganze Aufmerksamkeit.

Brot = abóló, hier = afí, Mensch = ame, Hand = así, essen = du, kalt = fá, spielen = fe, breit = keke und = èye, Lied = ha.

So ging es weiter, endlos. Ihr schwirrte bald der Kopf. Decke. Vater. Mann. Frau. Kind. Bett. Schlafen. Dach. Boden. Kleid. Kopftuch.

Therese hatte den Eindruck, das sei sicher die schwerste Sprache der Welt. Sie wiederholte jedes Wort, immer wieder. Ihr Vater hatte ihr noch gesagt, diese Sprache hieße Ewe. Wieder von vorn und immer neue Wörter. Dann kurze Sätze.

Von dem Geruch wurde ihr übel, und sie musste zum Klo. Eine der Frauen, die sie alle »Mutter« nennen sollte, begleitete sie. Bei ihren Pflegeeltern gab es keine vornehme Toilette wie im Betrieb von Gustav König, wo ihr Pflegevater arbeitete, aber das hier verursachte ihr Brechreiz, noch bevor sie dran waren. Sie riss sich zusammen. Vor der Toilette standen schon fünf Frauen, einige mit Kindern in ihrem Alter und kleineren, sie mussten warten. Nebenan war eine Toilette für Männer, mit halbhohen Brettern abgetrennt wie mit einem Zaun. Der Gestank war unerträglich.

Was sie dann sah, als sie und ihre Mutter dran waren, überstieg ihr Vorstellungsvermögen; es war einfach entsetzlich! Ihr erster Gedanke war, sie würde ihren Vater fragen, warum hier nicht sauber gemacht würde. Nach mehreren Versuchen hatte er verstanden, was sie meinte. Er schüttelte nur den Kopf.

»Das geht uns nichts an. Wir reisen bald nach Afrika.« So viel hatte sie verstanden.

Dann ging der Unterricht weiter, Therese wiederholte Wörter und ganze Sätze, auch wenn sie ihren Sinn nicht immer verstanden hatte. Sie versuchte, ihre Mutter und die anderen Frauen zu fragen, warum sie diese Halle nicht verließen, um draußen an der frischen Luft zu sein. Sie verstanden es nicht. Sie ging, ohne jemanden zu fragen, an die Eingangstür. Der Schreibtisch war jetzt verlassen, sie rüttelte an der Eisentür, sie war verschlossen. Sie nahm sich vor, es später noch einmal zu versuchen.

Als sie am Nachmittag, weil Hunger und Durst sie quälten, wieder an den Schreibtisch zurückkehrte, saß dort eine andere Frau.

»Sprechen Sie Deutsch?«, fragte sie. Sie nickte, ohne Interesse zu zeigen. Und blätterte weiter in einem Heft.

»Kann ich mit meinen Müttern nach draußen? Auf den Hof?«

»Das ist nicht erlaubt«, sagte sie. »Das geht nicht. Das dürft ihr nicht.«

Therese sah sie fragend an.

»Ihr würdet euch verlaufen in dieser Stadt, und dann finden wir euch nicht wieder. Und was wird dann aus euch?«

»Wir bleiben unten im Hof, wir verlaufen uns nicht.«

»Das geht nicht«, sagte die Frau.

Da nahm Therese ihren ganzen Mut zusammen und sagte:

»Hier stinkt es. Warum dürfen wir nicht an die frische Luft?«

»Das geht nicht«´, sagte sie noch einmal. »Geh zurück in euren Verschlag. Was meinst du, was hier los wäre, wenn jetzt alle solche Sonderwünsche hätten?! Außerdem habt ihr kein Visum für die Niederlande. Also …« Sie machte eine Handbewegung, um Therese zu verscheuchen.

Therese war empört und wollte versuchen, mit ihrem Vater darüber zu sprechen. Als er am späten Nachmittag in ihr Wolldecken-Geviert kam, fragte sie ihn. Vergeblich, er verstand nicht, was sie meinte. Aber er begann ein lebhaftes Gespräch mit ihrer Mutter und seinen anderen Frauen. Sie hatte den Eindruck, dass sie sich stritten. Ob es um sie ging, wusste sie nicht, aber manchmal guckten sie alle auf Therese. Ab und zu fuhr ihre Mutter einer der Frauen über den Mund und brachte sie zum Schweigen. Sie bekam auch mit, dass sie dieser oder jener Frau etwas sagte, die daraufhin sofort aufstand, den Krug nahm und mit Wasser zurückkehrte. Sie schien irgendwie die Chefin zu sein. Später erfuhr Therese, sie sei die ERSTE Frau. Was das zu bedeuten hatte, war ihr schleierhaft.

Stunde um Stunde ging der Sprachunterricht weiter. Wiederholungen vom Morgen, neue Wörter. Sie gab sich Mühe, ihrer Mutter zu zeigen, dass sie das meiste vom Morgen behalten hatte. Sie lobte sie nicht, wenn sie ein Wort richtig aussprach, guckte aber böse, wenn sie sich nicht erinnerte. Meistens korrigierte sie ihre Aussprache, und Therese begriff, dass es eine sehr weiche Sprache war, die ihr gefallen würde. Sie war schon froh, dass sie überhaupt eine Beschäftigung hatte.

Und sie sehnte sich nach frischer Luft. Irgendwann werde ich ersticken, dachte sie.

Sie bekamen zweimal am Tag etwas zu essen. Dafür hatte jeder einen Blechteller. Zwei Afrikaner gingen von Geviert zu Geviert und teilten aus einer dampfenden Tonne das Essen aus. Meistens irgendeinen Brei aus Reis, Gemüse und Knorpel, an dem noch ein bisschen Fleisch hing. Als alle mit dem Essen fertig waren, reichten ihr die Frauen und ihr Vater ihre Teller und zeigten in Richtung Toiletten. Da fand sie einen Wasserkran und spülte, so gut es ohne Seife ging, alles Geschirr ihrer Familie. Für Knochen und Essensreste stand da eine Tonne, die schon halb voll war mit stinkenden Abfällen. Ihr blieb nichts anderes übrig, als einen der schmierigen Lappen zu benutzen, die herumlagen und schlimm rochen.

So vergingen viele Tage, vielleicht Wochen. Um sich ein bisschen zu bewegen, ging sie immer wieder durch die schmalen Gänge zwischen den Wolldecken umher wie eine Schlafwandlerin und verstand nicht, warum sie hier waren. Einige Male kam ihr Vater und sagte, nun würden sie bald abreisen. Wenn er Therese direkt in seiner Sprache anredete, war sie stolz, dass sie schon nach so kurzer Zeit eine Menge verstand. Sie gab sich alle Mühe, denn ihr Leben schien trostlos, wenn sie nicht mit jemandem sprechen konnte.

Ihr Vater behandelte Therese sehr freundlich, und sie begann, ihn gernzuhaben.

Dann hieß es wieder, sie sollten auf das nächste Schiff warten. So vergingen wieder Tage und Wochen, keine Abreise in Sicht, auch wenn sie jedes Mal ihre Sachen zusammenpackten. Nur ein Mal in dieser Zeit hatte Therese die Möglichkeit, ihren ganzen Körper zu waschen. Ihr war es inzwischen egal, dass alle möglichen Frauen und Männer dabei zuguckten. Sie hatte Tränen in den Augen, so hatte sie sich danach gesehnt, diesen verdammten Juckreiz loszuwerden und das hässliche Gefühl, schmierig zu sein. Auch ihr Kopf juckte, vermutlich hatte sie inzwischen Läuse wie alle hier.

Jede Woche kamen zwei weiße Männer in die Halle, mit Schutzmasken vor ihren Mündern und Nasen. Sie sprühten allen Afrikanern grauen Puder auf die Köpfe und über die Kleider.

Manchmal kam ihr Vater, winkte einer seiner Frauen und ging mit ihr weg. Sie kam meist nach einer oder zwei Stunden zurück und setzte sich wieder zu den anderen. Geredet wurde darüber nicht, und Therese erfuhr nie, wo sie gewesen war.

Als sie einmal wieder unterwegs war zwischen den Wolldecken, um in der Nähe der Fenster zu sein, weil da die Luft ein bisschen besser war, sah sie sechs oder sieben Kinder, die auf dem Boden an einer Wand saßen und vor sich hin starrten. Sie freute sich, endlich Kinder zu sehen. Aber sie saßen nur da, als würden sie träumen, ihre Augen waren verhangen, wie sie es bei Kindern noch nie gesehen hatte. Da war keine Fröhlichkeit, keine Neugier zu sehen. Sie versuchte, sie auf Deutsch anzusprechen, aber ein Junge von vielleicht fünf Jahren schüttelte nur den Kopf. Da ging sie weiter.

Vielleicht sehe ich genauso aus wie diese Kinder?!, dachte sie. In einer Ecke, wo sie niemand sah, weinte sie lange und still vor sich hin.

Sie hatte aufgehört, die Tage, Wochen und Monate zu zählen. Sicher war sie in dieser stinkenden Fabrikhalle länger als ein halbes Jahr. Die Hoffnung, dass sich bald etwas ändern würde, hatte sie bereits verloren.

Dem Tod nahe

An Thereses Körper hatten sich juckende Pusteln gebildet, die sie ihren Müttern zeigte. Sie zuckten nur hilflos mit den Schultern. An einem Morgen fühlte sie sich so erschöpft, als müsste sie sterben, und blieb auf ihrem Lager liegen, unfähig aufzustehen. Als sie versuchte sich aufzurichten, sackte sie auf das Lager zurück. Ihre Mutter fühlte ihre Stirn, legte die Hand auf ihre Brust und redete mit den drei Frauen. Davon verstand sie kaum etwas, denn in ihrem Kopf ging alles durcheinander. Sie spürte, dass ihre Stirn heiß war und der Kopf höllisch schmerzte, ein paarmal wurde ihr schwindelig, so als würde ihr Kopf durch einen Nebel taumeln. Sie betete heimlich zu Gott, wie sie es als Kind mit Helene getan hatte. Dann wollte sie nur noch schlafen.

Wie lange sie geschlafen hatte, sollte sie nie erfahren. Irgendwann wachte sie auf. Sie konnte nichts sehen. Ihre Augen waren verklebt. Sie rieb sie ein bisschen mit der Hand, bis es heller wurde und sie sich, wenn auch verschwommen, umsehen konnte. Es blieb aber alles undeutlich, als wäre das Zimmer voller Nebel.

Ihr erster Gedanke war, dass sie vielleicht träumte oder schon tot und irgendwo im Himmel sei. Sie war nicht mehr im Lager mit ihrer Familie und den Afrikanern. Um sie herum weiß gestrichene Wände, wie durch einen Schleier ein Kreuz an der Wand, das ihr wie ein Stück Heimat vorkam. Auf der Nachtkonsole stand ein Glas mit Wasser, sie trank gierig, bis es leer war. Dann erst sah sie, dass sie nicht allein war. Sieben Betten standen an den Wänden entlang, soweit sie das erkennen konnte. In allen Betten lagen Kinder, weiße Kinder. Träumte sie vielleicht? Einige starrten zu ihr herüber und sagten etwas, das sie nicht verstand. Es war weder Deutsch noch Französisch oder Ewe. Ein Junge im Nachthemd stieg aus seinem Bett, kam nahe an ihr Lager und starrte sie an. Dann ging er wieder, ohne ein Wort gesprochen zu haben.

Ihr Atem ging mühsam, und sie hatte das Gefühl, nicht genug Luft zu bekommen.

Hier stank es nicht, wie sie erleichtert feststellte. Da sie Krankenhäuser früher schon mit ihrer Pflegemutter Helene besucht hatte, ahnte sie langsam, wo sie war.

Sie musste wohl wieder eingeschlafen sein, denn plötzlich stand eine Krankenschwester an ihrem Bett und sprach mit ihr. Therese verstand sie nicht und sagte ihr das auf Deutsch. Da lächelte sie und sagte unbeholfen:

»Du bist sehr krank.«

»Wo sind meine Eltern?«, fragte Therese, während die Frau ihr mit einem Tuch und Flüssigkeit aus einer Flasche die Augen säuberte.

»Du hast lange geschlafen. Sie sind nicht mehr in Rotterdam.«

Therese hatte sie wohl fragend angesehen, weil sie nicht wusste, ob sie es richtig verstanden hatte.

»Nach Afrika?«, fragte sie.

Sie schüttelte den Kopf. »Sie sind wohl wieder nach Deutschland gefahren. Ganz plötzlich. Der Veranstalter, der zuständig ist für diese Afrikaner, hat uns eine Adresse in Deutschland gegeben. Wenn du wieder gesund bist, sollst du nach Deutschland zu dieser Adresse.«

»Welche Adresse?«, fragte sie. Die würde sie bald bringen und sie ihr zeigen, sagte die Krankenschwester. Während sie sprachen, säuberte sie sorgfältig die verklebten Augen, bis sie wieder alles klar sehen konnte.

»Das müssen wir noch eine Zeit lang jeden Morgen machen«, sagte sie.

Auf den Tischchen an den anderen Betten hatte sie Geschirr gesehen, vermutlich vom Frühstück. Jetzt brachte ihr die Krankenschwester auch ein Tablett mit zwei Scheiben Brot, Butter, einem Stück Käse und Marmelade und eine Tasse mit Tee. Vermutlich hatte sie gierig gegessen, denn die anderen Kinder sahen zu ihr herüber und sprachen und lachten miteinander. Vielleicht lachen sie über mich, dachte sie. Aber das war ihr egal.

Kaum hatte sie alles aufgegessen, schoben zwei Frauen ihr Bett in eine andere Etage, und Männer in weißen Kitteln untersuchten sie von oben bis unten. Sie fühlte sich so schwach, dass es ihr egal war, was sie mit ihr machten. Die Untersuchung hatte sicher zwei Stunden gedauert, denn als sie auf das Krankenzimmer zurückkam, standen bei allen anderen und bei ihr Teller mit Essen, Kartoffeln, ein Stück Fisch und Gemüse. Sie war wieder sehr hungrig und schlief nach dem Essen sofort ein. Als sie aufwachte, war das Geschirr abgeräumt.

Therese wartete auf diese Adresse, die ihr die Krankenschwester versprochen hatte, und war voller Unruhe. Verbessert hatte sich ihr Zustand nicht, sagte ihr die Krankenschwester. Jeden Abend musste sie Tabletten schlucken, am Morgen wurden die Augen ausgewaschen.

Irgendwann fragte eine Krankenschwester sie freundlich:

»Hast du von deinen Eltern Geld bekommen?«

»Von welchen Eltern?«, fragte sie, weil sie nicht wusste, ob sie ihren afrikanischen Vater meinte oder ihre Pflegeeltern in Deutschland.

»Hast du Geld?«, wiederholte sie die Frage, weil sie glaubte, Therese hätte sie nicht verstanden. Therese bat sie, ihren Koffer zu bringen, denn da hatte sie noch Reichsmark aus Deutschland. Aber es gab keinen Koffer, man hatte sie ohne ihr Gepäck hier eingeliefert.

Fünf Wochen oder länger lag sie in diesem Krankenhaus in Rotterdam, und sie erfuhr bald ein bisschen mehr von einem der Ärzte, der ziemlich gut Deutsch sprach.

Da sei ein Telegramm aus Berlin gekommen, dann wären ihre Landsleute in einem Bus aufgebrochen, um nach Berlin in Deutschland zu fahren. Oder mit der Eisenbahn, das wusste er nicht genau.

»Berlin?«, hatte sie gefragt, und er hatte genickt. Mehr konnte er ihr über diese Reise nicht sagen. Inzwischen wusste Therese, sie sollte nach ihrer Gesundung für einige Wochen nach Elberfeld zu ihren Pflegeeltern reisen.

»Wie komme ich dahin?«, hatte sie gefragt und freute sich trotz all der verwirrenden Nachrichten, ihre Pflegeeltern und vielleicht ihre Freundinnen wiederzusehen.

»Du wirst abgeholt, glaube ich. Wir regeln das für dich, keine Sorge. Wir regeln das alles! Das ist Sache der Verwaltung. Du musst erst einmal wieder gesund werden.«

Die Medikamente schienen zu wirken. Eine der Schwestern half ihr aufzustehen. Mit einem Hilfsgerät auf Rädern konnte sie ein paar Schritte durch das Zimmer gehen, einige Tage später über den Flur. Danach war sie immer völlig erschöpft.

Welche Krankheit sie befallen hatte, erfuhr sie nicht.

Eine Krankenschwester brachte ihr eines Tages Pantoffeln und einen Bademantel und ging mit ihr die ersten Schritte ohne Hilfsgerät. Endlich konnte sie aus einem der großen Fenster sehen und blickte auf einen Park. Das Bild kam ihr vor wie ein Ausschnitt aus dem Paradies. Überall blühten Blumen, und Leute gingen hin und her, als seien die Welt und das Leben ganz normal.

Morgen reisen wir ab!

Und dann stand ihr Pflegevater Fritz Hufnagel plötzlich in der Tür des Krankenzimmers. Therese hüpfte vor Freude aus dem Bett, um ihn zu umarmen. Beinahe wäre sie hingefallen. Fritz fing sie auf und hielt sie lange fest. Beide weinten sie vor Freude.

»Morgen reisen wir ab. Ich muss nur noch den Verwaltungskram erledigen«, sagte er und streichelte ihren Kopf. »Mein armes Kind, du bist sehr krank gewesen, hat man mir gesagt. Und wie mager du bist!«

Therese dachte von jetzt an nur noch an zu Hause und überhaupt nicht an ihre ungewisse Zukunft. Sie war voller Freude und empfand die Abreise wie eine Erlösung.

Am Morgen darauf, nach dem Frühstück, half ihr eine Krankenschwester beim Anziehen und Packen ihrer wenigen Sachen. Dafür gab man ihr eine große Tüte aus Pappe. Sie war noch recht unsicher auf den Beinen, aber es ging einigermaßen, und sie gab sich Mühe. Die Tasche war nicht schwer, aber Fritz bestand darauf, sie zu tragen.

Er hatte vom Krankenhaus einen Untersuchungsbericht bekommen und ihren Pass. Alle anderen Papiere waren bei ihren afrikanischen Leuten geblieben. Das beunruhigte Fritz überhaupt nicht.

»Wenn wir zu Hause sind, kriegst du neue Papiere. Darum kümmern wir uns, mein liebes Kind!«

Die Reise nach Elberfeld dauerte fast einen ganzen Tag. Ab Köln hatten sie ein Abteil für sich allein, Therese streckte sich auf der Bank aus. Es dämmerte schon.

»Schlaf ruhig ein bisschen. Du musst ziemlich erschöpft sein«, sagte Fritz und deckte sie mit seiner Jacke zu. Sie sah ihn zunächst stumm, aber sehr aufmerksam an.

»Wenn ich bei Helene und dir oder bei meinen richtigen Eltern bin, ist das Leben nicht so anstrengend«, sagte sie.

»Wie meinst du das?«, fragte Fritz.

Sie schwieg einen Moment, als müsste sie sich die Antwort gut überlegen.

»Wenn ich sonst morgens aufwache und irgendwo hingehe, in die Schule zum Beispiel oder zum Einkaufen«, begann sie langsam und leise, »wenn ich aufwache, muss ich daran denken, dass ich eine andere Hautfarbe habe als alle Menschen um mich herum. Bei euch muss ich das nicht denken, da ist alles normal, verstehst du!? Aber wenn ich in die Schule gehe, bei den Lehrern aufzeige, muss ich daran denken. Bei euch nicht, aber sonst fast immer.«

»Das strengt dich an?«

Sie nickte mit ernstem Gesicht.

»Daran habe ich noch nie gedacht«, sagte Fritz. »Wenn ich morgens aufwache, denke ich nicht: Ich habe eine weiße Hautfarbe. Das meinst du doch, oder?« Therese nickte, dann fielen ihr die Augen zu, und sie ließ einen sehr wachen, nachdenklichen Pflegevater zurück, der in die Dunkelheit starrte.

Wir wissen viel zu wenig von ihr, ging ihm durch den Kopf.

Es war Nacht, als sie ankamen, aber Therese war endlich wieder froh ums Herz, auch wenn ihre Zukunft im Dunkeln lag.

Man möge nicht glauben, so sagte sie an einem Abend Helene, sie würde nicht gut von ihrer leiblichen Mutter, Mama Dassi, denken. In der ersten Nacht in Rotterdam habe sie in ihrem Arm gelegen, das würde sie nie vergessen. Und auch nicht die Freundlichkeit ihres Vaters Nayo.

»Deine Eltern reisen nur für ein paar Wochen nach Berlin«, hatte ihr Fritz gesagt, als sie die lange Reise mit dem Zug antraten. Er hatte für sie in Rotterdam am Bahnhof eingekauft und sie gut versorgt mit Obst, belegten Broten und Getränken.

»Holen sie mich dann wieder ab?«, fragte Therese, besorgt, weil sie an den schrecklichen Saal und den Gestank dachte.

Er bemühte sich, ganz sachlich zu antworten.

»Wir wissen nicht genau, wann das sein wird. Am besten, du gehst einfach wieder zur Schule wie vorher. Mit Edelgard und deinen Freundinnen.«

Da hatte sie ihn angelächelt, so als sei damit ihr Leben gerettet. An alles, was danach kommen würde, mochte sie nicht denken.

Warten auf den Vater

Ende 1913, zwei Monate nach der Abreise aus Rotterdam, war eine Postkarte von Nayo William aus Berlin gekommen. Er hatte sie selbst geschrieben, wie immer ohne Angabe einer Adresse. Hufnagels hatten Mühe, seine Schrift zu entziffern.

»Wir reisen für einige Wochen nach Russland, weil es der Zar Nikolaus so will. Wenn wir von da zurück sind, reisen wir bestimmt nach Afrika. Das hat man uns gesagt. Najo WILLIAM.«

Die Unsicherheit, wann das sein würde, zerrte an den Nerven von Fritz und Helene. Sie versuchten mit allen Mitteln, sich zu beruhigen und Therese nicht aufzuregen.

»Verdammt, es macht mich verrückt! Wir können nur warten«, sagte Fritz.

Therese war einige Tage nach ihrer Rückkehr aus Rotterdam im Bett geblieben, wie es die Ärzte empfohlen hatten. Erst als der Hausarzt die Eltern beruhigt hatte, ging sie wieder zur Schule, in die gleiche Klasse wie zuvor. Sie hatte keine Probleme, den versäumten Unterrichtsstoff nachzuholen. Edelgard half ihr, wo sie konnte. Wenn ihre Mitschüler sie fragten, wo sie die vielen Monate gewesen sei, zuckte sie mit den Schultern.

»Irgendwo in Holland!«, war das Einzige, das sie preisgab.

Das Warten, die tägliche Unsicherheit, ob und wann man Therese abholen würde und ob ihr Kind noch einmal so etwas Entsetzliches erleben müsste, lähmte ihr Alltagsleben. Die Erinnerung daran hatte auch im Gemüt des Mädchens Spuren hinterlassen, auch wenn sie es sich selten anmerken ließ.

In seiner hektischen Ratlosigkeit überlegte Fritz, mit Therese nach Riga zu seinen Eltern zu fahren und dort zu bleiben, bis die Afrikaner abgereist sein würden. Ein hilfloser Plan ohne Sinn und Verstand.

Ihnen hatte Therese von ihrem Aufenthalt in Rotterdam erzählt und sich Mühe gegeben, die schlimmsten Dinge nur anzudeuten oder ganz zu verschweigen; sie wollte ihre Pflegeeltern schonen, statt sie noch mehr zu beunruhigen. Aber was Fritz und Helene aus ihren Worten verstanden und in ihrem Gesicht gelesen hatten, reichte aus, sie in große Alarmbereitschaft zu versetzen. Ihr Kind hatte viel durchgemacht! Das konnten sie Therese ansehen. Sie hatte Gewicht verloren und musste immer noch Medikamente nehmen. Die hatte man ihrem Vater aus Rotterdam mitgegeben. Das eh schon verschlossene Mädchen hatte auch von seiner Fröhlichkeit viel verloren.

»Zieh dich aus!«

Lehrer Karl Koenen kannte Fritz Hufnagel von den Versammlungen der Sozialdemokraten und erwähnte bei nächster Gelegenheit einen Vorfall, an dem er zufällig beteiligt gewesen war. Er unterrichtete am Gymnasium für Jungen, die Lehranstalt für Mädchen lag gleich nebenan.

»Als hätte ich eine Ahnung gehabt, bin ich dazugekommen, wie Therese von Jungen bedrängt wurde. Man weiß ja nicht, wie weit die Dreckskerle gegangen wären?!«

»Therese hat wieder mal nichts gesagt. Erzähl mir ausführlich, was da passiert ist«, bat Fritz.

»Besser, du fragst Therese selbst.«

Koenen war nicht bereit, Fritz mehr zu berichten.

Warum hatte Therese ihm und Helene nichts gesagt? Hatte sie zu ihnen so wenig Vertrauen?

»Ich denke mal, sie wollte euch nicht beunruhigen! Aber du musst das Mädchen endlich aufklären«, forderte Koenen eindringlich. »Deine Therese muss wissen, was da abläuft. Damit sie nicht noch einmal in eine solche Situation kommt und sich wehren kann! Oder sollte Helene das machen?«

Fritz schüttelte den Kopf. »Ich glaube, dazu ist sie zu verschämt!«

»Unter Frauen geht so etwas einfacher, aber das könnt nur ihr entscheiden, Fritz!« Koenen lachte und klopfte Fritz auf die Schulter. »Aber komm nicht auf den Gedanken, die Aufklärung Schwester Pauline zu überlassen!« Sie lachten beide. »Aber auch da kann man sich verdammt irren! Was weiß man denn von den Geheimnissen einer Diakonisse!? Vielleicht haben es einige faustdick hinter den Ohren. Bringe dem Mädchen bei, was jedes Mädchen in dem Alter wissen sollte und dass sie wegen ihrer Hautfarbe viele Männer heiß macht, dass sie sich wehren muss. Wenn es nicht anders geht, auch mit Gewalt. Kräftig genug ist sie ja.«

Bei nächster Gelegenheit sprach Fritz seine Tochter auf den Vorfall an.

»Lehrer Koenen hat mir da was berichtet. Was ist denn passiert? Warum hast du uns nichts davon erzählt?«

Therese erzählt gelassen: »Ich fand das alles nicht so wichtig, und Helene hätte sich nur wieder aufgeregt! Ich sollte ein paar Landkarten rüberbringen in die Schule der Jungs, das passiert ja oft. Ich hatte die Sachen schon ins Lager gebracht, als mich plötzlich drei Jungs in die Toilette zerrten und forderten: ›Zieh dich aus! Wir wollen nur sehen, ob du überall so schwarz bist‹, sagten sie. Ich stand mit dem Rücken zu einer Heizung und habe mir überlegt, wen ich mir zuerst vorknöpfe, und ich nestelte schon an meiner Bluse herum, um sie in Sicherheit zu wiegen. Ich tat so, als wäre ich ängstlich. In dem Augenblick kam Lehrer Koenen. ›Was ist denn hier los?‹, schrie er und begriff sofort meine Lage. Er schickte mich in die Mädchenschule zurück und zerrte die Jungs zum Direktor. Wie man sie bestraft hat, weiß ich nicht.«

»Was hättest du gemacht, wenn Koenen nicht dazugekommen wäre?«, wollte Fritz wissen.

»Ich hätte dem Anführer dieser Kerle zwischen die Beine getreten, dann hätte ich mich ganz schnell davongemacht.«

»Wie konnte mein Freund Koenen wissen, dass da etwas Kriminelles ablief?«

»Keine Ahnung. Vermutlich war es ein Zufall, oder er hatte etwas

Verdächtiges mitbekommen: Plötzlich flog die Tür auf. Ich war natürlich erleichtert, dass er dazwischenkam. Und er hat noch gesagt: ›Pass auf, dass sie dir nicht irgendwo auflauern! Das sind üble Burschen!‹ Mit denen wäre ich schon fertiggeworden, Papa«, setzte Therese hinzu. »Das kannst du mir glauben.«

Vater und Tochter

Fritz nutzte einen Ausflug mit Therese an den Rhein, um das für ihn schwierige Thema, seine Tochter aufzuklären, anzusprechen. Sie saßen im Schatten einer Weide auf einer Wolldecke, vor sich Limonade und Butterbrote. Lastkähne zogen vorbei, nach Süden und Norden.

Fritz brachte vorsichtig das Gespräch auf die Beziehungen der Geschlechter. Er erwähnte wie nebenbei noch einmal den Vorfall an der Jungenschule. Ohne dass man es ihr anmerkte, amüsierte sich Therese heimlich über die etwas linkische Art, wie Fritz das Thema anpackte. Er würde ihr nichts wirklich Neues erzählen können, aber es erwärmte ihr Gemüt zu erfahren, wie ernst er sie und ihr Lebensschicksal nahm.

Wenn sie sich einmal auf einen Mann einlassen würde, so nahm sie sich vor, sollte der so ähnlich sein wie ihr Pflegevater Fritz! Seine unbekümmerte Art, sein Humor und seine Klugheit und zugleich seine Ernsthaftigkeit hatten ihr in den gemeinsamen Jahren immer wieder Sicherheit gegeben, eine Kraft wie aus einer unsichtbaren geheimen Quelle.

»Hast du eigentlich schon einen Freund?«, begann er mühsam und starrte auf die Lastkähne auf dem Strom.

»Du meinst, ob ich einen Jungen gern habe?« Es machte ihr Spaß, ihrem Pflegevater das Gespräch zu erleichtern. Lächelnd sah sie Fritz an. »Es gibt da schon ein oder zwei Jungs, die ich gern habe. Die wissen nichts davon, und das soll so bleiben!«

»Warum nicht?«, fragte er.

»Erst wollen sie mit einem poussieren, dann küssen, dann überall streicheln und dann das andere. Wenn ich das wollte, würde ich es machen. Aber Helene meinte auch, ich sollte damit besser warten.«

»Hast du mit Helene darüber gesprochen?«, fragte Fritz verblüfft.

»Helene hat mir alles richtig erklärt, schon vor einem Jahr. Seitdem weiß ich, was da so läuft. Und wie es bei euch passiert ist.«

Ihr Gesichtsausdruck zeigte eine Mischung aus gespielter Verlegenheit und vertrauensvoller Übereinstimmung, man wäre doch unter sich und könne über alles offen reden! Fritz erzählte, zunächst stockend, schließlich heiter beschwingt von seinen Erinnerungen an die ersten Begegnungen mit Helene im Nachbarort Wülfrath und dass sie dann bald einig waren zusammenzubleiben.

»Ich hatte mit unserem Junior-Chef in Wülfrath zu tun, ein schweres Maschinenteil hatten wir schon auf unseren Wagen geladen. Da gab es in der Nähe ein Volksfest mit Buden und Biertischen. Mein Chef wurde von seinen Freunden erkannt und in ein Zelt geholt, ich wartete auf ihn an einem Biertisch, und da saß auch Helene mit ihrer Freundin. Das war der Anfang!«

»Helene erzählte mir, du wärst sehr sanft und vorsichtig mit ihr umgegangen. Vor allem beim ersten Mal«, sagte sie.

Fritz wurde rot und verlegen. »Das hat sie dir erzählt?«

Therese plapperte weiter, als ginge es um beliebigen Alltagskram. »Ja, und dass es beim ersten Mal für eine Frau nicht ganz einfach sei und auch wehtun könnte. Weil sie noch unschuldig ist, oder wie man das nennt.«

Fritz fühlte sich ungemein erleichtert, dass das Gespräch eine solche Wendung nahm.

»Wenn es da noch Fragen gibt, mein Kind, dann kannst du mich immer ansprechen oder Helene.«

»Warum bist du eigentlich von Riga nach Wuppertal gekommen?!«

»Mein Vater hat sich ungeheuer aufgeregt, als ich der Familie meinen Plan, Riga zu verlassen, erzählte. Eine Familie gehört zusammen, schrie er mich an. Aber ich war seit Monaten arbeitslos und hatte eine Anzeige in der Zeitung gelesen, da wurde jemand in Elberfeld gesucht mit Erfahrungen als Textil-Facharbeiter. Darauf hatte ich mich gemeldet und bei König die Stelle bekommen.«

»Hattest du vorher schon Freundinnen, ich meine in Riga?«

Fritz kaute verlegen auf seinen Lippen herum. Ihm war klar, dass er seine Tochter jetzt nicht beschwindeln durfte.

»Da gab es ein Mädchen, das war schwanger von mir. Natürlich war jetzt die Hölle los! Aber im sechsten Monat verlor sie das Kind. Natürlich hätte ich diese Gundega geheiratet, aber ich hatte den Eindruck, dass sie auch erleichtert war und ihre Eltern sowieso. Wenn es damals anders gekommen wäre, hätten du und ich uns nie kennengelernt! Gundegas Eltern konnten mich nicht ausstehen. Vielleicht war ich damals tatsächlich ein ziemlicher Hallodri.«

»Was ist ein Hallodri?«, wollte Therese wissen.

»Jemand, der alle Dinge zu leichtnimmt, keine Verantwortung übernehmen will. Ich glaube nicht, dass ich wirklich so einer war!«

Sie packten ihre Sachen und gingen zum Firmenwagen, den Fritz manchmal an Wochenenden benutzen durfte. Warum hatte Helene ihm nicht erzählt, dass sie mit Therese gesprochen hatte? Langsam lenkte er den Wagen auf die Landstraße.

Im Krieg

Seit dem Beginn des Krieges Anfang August 1914 konnten Hufnagels über den Verbleib von Thereses Eltern nichts in Erfahrung bringen. Sie warteten auf eine klärende Nachricht von Nayo William. Würde man Afrikaner aus Russland nach Deutschland zurückschicken, fragten sie sich. Sie haben ja mit dem Krieg nichts zu tun, redeten sie sich ein.

Woher sollten sie auch wissen, dass die Kämpfe zwischen den Europäern sehr bald auch in einigen Ländern Afrikas tobten, kurze Zeit auch in Togo. Davon war kaum etwas in den Zeitungen zu lesen, höchstens Berichte von den übertrieben dargestellten Heldentaten eines Lettow-Vorbeck in Ost-Afrika mit seinen afrikanischen *Askaris.*

Wilhelm König war wie Hufnagels bekümmert über die Situation. Das Warten schien alle zu zermürben.

Schließlich schrieb er an das Auswärtige Amt nach Berlin, benutzte dazu sein Firmen-Briefpapier, weil er meinte, er könne damit seinem Anliegen mehr Nachdruck verschaffen, und fragte nach dem Verbleib der Afrikaner aus Togo. Er erhielt wenige Tage später die Antwort.

> 24. Februar 1915.
> Wir haben leider keine Auskunft des Schweizer Konsulats, das unsere Interessen vertritt, über ihren Aufenthalt, die russischen

Behörden haben bisher Auskünfte verweigert. Die Afrikaner aus Togo sollen zuletzt in Wladiwostok aufgetreten sein, seitdem fehlt leider jede Spur.

Wir melden uns bei Ihnen, wenn wir Neues erfahren. Das ist angesichts der Kriegshandlungen allerdings unwahrscheinlich.

Das war keine gute Nachricht. Wilhelm König machte sich am Abend, den Brief in der Tasche, besorgt auf den Weg zu Hufnagels.

»Wir müssen damit rechnen, dass sie so schnell nicht zurück nach Deutschland kommen«, begann er das Gespräch. »Wir müssen jetzt eine Entscheidung treffen für euer Kind, es geht ja auch um die Schule! Dort wird Therese immer noch mit dem Namen Therese Hufnagel geführt. Den Irrtum hat man ja niemals richtig korrigiert. Das ist nicht legal, und es könnte Probleme für Sie und Therese geben, weil Sie das Kind nicht adoptiert haben.«

»Der Vater heißt Nayo William, in einem anderen Dokument steht John Calvert«, sagte Fritz. »Keine Ahnung, welches der richtige Name ist. Über seine Vaterschaft gibt es nur den Eintrag im Geburtenregister, keine anderen Dokumente. Und diese Bestätigung von den Veranstaltern der Völkerschau, von denen sich William inzwischen getrennt haben soll. Niemand weiß, ob sie überhaupt wiederkommen! Alle Dokumente, die Therese nach Rotterdam mitgenommen hat, sind ja bei ihrem Vater geblieben.«

»Sollten wir nicht noch warten?«, fragte Helene ängstlich.

»Davon würde ich abraten. In der Schule braucht das Kind einen rechtskonformen Namen. Wären Sie denn einverstanden, Therese zu adoptieren?«

»Wenn das möglich ist, sofort. Sie ist doch unser Kind. Was muss man da machen?«

»Vermutlich geht das nur mit Zustimmung des Vaters. Wenn Sie einverstanden sind, nehme ich das mit Pastor Giebel in die Hand, und wir prüfen das mit den Behörden. Giebel versteht mehr vom Umgang mit unserer Verwaltung. Da ist noch eine Sache«, fuhr Wilhelm König fort. »Alle erwachsenen Männer müssen jetzt zum Militär. Ich habe, ohne Sie zu fragen, einen Antrag gestellt, Sie, Fritz, davon freizustellen, weil wir Sie in der Firma brauchen. Wir stellen kriegswichtige Sachen her, Segeltuch, seit Neuestem Fallschirmseide und andere Dinge.« Er schwieg wieder einen Augenblick. »Wir brauchen Sie, Fritz, gerade jetzt, wo so viele Mitarbeiter beim Militär und an den Fronten sind. Ich hoffe, Sie sind mit der Freistellung einverstanden? Da Sie über vierzig Jahre alt sind, würde man Sie sowieso nicht sofort einziehen.«

Die Frage hatte sich für Helenes Mann bisher nicht gestellt. Natürlich wussten die beiden, dass der Krieg Männer an den Fronten brauchte, aber sie waren so sehr mit dem ungewissen Schicksal ihres Kindes und Fritz mit seiner Arbeit beschäftigt, dass alles andere zur Nebensache geworden war. Besorgt guckte Helene ihren Mann an.

»Wenn das möglich ist«, antwortete er schließlich. »Ich bin nicht versessen darauf, an irgendeiner Front zu kämpfen! Ich bin ja nicht mal als Soldat ausgebildet! Und meine kleine Familie würde ich auch nicht gern in diesen schwierigen Zeiten allein lassen.«

Helene lächelte.

»Dann ist da noch etwas«, sagte Wilhelm König. »Therese kommt im Gymnasium bald in die Untersekunda. Man will wissen, ob sie später das Abitur machen will. Oder ob mit der mittleren Reife Schluss sein soll.«

Man sah dem Ehepaar Hufnagel an, dass es sich mit dem Thema noch nicht beschäftigt hatte.

»Ihre Zeugnisse sind sehr gut!«, sagte Helene, nicht ohne Stolz.

»Also wären Sie damit einverstanden? Ich würde auch zum Abitur raten, sie ist sehr begabt. Sprechen Sie mit den Lehrern, denn der Klassenlehrer muss entscheiden, ob er ein Kind für geeignet hält.«

»Und wenn ihr leiblicher Vater sie doch noch abholt, eines Tages?«

»Damit ist während des Krieges nicht mehr zu rechnen, machen wir uns nichts vor! Wenn diese Afrikaner noch leben, wird man sie nach einem Friedensschluss vielleicht nach Deutschland schicken. Niemand weiß, wann das sein wird. Mit dem Gymnasium hätte sie immerhin eine gute Bildungsgrundlage.«

»Wir wissen ja noch nicht, was sie eines Tages werden will. Das kann sie jetzt noch nicht entscheiden, dazu ist sie zu jung«, sagte Helene und sah zu ihrer Pflegetochter hinüber, die dem Gespräch stumm, aber aufmerksam zugehört hatte. Jetzt mischte sie sich resolut ein: »Wenn es möglich ist, werde ich eines Tages Ärztin.«

Von so genauen Berufsvorstellungen erfuhren auch Hufnagels zum ersten Mal. Verblüfft versuchten sie, mit der Entschlossenheit ihrer Tochter fertigzuwerden. Fritz nickte. »Warum eigentlich nicht? Wir werden sehen«, sagte er unbestimmt.

»Machen Sie es, wie Sie es für richtig halten. Ich wollte das nur erwähnt haben. Therese hat einen klugen Kopf. Sie wird ihren Weg schon machen. Helfen wir ihr dabei! So gut wir können! Ich werde mich mal erkundigen, welche Möglichkeiten es für sie für ein solches Studium gibt. Und ob man mit einem Stipendium rechnen könnte. Da soll sich Pastor Giebel drum kümmern.«

Wilhelm König trat auf die Straße. Er beschloss, an diesem lauen Sommerabend zu Fuß nach Hause zu gehen. Ihn bewegten die Probleme dieses Kindes, und das waren nicht die einzigen Sorgen, über die er nachzudenken hatte. Eine Firma im Krieg zu führen, zumal dessen Ende nicht abzusehen war, war nicht einfach. Die Hälfte seiner Leute, vor allem die Jüngeren, war längst an irgendwelchen Fronten, im Westen oder im Osten.

Pastor Giebel fand bald heraus, dass an eine Adoption nicht zu denken war; dazu würde man die Zustimmung der Eltern brauchen.

Entscheidungen

Die Entscheidung, Therese bis zum Abitur weiter zur Schule zu schicken, wurde ihnen abgenommen. Fritz, der seit seinem Beginn in der Firma König keinen einzigen Tag krank gewesen war, litt plötzlich an einer Lungenembolie. Wenige Wochen nach seiner Aufnahme im Hospital musste seine Firma wegen Zulieferproblemen von Rohstoffen, die nicht mehr importiert werden konnten, bis auf Weiteres geschlossen werden. Die Ernährung der Bevölkerung im Reich wurde immer miserabler.

Später sprach man von der »Steckrüben-Zeit«, weil es kaum noch Brot oder Getreide gab und die meisten Familien auf Steckrüben zurückgreifen mussten. Auch Helene und Therese gingen an manchen Abenden hungrig zu Bett. Da die Genesung von Fritz nicht abzusehen war, lagen viele Entscheidungen jetzt bei Helene.

In diesem Jahr hatte Therese die Prüfung zur sogenannten Mittleren Reife ohne Probleme bestanden. Nun war das Schulgeld nicht mehr aufzubringen. Was sollte werden? Hufnagels waren gezwungen, über Alternativen zu Abitur und Studium nachzudenken.

Wieder suchten sie den Rat des Gemeindepfarrers, der das bisherige Leben ihrer Tochter einfühlsam und klug im Hintergrund begleitet hatte.

»Ohne dass Fritz einverstanden ist, werde ich keine Entscheidung treffen«, sagte Helene.

Sie saßen in ihrer kalten Küche vor Fenstern, die sie halb hoch mit Wolldecken gegen die Kälte abgedichtet hatten. Helene hatte die letzten Kaffeebohnen geopfert und goss nach.

Therese war klar, dass hier ihre Zukunft beraten wurde. Still, aber wachsam saß sie dabei, um kein Wort zu verpassen. Sie ahnte mehr, als dass sie es wissen konnte, wie schwierig sich die wirtschaftlichen Verhältnisse entwickelt hatten.

»An eine Unterstützung für ein Studium ist vorläufig nicht zu denken, Therese«, sagte Pastor Giebel. Er räusperte sich und fuhr fort: »Ich will damit nicht sagen, dass du deine Pläne, Medizin zu studieren, für alle Zeiten aufgeben sollst! Für dieses Studium, wann immer das sein wird, müssen Mädchen ohnehin eine Ausbildung als Krankenschwester vorweisen können. Ich habe über die Möglichkeiten mal mit dem Diakonischen Werk in Kaiserswerth gesprochen. Da könntest du sofort mit einer Ausbildung beginnen, zusammen mit anderen Kandidatinnen. Du wärst untergebracht und hättest deinen Lebensunterhalt, und wenn du willst, würde man dir auch die Möglichkeit einräumen, irgendwann in ihren Werken in Hamburg zu arbeiten, und dich weiterzubilden. Bis die Zeiten besser sind, bis der Krieg vorbei ist. Dann könntest du immer noch das Abitur nachholen und studieren. Was meinst du dazu?«

Therese wusste, dass es diese Leute gut mit ihr meinten, manchmal fühlte sie sich allerdings von so viel Fürsorge überrumpelt. Würde sie jemals, so dachte sie, die Möglichkeit haben, es ihnen zu vergelten? Jetzt allerdings erschien ihr die Aussicht, aus dieser kleinen Welt auszubrechen, außerordentlich verlockend. So, als würde ich ein Gefängnis verlassen, dachte sie einen kurzen Augenblick und schämte sich sofort insgeheim für solche Gedanken, die sie auf keinen Fall aussprechen würde. Es war nicht das erste Mal, dass ihr die unausgesprochene Verpflichtung, Dankbarkeit zu zeigen, allzu nahe rückte und sie verstörte. Dem konnte sie nur eine Art Trotz entgegenstellen und wachsam bleiben.

»Wann kann ich dorthin, nach Kaiserswerth?«, fragte sie.

»Der neue Kurs beginnt schon in der kommenden Woche. Wenn du am Sonntag den Zug nach Düsseldorf nimmst und dann die Straßenbahn bis Kaiserswerth, kannst du dich am Montag früh einschreiben lassen.« Pastor Giebel zögerte einen Augenblick, bevor er weitersprach. »Ich habe einfach mal deinen Namen durchgegeben, sie würden dich erwarten.« Dann blickte er Therese direkt in die Augen, nahm ihre Hand und sagte sanft: »Niemand zwingt dich, mein Mädchen! Wenn du Bedenken hast oder es dir da nicht gefällt, kannst du auch am Sonntag oder später noch zurückfahren! Dann reden wir über andere Möglichkeiten.«

Darauf ging Therese nicht ein und fragte: »Wie lange dauert die Ausbildung?«

»Zwei oder drei Jahre, kommt darauf an. Das kannst du mit den Leuten vor Ort besprechen. Sie haben auch erwähnt, dass die Ausbildung in der Pflege oder als Erzieherin wohl in Hamburg sein wird. Das kannst du alles erfragen, wenn du erst mal da bist. Ich bring für dich noch einen Brief mit einer Empfehlung unserer Gemeinde vorbei. Kann ja nicht schaden.«

»Dann mache ich das, wenn Fritz einverstanden ist!«, sagte Therese ohne langes Zögern und sah Helene an. »Wir könnten ihn morgen früh besuchen. Was meinst du?«

Die Klinik lag oberhalb der Stadtmitte. Therese hatte ihre Pflegemutter untergefasst, sie waren inzwischen gleich groß, gemeinsam nahmen sie den steilen Weg über Kopfsteinpflaster hinauf zu dem Gebäude mit den gewaltigen Mauern, wie eine Ritterburg.

Fritz hatte ein Zimmer für sich allein, er war an mehrere Geräte angeschlossen. Jedes Mal, wenn Therese ihn besuchte, erschrak sie über sein verändertes Aussehen. Seine Wangen waren eingefallen, die Augen hatten ihren Glanz verloren.

Aber die Ärzte machten ihr und Helene Hoffnung auf baldige Besserung. Nur mühsam brachte Fritz es fertig, seinen Optimismus auf seine kleine Familie zu übertragen. Er umarmte Helene und seine Pflegetochter, dabei hatte er Tränen in den Augen.

»Mein Schokoplätzchen«, begrüßte er lächelnd seine Tochter.

Fritz Hufnagel hörte sich schweigend an, was Helene über die Möglichkeiten einer Ausbildung im Diakonischen Werk berichtete. Er schwieg auch noch, als seine Frau mit ihrem Bericht fertig war. Dann tastete er nach Thereses Hand und hielt sie fest.

»Meine liebe Kakaobohne«, scherzte er, blieb aber ernst, »im Moment kann ich dir nicht viel beistehen«, sagte er bedrückt. »Hoffentlich bist du da bei diesen frommen Leuten gut untergebracht, sonst mache ich denen die Hölle heiß! Und komm nicht auf die Idee, selbst Diakonisse zu werden!« Er lachte und nahm Therese noch einmal in den Arm. »Am liebsten würde ich mir den Laden persönlich ansehen, aber das verschieben wir, bis ich wieder gesund bin!«

Als Schwester Pauline ihr anbot, sie bei ihrer ersten Fahrt nach Kaiserswerth zu begleiten, mit dem Hinweis, sie kenne sich da gut aus, schüttelte Therese den Kopf.

»Ich komme schon zurecht«, sagte sie.

Die Diakonisse schien ein wenig enttäuscht zu sein, aber darauf wollte Therese keine Rücksicht nehmen. Sie würde sich künftig allen Herausforderungen selbst stellen, hatte sie sich vorgenommen! Fritz hatte sie bei ihrem letzten Gespräch darin unterstützt und ihr beim Abschied im Krankenhaus ins Ohr geflüstert: »Keine Sorge, das Leben wird dich schon gut behandeln. Man muss nur daran glauben, hörst du?« Dann hatte er sie mit einem Klaps auf den Hintern entlassen.

Ein frommes Abenteuer bahnt sich an

Therese hielt ein Buch auf dem Schoß und schaute aus dem Fenster in die leicht hügelige Landschaft. In den benachbarten Abteilen des Zugs lärmten Soldaten, der Rauch ihrer Zigaretten zog durch die Gänge der Eisenbahn. Die Holzbänke waren zwar unbequem, aber Therese fühlte sich aufgekratzt und lebendig, als ginge es einem besonderen Abenteuer entgegen. Zum ersten Mal war sie in der Nähe von Frontsoldaten, von denen sie täglich in der Zeitung las. Sie hätte sie gerne eine Menge gefragt; ob sie auf dem Weg zu ihren Familien wären oder an irgendeine Front. Und wie es an den Fronten zuging. Aber sie hatte sich Zurückhaltung angewöhnt, weil fast immer Gegenfragen gestellt wurden: *Wo kommst du her? Was macht eine Negerin in Deutschland? Wo will so eine wie du hinreisen? Wie ist es denn so da unten in Afrika? Ist ja nicht deine Schuld, dass du so schwarz bist!*

Was sollte man auf solchen Unsinn antworten?

Sie wissen es nicht besser, hatte Fritz ihr gesagt, weil sie noch nie einen schwarzen Menschen gesehen haben, sind sie unsicher, neugierig und taktlos, aber Bösartigkeit war ihr selten begegnet.

In Gruiten stieg ein junger Mann von vielleicht zwanzig Jahren in ihr Abteil, in dem sie bisher allein gesessen hatte. Er fragte höflich, ob er hier Platz nehmen dürfe. Therese hatte nur genickt und sich ihrem Buch zugewendet.

Der Mann setzte sich, wohl um Höflichkeit zu zeigen oder um

nicht zudringlich zu wirken, auf einen Platz so weit entfernt wie möglich von der Mitreisenden. Heimlich beobachtete Therese ihn, wie er ein Buch aus seiner Aktentasche nahm und sich scheinbar darin vertiefte. Mit einer wissenden Heiterkeit nahm sie seine Verlegenheit wahr, eine, die sie von vielen Begegnungen mit unerfahrenen jungen Männern kannte und die sicher mit ihr als jungem Mädchen oder aber mit ihrer Hautfarbe zu tun hatte.

Gleich würde der junge Mann sie ansprechen, da war sie ganz sicher. Sobald er Mut gefasst und seine Verlegenheit überwunden hatte. Schon sah er von seiner Lektüre auf.

»Darf ich nach dem Ziel Ihrer Reise fragen, mein Fräulein?«, fragte er höflich und ein wenig gestelzt.

Therese blickte auf und sah ihn freundlich an.

»Ich fahre nach Kaiserswerth, gleich hinter Düsseldorf liegt das«, sagte sie.

»Ach, das ist aber hoch interessant! Das ist auch mein Reiseziel. Lebt dort Ihre Familie?« Er hatte sein Buch zugeklappt und ein Bein lässig über das andere geschlagen.

Therese schüttelte den Kopf.

»Da gibt es die Diakonischen Anstalten«, erklärte sie. »Ich werde dort eine Ausbildung machen als Krankenschwester oder Kindergärtnerin. Das weiß ich noch nicht so genau.«

»Welch ein Zufall! Ich beginne in Kaiserswerth in wenigen Tagen mein Vikariat.«

»Was ist denn das, ein Vikariat?«, fragte sie, obwohl sie es wusste; sie wollte das Gespräch in Gang halten.

»Wenn man Pastor werden will«, erklärte er eifrig, »macht man vorher bei einem erfahrenen Pfarrer ein Vikariat. Damit man noch etwas lernt für die Praxis, verstehen Sie? Jugendarbeit, Bibelkreise, Predigen, Verwaltung und so weiter. So eine Art Lehre, könnte man auch sagen ...« Der Mann war rot geworden vor lauter Aufregung.

»Dann begegnen wir uns sicher mal«, sagte Therese.

»Das hoffe ich doch«, antwortete er und nickte, wobei ihm die freudige Aufregung noch deutlicher ins Gesicht stieg. »Wissen Sie schon, wo Sie dort untergebracht sein werden?«

Therese schüttelte den Kopf.

»Das erfahre ich alles morgen oder heute Abend. Ich weiß ja erst seit vorgestern, dass ich da eine Ausbildung machen kann.«

»Ich wusste gar nicht, dass die Negerinnen nehmen. Davon habe ich noch nie gehört.«

»Meine Pflegeeltern haben mich nie Negerin genannt«, gab sie bestimmt, aber freundlich zurück.

»Wie nennen die Sie denn?«

»Therese!«

»Jetzt weiß ich auch schon Ihren Namen«, sagte der junge Mann erfreut, so als hätte er die Kritik nicht wahrgenommen. »Ich heiße Thomas Wiedemann. Ich bin in Gruiten zu Hause, wissen Sie! Da habe ich bis vor zwei Jahren bei meinen Eltern gewohnt. Ich habe dann in Bonn und Tübingen studiert, Theologie. Und war auch auf dem Predigerseminar in Elberfeld. Und jetzt mache ich das Vikariat. Der Vorteil ist, dass Vikare nicht an die Front müssen wie die da drüben!« Er zeigte auf die Wand, hinter der immer noch der Lärm und das Gelächter der Soldaten zu hören waren.

»Freuen Sie sich auf Ihren Beruf, ich meine, als Pastor zu arbeiten?«

Therese entging nicht, dass ihre Frage Thomas Wiedemann unsicher machte und er auch nicht sogleich antwortete. Er fuhr sich nervös durch seine dunklen Haare, griff sich ans Kinn und wiegte den Kopf hin und her.

»Ehrlich gesagt haben das meine Eltern entschieden. Ich wusste nicht, was ich studieren sollte. Da haben sie sich mit dem Pastor in der Gemeinde beraten, der hat gemeint, Theologen würden immer gebraucht. Dann hätte ich ein sicheres Einkommen und sei angesehen in der Gesellschaft. Weil ich nichts anderes vorhatte, habe ich zugestimmt. So ist mein Weg vorgezeichnet, wissen Sie!« Er schien sich nicht ganz wohlzufühlen mit diesen Ausführungen.

Therese fand es sympathisch, dass er so offen von seiner seltsamen Berufsfindung gesprochen hatte.

»Man kann ja immer nur eine Sache machen und die anderen dann eben nicht. Oder erst später«, sagte sie.

»Wie meinen Sie das?« Der junge Mann beugte sich zu ihr hin, sein Gesicht erfüllt von echtem Interesse.

»Ich hätte gern Medizin studiert, aber das kostet eine Menge Geld. Meine Pflegeeltern sind keine reichen Leute, und ein Stipendium ist in diesen Zeiten nicht zu kriegen. Schon gar nicht für eine Afrikanerin! Also mache ich erst einmal die Ausbildung zur Krankenschwester in Kaiserswerth.«

»Da sind Sie sicher gut aufgehoben«, sagte Wiedemann und nickte. »Die Anstalt dort hat einen sehr guten Ruf!«

Der Zug lief in Düsseldorf ein. Sie stiegen aus und verließen gemeinsam den Bahnhof. Therese war noch nie in dieser Stadt gewesen. Wiedemann wusste, welche Straßenbahn sie nehmen mussten. Frierend standen sie an der Haltestelle. Aus den Augenwinkeln beobachtete Therese ihren Reisegefährten. Sie bemerkte einen gewissen Stolz in seinem Gesicht, weil so viele Reisende und Passanten ihn und vor allem sie neugierig betrachteten. Die Gafferei der Menschen nahm sie nur noch wahr, wenn sie in Begleitung war.

Der junge Herr Wiedemann war ihr durchaus nicht lästig; sie war froh, jemanden an der Seite zu haben, der sie bis zu den Anstalten begleiten würde.

Er brachte sie bis zum Haupteingang, wo Therese erfahren würde, wo sie sich zu melden hatte.

Mit Bewunderung sah sie zum ersten Mal die wuchtigen Gebäude, aus roten und schwarzen Backsteinen errichtet und mit üppigen Verzierungen, Türmchen und Erkern. Auch eine Kirche im gleichen Stil hatte sie im Hintergrund bemerkt.

Hier würde sie also eine Zeit lang leben und arbeiten, es gefiel ihr ungemein.

Jetzt trennten sich ihre Wege. Der junge Mann schien es sehr zu bedauern, schüttelte lange ihre Hand, als wollte er sie gar nicht mehr loslassen.

Ein Anfang

Eine freundliche junge Diakonisse mit weißer Haube brachte sie in einen anderen Gebäudetrakt, ein mehrstöckiges Haus, wie andere erbaut aus dunklen Ziegeln. Hier wimmelte es von jungen Mädchen und Diakonissen in jedem Alter.

So schnell wird man seine fromme Vergangenheit nicht los, dachte Therese und musste lächeln bei diesem aufmüpfigen Gedanken. Ich werde hier niemanden enttäuschen, dachte sie. Aber eine Diakonisse werde ich auf keinen Fall! Das hatte sie auch Fritz versprochen.

Die Formalitäten waren schnell erledigt. Als man sie nach den Namen ihrer Eltern fragte, gab sie Nayo William als Vater an. Auf dem Formular stand ihr Name als William-Hufnagel. Nach dem Namen der Mutter hatte man sie nicht gefragt. Man gab ihr einen Lageplan der Anstalt, in dem auch die Unterrichtseinheiten und die dazugehörenden Gebäude eingetragen waren. Alles schien hier gut organisiert zu sein. Sogar die Uhrzeiten, wann es Frühstück, Mittag- oder Abendessen gab, wann Andachten stattfanden und erwartet wurde, dass die Schülerinnen in ihren Zimmern sein sollten. Auf allen Fluren hingen große Uhren, Therese besaß keine Armbanduhr.

Wieder war es eine junge Diakonisse, die sie über einen langen Flur im ersten Stockwerk zu ihrem Zimmer brachte. Es war mit zwei Betten ausgestattet und zwei hohen Schränken. Auf einem der

Betten saß ein junges Mädchen. Therese gab ihr zur Begrüßung die Hand und lächelte sie dabei an.

»Ich heiße Therese«, sagte sie.

Das Mädchen gab ihr die Hand, sagte aber nichts. Therese packte ihre Sachen in den Schrank, der am Fußende des freien Bettes stand. Vielleicht ist sie schüchtern, dachte sie.

»Bist du auch zur Ausbildung hier?«, fragte sie, während sie ihre Sachen in die Regalfächer ordnete.

»Ich komm aus Litauen und bin geflüchtet.« Das Mädchen sprach Deutsch mit einem harten Akzent. »Als die Russen kamen, mussten wir alle weg. Das Rote Kreuz hat mich hierhergebracht.«

»Zur Ausbildung?«

Das Mädchen schüttelte den Kopf.

»Darüber hat noch niemand mit mir gesprochen. Ich soll einfach erst einmal hierbleiben.«

Als Therese ihren Kleiderschrank eingeräumt hatte, klopfte es an die Tür. Weil das fremde Mädchen sitzen blieb, öffnete Therese. Vor ihr stand, verlegen lächelnd, der junge Thomas Wiedemann.

»Pfarrer Faulenbach, mein Chef, hat mir erlaubt, Ihnen die Unterrichtsräume und den Speisesaal zu zeigen, damit Sie sich nicht verlaufen«, sagte er.

Therese wandte sich an ihre Zimmergefährtin. »Kommst du mit?«, fragte sie.

»Ich kenn das schon alles, und Unterricht krieg ich nicht«, sagte sie.

Mit einem Schulterzucken winkte ihr Therese und folgte dem jungen Vikar.

»Sie können Thomas zu mir sagen«, sagte er. »Darf ich Sie Therese nennen?«

Sie nickte. Was sollte man dagegen haben?, dachte sie. Der hat es aber verdammt eilig, ging ihr durch den Kopf. Vielleicht würde er ihr morgen schon das Du anbieten; wer weiß, was dann noch folgt. Für so etwas hatte sie ein Gespür entwickelt.

Mit jungen Männern hatte sie, außer mit denen aus der Knabenschule neben ihrem Gymnasium, bisher nicht viele Erfahrungen. Und im Hinterkopf hatte sie immer Helenes Ermahnung: »Lass dich nicht auf Männer einer bestimmten Sorte ein!« Was war das, eine bestimmte Sorte? Solche, die einen sofort ins Bett zerren wollten?

Es sah nicht so aus, als würde es hier in Kaiserswerth von jungen Männern nur so wimmeln! Im Gegenteil.

Eine bestimmte Sorte Männer

Dass Therese als Schönheit galt, war ihr bewusst. Es war immer wieder vorgekommen, dass junge Männer sie offen anstarrten und anzügliche Bemerkungen machten, wenn sie in einem Geschäft zu tun hatte oder sie an einer Baustelle vorbeikam. Sie schob solches Betragen allerdings auf ihre in diesem Land seltene Hautfarbe. Über das Verhältnis von Männern und Frauen zueinander machte sie sich ihre eigenen Gedanken und hatte nicht vor, sich allzu schnell auf Abenteuer einzulassen. Was zwischen ihnen »passierte«, wusste sie von Helene und Fritz, die ihr alles erklärt hatten, so gut sie es vermochten, und den Gesprächen unter Mädchen auf dem Schulhof. Sie fand das alles spannend, aber auch verwirrend.

Was sie von anderen Mädchen gehört hatte, die manchmal von eigenen Erfahrungen erzählten, nahm sie neugierig auf, konnte sich aber auf vieles keinen Reim machen. Männer wollten Frauen *erobern*, hatte sie gehört. Um sie dann zu heiraten. Dass man schon vom Küssen ein Kind kriegen könnte, gehörte für sie ins Reich der Märchen. Aber sie wusste, dass es Mädchen gab, die den größten Unsinn glaubten.

Ich bin hier zur Ausbildung, dachte sie, vielleicht erfahre ich im Unterricht, was man sonst noch wissen sollte. Kann aber auch sein, dass ich nichts mehr dazulernen muss …

Sie prägte sich die weitläufigen Gebäude und Räumlichkeiten ein, denn schon am nächsten Tag würde der Unterricht beginnen.

Den Themen von ihrem Plan sah sie mit Spannung und Neugier entgegen.

Der menschliche Körper. Krankheiten allgemein. Menschen im Alter. Was man beim Pflegedienst beachten muss. Bibelkunde. Jesus und die Heilung. Unsere Jugend. Kriegsverletzungen. Seelsorgerliche Gespräche mit Kranken.

Es war eine lange Liste und ein umfangreicher Stundenplan, den man ihr mitgegeben hatte.

Über das Leben von Männern und Frauen und was sie darüber noch wissen sollte, würde sie sich später Gedanken machen, nahm sie sich vor. Es gab ja auch freie Stunden in ihrem Plan. Was würde sie mit dieser Zeit anstellen? Gab es in der Bibliothek Bücher, die sie weiterbrachten?

Hier war sie, gerade erst der frommen Pflegemutter Helene und der Gemeinde um Pastor Giebel entkommen, wieder in einer heiligen Gemeinschaft gelandet. Sie brauchte sich nur in den Fluren umzusehen und die Bilder zu betrachten, die da hingen! Ihr kam der Gedanke, dass vielleicht alles in diesem Land von Frömmigkeit durchtränkt war. Sogar der stolze Kaiser war ein frommer Mann und protestantisch, wie sie erfahren hatte. Ob er täglich betete, wie Helene es ihr angeraten hatte? Sie tat es nur nachlässig und hatte nicht mal ein schlechtes Gewissen dabei. Bin ich vielleicht schon ein »Weltkind«? Weltkinder kommen in die Hölle, das war mal sicher! Therese störte sich nicht daran. Vielleicht gab es ja gar keine Hölle!

Dann dachte sie an die Berichte in den Tageszeitungen, die im Haus für alle offen auslagen und die sie in den Pausen oder ihrer freien Zeit begierig lesen würde.

Deutschland befand sich in einem grausamen Krieg im Osten und im Westen. Russen und Franzosen waren böse Feinde. Es ging aber auch um andere Themen, von denen sie überhaupt keine Ahnung hatte: In den großen Städten gab es Bordelle und Nachtclubs,

Überfälle auf den Straßen, Gefängnisse, Vergewaltigungen, Morde. Oder Varietés. Solche Vergnügungen würde man sicher nicht mit einer Andacht beginnen.

Thereses Neugierde auf die Welt »da draußen« war groß! Sie wartete geduldig: Die Zeit dafür würde schon kommen, eines Tages. Jetzt war anderes wichtiger, und sie musste sich mit der Lektüre der Tageszeitungen begnügen, um einen Zipfel von dieser Welt zu ergattern.

Die Ausbildung würde sie auf keinen Fall vernachlässigen, das schuldete sie ihren Pflegeeltern, auch Schwester Pauline und Pfarrer Giebel!

Und was schuldete sie sich selbst? Das konnte sie nicht eindeutig beantworten. Aber vor allem sah sie große Möglichkeiten für ihr eigenes unabhängiges Leben. Wo sonst, wenn nicht hier war die Quelle für das Wissen, das sie brauchte! Es waren unter den Lehrern viele Fachleute, Pädagogen, Professoren, bekannte Ärzte.

Sie hatte für sich beschlossen, sich erst einmal ganz darauf zu konzentrieren! Sie war noch so jung, und das Leben lag ja noch vor ihr. Hier würde sie sich so viel wie möglich aneignen!

Thomas Wiedemann an ihrer Seite führte sie bis zu ihrem Zimmer zurück.

»Darf ich beim Abendessen neben Ihnen sitzen?«, fragte er und errötete.

»Das weiß ich nicht«, sagte sie zögernd. Sie hatte keine große Neigung, sich näher auf diesen freundlichen jungen Theologiestudenten einzulassen. »Vielleicht sitzen die Schülerinnen ja geschlossen an einem eigenen Tisch.«

Dann verabschiedete er sich, zog ihre Hand an seine Brust.

Wenn er versucht, mich zu küssen, werde ich ihm eine knallen, dachte sie, schob ihn lächelnd von sich und verschwand in ihrem Zimmer.

Hamburger Perspektiven

Ihre Hefte und Arbeitsbogen füllte Therese sorgfältig aus und las alle Notizen noch einmal durch, bevor das Licht um zehn Uhr ausgemacht wurde. Wie ein Schwamm saugte sie alles auf. An den obligatorischen Andachten nahm sie ebenfalls teil, das gehörte für sie zu den täglichen Pflichten, ebenso wie die Arbeiten im Pflegedienst. Es störte sie nicht, dass sie an manchen Tagen neben dem Unterricht viele Stunden arbeiten musste; von ihren Pflegeeltern hatte sie das Arbeiten gelernt!

Dass sich dieser Vikar Wiedemann in auffälliger Weise um Therese bemühte, war auch den leitenden Diakonissen und den Pfarrern der Einrichtung nicht entgangen. Unter den Schülerinnen wurde heftig getratscht, das bekam auch Therese mit und war ihr nicht angenehm. Wo immer sich eine Gelegenheit ergab, gesellte sich Wiedemann zu ihr. Sie tat nichts, um ihn zu ermutigen. Das hatte man auch an oberer Stelle mitbekommen.

Als Therese in einer freien Stunde, draußen schien die Sonne, mit einem Lehrbuch in den Park gehen wollte und an dem Büro der Oberin vorbeikam, öffnete sich die Tür. Schwester Hedwig, wie sie von allen genannt wurde, bat Therese freundlich auf einen Moment zu sich.

»Setz dich, mein Kind!«, sagte die hagere, großgewachsene Frau. Zu Thereses Überraschung hatte sie ihre Haube auf die Fensterbank gelegt. Sie hat noch kein graues Haar, wunderte Therese sich. Wann sah man diese Damen schon einmal ohne diese Kopfbedeckung? Therese ahnte nicht, warum die Schwester sie hereingebeten hatte.

»Möchtest du einen Früchtetee? Ich habe ihn gerade aufgesetzt!«

Therese nickte, ein wenig verlegen. Kam jetzt eine Standpauke oder ein Lob?

»Ja, Schwester Oberin.«

»Nenn mich einfach Schwester Hedwig, wie alle hier«, sagte sie mit einem Lächeln. »Auf solche Förmlichkeiten kommt es mir nicht an.«

Zwei Tassen dampften auf beiden Seiten des Schreibtisches. Aus einer Schublade förderte die Schwester Gebäck mit Schokoladenüberzug zutage. Therese rührte etwas Zucker in ihre Tasse. Schwester Hedwig kaute an ihren Lippen, als müsste sie über ein schwieriges Problem nachdenken.

»Meine liebe Therese. Du hast dich hier gut eingeführt«, begann sie. »Das freut mich sehr. Pastor Giebel erkundigt sich regelmäßig nach dir. Gibt es irgendetwas, was dich bedrückt?«

»Nein, es geht mir gut! Ich finde den Unterricht großartig. Gestern die Stunde über den menschlichen Körper von Professor Heidenreich. Das fand ich ganz toll.«

»Das freut mich, mein liebes Kind. Ich bin sicher, dass du einen guten Abschluss machen wirst, wenn du weiter so eifrig dabei bist. Glaub bitte nicht, das würde nicht vermerkt! Aber da gibt es doch etwas, das mir Sorge macht. Es geht um den jungen Vikar Wiedemann.«

Therese wurde plötzlich sehr wach. Sie ahnte, was kommen würde. Machte man ihr jetzt moralische Vorhaltungen? Wie sollte sie darauf reagieren?

»Was ist mit ihm?«, fragte sie, nicht ganz ahnungslos.

»Keine Sorge«, beruhigte Hedwig sie. »Dir macht niemand einen Vorwurf. Aber Herr Wiedemann hat seinem Vorgesetzten, dem Pfarrer Faulenbach, gestanden, dass er sich in dich verliebt hat und dich heiraten möchte.«

Therese sprang von ihrem Stuhl auf und funkelte ihr Gegenüber an.

»Das wusste ich nicht! Damit habe ich nichts zu tun!«, sprudelte es aus ihr heraus.

»Beruhige dich! Setz dich wieder! Ich wollte damit auch nicht sagen, dass dich irgendeine Schuld trifft. Wir haben durchaus bemerkt, dass du alles tust, um ihm aus dem Weg zu gehen. Das ist auf einem so engen Gelände ja nicht immer ganz einfach. Du bist eine schöne junge Frau, da passiert so etwas. Da gab es in meinem Leben vor vielen Jahren auch so eine Geschichte.« Sie lachte Therese offen an. »Daraus ist nichts geworden, weil ich es nicht wollte. Du sollst aber wissen, was man hinter deinem Rücken tuschelt. Seine Zuneigung zu dir ist nicht verborgen geblieben. Und du sollst wissen, dass dieser junge Mann ganz unglücklich ist. Deinetwegen.

Das ist nicht deine Schuld, liebe Therese. Wir haben überlegt, wie wir dir helfen können, damit du nicht in Schwierigkeiten kommst. Und Skandale können wir in unserer Anstalt nicht gebrauchen …

Du bist jetzt seit fünf Monaten hier. Wir schicken dich ungern weg. Besonders mir wirst du fehlen, mit deiner ganzen Art.«

Hedwig stand auf und ging ein paar Schritte durch ihr Büro, nahm ihre Haube von der Fensterbank und betrachtete sie, als hätte sie sie noch nie zuvor gesehen. Dann legte sie die Haube achtlos auf den klobigen Heizkörper.

»Ich habe mit unserem Mutterhaus in Hamburg-Stellingen telefoniert. Was hältst du davon, wenn wir dich dorthin schicken. In unserem Werk dort oben hättest du noch andere Möglichkeiten für deine Ausbildung. Auch auf dem praktischen Pflegesektor und in medizinischen Fächern an der Hamburger Universität. Die Monate hier in Düsseldorf würden dir angerechnet, keine Sorge.« Wieder machte Hedwig eine Pause und sah Therese nachdenklich an. »Eigentlich solltest du hier bei uns mindestens ein Jahr bleiben. In Hamburg könntest du ab sofort Dienst tun und zugleich die Ausbildung weitermachen, sogar Vorlesungen an der Universität besuchen. Es wäre einfach besser, du würdest aus der Umgebung von Vikar Wiedemann verschwinden. Dann wird er sich hoffentlich auch wieder beruhigen.« Wieder eine Pause, dann ein Lächeln. »Vielleicht stimmt ja das Sprichwort: Aus den Augen, aus dem Sinn!«

Therese konnte ihr Glück kaum fassen. Ihre Pflegeeltern würde sie dann nicht mehr so häufig besuchen können, aber die Aussicht, nach Hamburg zu kommen, in eine große Stadt mit einer Universität, war in ihrer Vorstellung wunderbar. Ein Versprechen!

»Du hast dir nichts vorzuwerfen, liebe Therese. Die anderen Schwestern und ich sind schließlich nicht blind und auch von dieser Welt, trotz unserer frommen Hauben! Da ist noch eine Sache, mein Kind: Im Pflegedienst in Hamburg haben wir im Augenblick große Probleme mit dem Personal. Viele unserer Hilfskräfte sind abgezogen worden, um in der Waffenproduktion in den Fabriken zu arbeiten. Wir sind schließlich im Krieg, leider! Deshalb wird jede hilfreiche Hand gebraucht. Traust du dir zu, neben der Ausbildung kräftig mit anzupacken, wo es nötig ist?«

Therese versuchte, ihre Begeisterung nicht allzu sehr zu zeigen.

»Natürlich! Wann soll ich abreisen?«

»Anfang nächster Woche wäre eine Möglichkeit. Du fährst zuerst mit der Bahn bis Bremen und gehst zu unserer Missionsstation. Dort werden alle Personalien notiert, und man erklärt dir, wie es von dort aus weitergeht. Da bleibst du vielleicht drei oder vier Tage. Dann mit dem Zug nach Hamburg. Das alles machen wir nur, wenn du auch einverstanden bist. Pastor Giebel will immer alles genau wissen, deine Pflegeeltern auch. In die Waffenproduktion wird man dich nicht stecken, keine Sorge.«

Therese stand auf und umarmte spontan die Oberin. Das Leben behandelt mich gut, mich frisst kein Krokodil, dachte sie – und wischte sich die Tränen aus den Augen.

Das andere Leben

Eine fröhliche Reise, in beinahe ausgelassener Stimmung war sie unterwegs. In ihrem Abteil saß sie mit einem älteren Ehepaar, mit dem sie sogleich lebhaft ins Gespräch kam. Der Mann war bis zu seiner Pensionierung Lehrer gewesen, für Deutsch und Geografie, und freute sich, dass er sein Wissen über Länder und Völker Afrikas zeigen konnte. Therese gönnte ihm das kindliche Vergnügen. Als sie den Leuten klarmachte, sie sei noch nie in Afrika gewesen, sah sie ungläubiges Staunen in den Gesichtern. Thereses übermütige Freude während dieser Reise wurde auch nur wenig beeinträchtigt durch die vielen Transporte mit verwundeten Soldaten, denen sie unterwegs begegneten. Im Augenblick, so redete sie sich ein, ging sie das nichts an.

Es tat ihr so gut, einmal nur an sich selbst und ihre Zukunft zu denken!

In ihrer Vorstellung sah sie eine Menge Gründe, mit dem, was sie erwartete, zufrieden zu sein. Diese Reise war, so dachte sie, auch eine Befreiung aus der Enge des Diakonischen Werkes in Kaiserswerth. Sie war während der Monate dort nicht ein einziges Mal in der Düsseldorfer Innenstadt gewesen. Nicht dass man es ihr verboten hätte, aber die Zeit reichte nicht, und die Fahrt in die Innenstadt war umständlich.

In Bremen erledigte sie die Formalitäten zu ihrer künftigen Arbeit und hatte reichlich Zeit, sich die wunderschöne Innenstadt mit dem Rathaus, Plätzen und Denkmälern anzusehen. Ganz in der Nähe des Bahnhofs stieß sie auf ein Gebäude, das »Übersee-Museum« hieß. Sie kaufte eine Eintrittskarte, und schon nach wenigen Schritten blickte ihr Afrika in einer Weise entgegen, wie sie es noch nie erlebt hatte. Hier verbrachte sie mehrere Stunden, bis ein freundlicher Wächter sie darauf hinwies, man würde gleich schließen.

Sie hatte in den Büchern, die ihr Pflegevater Fritz besorgt hatte, Skulpturen und Schnitzereien gesehen, aber nie so hautnah, wuchtig und mächtig erlebt! Sie bedauerte, dass sie am nächsten Morgen würde abreisen müssen; sie wäre gern ein zweites Mal in diese Ausstellungen gegangen. Sie kamen ihr vor wie ein Stück Heimat. Sie würde Fritz davon erzählen oder ihm schreiben.

In Hamburg hatte sie kaum Zeit, sich in Ruhe einzuleben. Sie bezog am Abend ihrer Ankunft im Erdgeschoss des Mutterhauses ein großes geräumiges Zimmer, das sie allein bewohnen würde. Schon am nächsten Morgen überfiel man sie mit allen möglichen Pflichten. Ihr war das nur recht! Sie begriff schnell, worauf es hier ankam: Tatsächlich fehlten Pflegekräfte an allen Ecken und Enden. Vor allem die pensionierten alten, oft gebrechlichen Diakonissen brauchten Fürsorge.

Der Tagesablauf war streng geregelt zwischen Arbeit und Unterricht: Aufstehen um halb sechs Uhr, Frühstück bis halb sieben, drei Stunden Arbeit mit den Pflegefällen im Haus, Waschen der älteren Damen und Hilfe beim Frühstück, Begleitung der Ärzte zu den schwierigen Fällen. Drei lange Flure putzte Therese täglich und brachte fünf Zimmer in Ordnung. Das ging ihr leicht von der Hand. Mittagessen um halb eins, Ruhepause bis zwei Uhr, anschließend mit der Straßenbahn zum Unterricht nach Bergedorf, zweimal in der Woche spätnachmittags Besuch von ausgesuchten Vorlesungen der medizinischen Fakultät der Universität.

Häufig kam Therese erst um neun Uhr abends in ihr Zimmer zurück; das Abendessen hatte man für sie zurückgestellt, wenn es spät geworden war. Meistens gab es dann Schnittchen mit Käse oder Quark, manchmal einen Brei aus Haferflocken. Auch in der Küche des Mutterhauses musste kriegsbedingt gespart werden, aber Therese war mit allem zufrieden, und ihr Magen machte auch die ärgsten Zumutungen mit! Die Tage waren zwar anstrengend, so viel hatte sie in ihrem Leben noch nie gearbeitet. Sie betrachtete es als Herausforderung. Man belohnte ihre Tüchtigkeit, indem man sie gleichberechtigt wie jene Schülerinnen und Pflegekräfte behandelte, die ihre Ausbildung schon abgeschlossen hatten, und sie auch entsprechend besser bezahlte.

Sie saß nachts oft in ihrem Zimmer und übertrug ihre Notizen von der Universität und den Schulungen in eine große Kladde, die Schwester Hedwig ihr in Kaiserswerth zum Abschied geschenkt hatte. Darüber fielen ihr manchmal die Augen zu.

An manchen Abenden kam eine ältere Dame, Schwester Waltraud, noch für eine Stunde zu ihr aufs Zimmer, oder sie trafen sich im Speisesaal. Die Dame hatte 25 Jahre in Togo als Missionarin und Hebamme gelebt und konnte die beiden wichtigsten Sprachen des Landes fließend. Sie hatte Togo in allen Teilen kennengelernt. Aus gesundheitlichen Gründen war sie für einige Monate in ihre deutsche Heimat gereist, fest entschlossen, nach dem Krieg nach Afrika zurückzukehren. Daraus wurde nichts, weil die Kolonie Togo gleich nach Kriegsbeginn von Engländern und Franzosen besetzt war, die zunächst keine Deutschen im Land haben wollten. Waltraud wurde für Therese wie eine Mutter, Freundin und Lehrerin zugleich. Therese verabredete mit ihr, gemeinsam Ewe zu üben, sobald ruhigere Zeiten kommen würden. Denn im tiefsten Innern wusste sie bereits seit Längerem, dass sie eines Tages im Land ihrer Vorfahren leben wollte.

»Singen Sie mir noch einmal dieses schöne Volkslied, Sie wissen schon. Ein Bauer geht beim Sonnenaufgang aufs Feld.«

»Es gibt noch eine Menge anderer Lieder, die dir gefallen werden.«

»Die will ich auch hören und auswendig lernen. Nur mein Ewe ist noch schlecht.«

»Mach dir darüber keine Gedanken. Wenn du erst einmal in deiner Heimat lebst, geht das Lernen ganz schnell. Ewe ist nicht ganz einfach, mein Kind!«

Diese Zeit mit der alten Missionsschwester genoss Therese, ein gutes Gegengewicht zu der harten Arbeit, die sie täglich zu bewältigen hatte. Waltraud verlangte von ihr auch nicht die lückenlose Frömmigkeit, die man hier ausgesprochen oder unausgesprochen erwartete.

Auch die ersten Märchen aus der Heimat ihrer Eltern wurden ihr von der alten Schwester erzählt, und sie hörte verwundert von Waltrauds schwerem Kummer, weil die katholische Kirche mit viel Geld immer mehr Togoer auf ihre Seite zöge. Das nannte sie Bestechung.

»Du hast mir erzählt, dass dein leiblicher Vater Nayo mit vier Frauen leben würde, obwohl er schon in Togo evangelisch getauft wurde.«

»Ja, so ist das eben«, bestätigte Therese.

»Hat er nie mit den Kirchen oder der staatlichen Verwaltung deswegen Probleme bekommen?«

»Keine Ahnung. Ich glaube nicht! Er ist eine starke Persönlichkeit. Vielleicht hat man das deshalb irgendwie akzeptiert. Und wegen der Togoer Traditionen.«

In Waltrauds Gesicht bemerkte Therese deutliche Zweifel und Missfallen, es lohnte aber nicht, über das Thema noch länger zu spekulieren oder gar zu streiten. Therese wusste auch zu wenig vom Leben ihres leiblichen Vaters und seinen vier Frauen, die sie ja nur in der Unterkunft in Rotterdam erlebt hatte.

Diese Zeit zog häufig als böser Albtraum nachts durch ihr Gemüt. Dann fuhr sie schweißgebadet auf, wimmerte manchmal vor sich hin und musste sich mühsam orientieren, wo sie sich befand.

Tröstlich empfand sie es, wie die alte Dame die Art der Togoer, zu leben, zu arbeiten und miteinander umzugehen, über alles liebte, sie sogar bewunderte.

»Wie sie mit der Erde, den Ernten, den Pflanzen und ihrem Getreide umgehen, das hat schon etwas Heiliges, liebe Therese. Wenn ihnen das die Kolonialherren nur nicht alles kaputtmachen würden …«

Therese sah ihre Freundin fragend an, was meinte sie damit?

»Die Deutschen, Franzosen und Engländer wollen so schnell wie möglich, dass die Afrikaner so werden, so leben und arbeiten wie wir hier in Europa. Sie haben keinen Blick dafür, wie viel Schönheit und Würde afrikanisches Leben hat! Und dass sie dort auf ihre Weise viel besser mit der Natur umgehen und damit ja gut gefahren sind! Davor verschließen sie die Augen, weil sie mit einer anderen Sicht der Dinge sich selbst infrage stellen würden.«

»Wenn das so ist, warum wehren sich die Afrikaner nicht?«, insistierte Therese.

»Es würde mich sehr wundern, wenn es nicht überall Widerstand geben würde. Aber darüber steht hier bei uns nichts in den Zeitungen, und eigene Zeitungen haben die Afrikaner ja noch nicht!«

Solche Gedanken über die Widersprüche der Kolonisierung waren Therese neu; weder Pastor Giebel noch Schwester Pauline hatten sich jemals geäußert. Nur ihr Pflegevater Fritz machte häufig wütende Bemerkungen über die Verbrechen der Weißen in Afrika, wenn er aus Versammlungen seiner Partei nach Hause zurückkehrte.

Schwester Waltraud liebte es, das Gespräch auf die Zukunft ihrer jungen Freundin zu bringen.

»Bald ist der Krieg sicher zu Ende, Therese. Dann kannst du vielleicht in einem unserer Werke in Togo arbeiten, als Lehrerin oder Krankenschwester. Vielleicht auch als Ärztin.«

Vielleicht hatte Therese eine Bemerkung gemacht, oder Waltraud hatte es gespürt: Therese fühlte sich als Afrikanerin doch sehr einsam in Hamburg. Wenn sie von Studenten an der Universität eingeladen wurde, nach den Vorlesungen doch mit ihnen noch in irgendeine Studentenkneipe zu gehen oder in ein Café in der Nähe, hatte sie bisher immer verschämt den Kopf geschüttelt. Sie erhielt nur ein geringes Gehalt. Außerdem hatte man sie beim gemeinsamen Essen im Mutterhaus davor gewarnt, dass es mit diesen jungen Leuten nicht immer »gesittet« zugehen würde. Anzüglichkeiten hatte sie schon oft zu hören bekommen, aber sie stellte sich lieber dumm, spielte das naive Mädchen aus der Provinz und ging nicht darauf ein. Zugleich war ihre Neugierde, etwas mehr vom Leben »da draußen« zu erfahren, riesengroß. Das Geld, das man ihr zahlte, reichte aus, um sich hin und wieder ein Kleidungsstück zu kaufen, und sie legte, wenn eben möglich, einiges zurück. Meist ging sie zum Einkauf in einen Laden des Roten Kreuzes oder der Inneren Mission, wo gebrauchte Kleider billig zu haben waren. Auf Eleganz legte sie keinen Wert, modische Sachen zu tragen und sich daran zu freuen, hatte ihr niemand beigebracht.

Die plötzliche Nachricht vom Ende des Krieges ging wie ein Lauffeuer durch alle Heime und die Universität und machte auch unter den Diakonissen die Runde: Der Kaiser habe abgedankt und sei in Holland im Exil. Deutschland sei jetzt eine Republik. Der Krieg war zwar verloren, was für die meisten sehr schmerzlich war, aber die

Soldaten kehrten von der entsetzlichen Westfront zurück. Die Welt atmete auf, das Morden und Sterben hatte ein Ende.

Das bewegte auch Therese, weil das Land unter den Folgen des Krieges litt: Arbeitslosigkeit, allgemeine Unsicherheit, was die Zukunft angeht, wüste Versammlungen, Kriminalität, bettelnde Kriegsversehrte an jeder Straßenecke!

Hatte das alles dieser Kaiser verursacht? Über Politik sprach man im Mutterhaus nur sehr selten, und den Zeitungsberichten misstraute sie. Wo hätte sie sich informieren sollen?

Besuch

Aus einem Telefonat mit Fritz Hufnagel erfuhr sie, dass er wieder ganz gesund war und arbeitete; einen Telefonanschluss in der Wohnung hatten sie noch nicht und fanden das auch überflüssig. Fritz konnte sie jederzeit aus der Firma anrufen.

Ihre Pflegeeltern planten für die kommenden Osterfeiertage ihre erste große Reise in Friedenszeiten: Sie würden Therese besuchen!

Anschließend, so planten sie, wollten sie gemeinsam mit ihrem Pflegekind nach Riga zu Fritz' Eltern und Geschwistern reisen.

Auf dem Bahnsteig im Gedränge der Reisenden fiel Helene ihrer Pflegetochter in die Arme. Fritz stand lächelnd dabei:

»Da ist ja unser Schokoplätzchen.« Er breitete seine Arme aus und zog Therese an sich. Dann hielt er sie mit Abstand vor sich: »Und noch schöner ist sie geworden, unsere Kakaobohne! Guck sie dir mal an, Helene!«

»Und du siehst im Gesicht immer noch so aus wie Sauerkraut mit einem schwarzen Topfdeckel!«, nahm sie die Neckerei auf.

Vom Glück des Wiedersehens hatte Therese Tränen in den Augen. Sie hatte die Wärme der Pflegemutter und den Humor von Fritz im kühlen Hamburg schmerzlich vermisst.

In ihrem Zimmer in Stellingen wurde ein Notbett aufgestellt. Therese konnte Waltrauds Wohnung für ein paar Tage benutzen, da ihre Freundin zu Verwandten verreist war.

Ein halbes Jahr hatten sie sich nicht gesehen. Helene und Fritz lehnten es ab, nach der Reise eine Ruhepause einzulegen. Sie nahmen ihre schwarze Tochter zwischen sich, bei strahlendem Sonnenschein fuhren sie mit der Straßenbahn an die Binnenalster, genossen die Auslagen in den Schaufenstern, die Cafés in den Seitenstraßen. Fritz erzählte, die Firma König habe sich nach der Krise gut erholt, man hätte sogar neue Leute einstellen können. Er sprach auch von seiner Sorge, dass sich die Rechten überall breitmachten und dass es bei den Treffen der Sozialdemokraten kürzlich sogar eine wüste Schlägerei gegeben habe.

»Hast du von den Rechten hier in Hamburg schon was mitbekommen?«, wollte er wissen.

»Ich arbeite und wohne ja am Stadtrand, da habe ich nichts bemerkt. Was sich in den anderen Stadtteilen abspielt, steht vielleicht in den Zeitungen, und ich kriege es nicht mit.«

Sie fuhren mit der Hochbahn zu den Landungsbrücken. Fritz neigte nicht dazu, sich bei jeder Gelegenheit politisch zu äußern. Aber es ergab sich manchmal.

Sie standen an der Anlegestelle, um Karten für eine Hafenrundfahrt zu kaufen. Mitten unter den Wartenden standen drei schwarze Männer.

Während sie das Boot bestiegen und Plätze mit einer guten Aussicht belegten, konnte Fritz es nicht lassen, einen Kommentar über die deutsche Kolonialpolitik zu machen. Vielleicht war die Nähe von den Schwarzen der Anlass, dass er ein Thema aufgriff, über das er beim Frühstück schon mit Therese gesprochen hatte.

»Ich finde es ja löblich, Therese, dass du die vielen Schulen in Togo erwähnst, die die Deutschen da angeblich gebaut haben, und sogar Krankenhäuser und eine Eisenbahn bis hoch nach Aneho! Es geht aber weder den Franzosen noch den Engländern oder den Deutschen um Bildung, Gesundheit oder bessere Transportwege.

Sie haben nur ein einziges Ziel: Ihre Macht zu festigen, die Länder auszuplündern! Aber irgendwann kriegen sie die Quittung, verlass dich drauf! Das werden sich die Afrikaner auf Dauer nicht bieten lassen! Es dauert nicht mehr lange, dann kriegen die Weißen, egal aus welchem Land, einen kräftigen Tritt in den Hintern!«

Therese war solche Lehrstunde ein bisschen lästig, und sie kommentierte Fritz' Bemerkungen nur sehr ungern. Da blieben für sie zu viele Fragen unbeantwortet, zu denen sie noch keine eigene Haltung hatte: Wer sollte in Afrika ohne die Weißen in den Schulen unterrichten, wer das Militär organisieren, woher sollten die Ärzte in den Krankenhäusern kommen oder wer dafür sorgen, dass der Postverkehr funktionierte? Darauf fand sie auch an den wenigen Tagen, die ihr Pflegevater in Hamburg war, keine Antwort, obwohl Fritz von der Zukunft Afrikas immer wieder gesprochen und durchaus eine Meinung dazu hatte.

Es war nicht in Ordnung, dass die Völker Afrikas von den Europäern beherrscht wurden! So hatte sie es zu ihrer Überraschung sogar in einer Zeitung gelesen, die im Heim ausgelegen hatte.

Was hatte das zu bedeuten? Solche Fragen überforderten die junge Frau. Jetzt wollte sie nur das Zusammensein mit Helene und Fritz und die wunderbare Aussicht während der Hafenrundfahrt genießen. Und Pause machen von ihrem anstrengenden Alltag zwischen Pflegedienst, Lernen, Putzen und Studieren!

Und da lauerte die Frage, ob nicht jetzt, nach Ende des Krieges, ihre leiblichen Eltern aus Russland zurückkehren würden.

Sie konnte nicht so recht daran glauben und wusste nicht, ob eine solche Nachricht sie wirklich freuen würde. Sie steckte ja mitten in der Ausbildung! Solche Zweifel und Sorgen verwirrten sie, und sie schob sie beiseite; darum würde sie sich später kümmern.

Die Meldungen in den Tageszeitungen überschlugen sich, Nachrichten, die sie nur schwer begreifen konnte: In Russland herrsche jetzt der Kommunismus, Togo sei nicht mehr deutsche Kolonie, Frankreich und England hätten das Land unter sich aufgeteilt, wie man einen Kuchen teilt.

Der Alltag mit Knochenarbeit und Unterricht war so anstrengend und aufregend, dass Therese bisher kaum Zeit und Ruhe gefunden hatte, über die vielen Fragen und was solche Veränderungen für sie persönlich vielleicht zu bedeuten hatten, nachzudenken. Und ob Kommunismus für die Rückkehr ihrer Eltern gut war oder schlecht. Wen konnte man danach fragen? Fritz konnte ihr darauf auch nicht antworten.

Aus der gemeinsamen Reise nach Riga wurde nichts, weil Fritz dringend in Elberfeld in seiner Firma gebraucht wurde.

Und für Therese begann wieder der anstrengende Alltag, als Fritz und Helene abgefahren waren.

Die Musterschülerin

Man erlaubte ihr, noch bevor die offizielle Zeit ihrer Ausbildung zu Ende war, die Prüfungen abzulegen. Sie bekam ein Diplom als ausgebildete Erzieherin für Kinder und Jugendliche und eines als Krankenschwester, dazu eine Studienbescheinigung der medizinischen Fakultät der Universität. Damit belohnte man ihren jahrelangen Einsatz und ihre herausragenden Leistungen. Sie würde ab sofort als vollwertige Studentin die Vorlesungen der Universität Hamburg besuchen können.

Da ihr niemand Hoffnung auf ein Stipendium machen konnte, telefonierte sie mit ihrem Pflegevater, um mit ihm das Problem zu besprechen.

»Mein liebes Schokoladenplätzchen! Überlegen wir mal gemeinsam: Von meinem Gehalt könnten wir dir monatlich einen kleinen Betrag schicken, bis die Firma mir wieder mehr bezahlen kann. Oder wir nehmen einen Kredit bei der Bank auf, mein Chef würde sicher dafür bürgen.«

Therese hörte sich die Überlegungen in aller Ruhe an, bevor sie antwortete.

»Papa Bleichgesicht. Ich will nicht, dass ihr euch meinetwegen krummlegt oder Schulden macht. Und das mit dem Kredit kannst du vergessen! Wer weiß, wann ich das zurückzahlen kann. Ich versuche mal, so klarzukommen, und guck mich nach einer bezahlten Arbeit um! Für Helene eine Umarmung und für dich auch!«

Zunächst arbeitete sie weiter in der nur mäßig bezahlten Pflege. Das Studium betrieb sie für einige Monate nebenher, aber es ging bald über ihre Kräfte. Dann hatte die Leitung der Diakonie eine neue Aufgabe für sie, die zwar von der Verwaltung der Stadt Hamburg besser bezahlt wurde, aber sie noch mehr beanspruchte.

Aus dem verlorenen Westpreußen und dem Baltikum waren bei Kriegsende Tausende Jugendliche aus deutschen und anderen Familien auf abenteuerlichen Wegen in Hamburg gestrandet, die meisten ohne Angehörige und verwahrlost. In aller Eile wurde ein Heim für solche Kinder im Stadtteil Groß Borstel eingerichtet; hier sollte Therese arbeiten. Da war sie gerade erst 23 Jahre alt. Ihr Gehalt würde immerhin gut ihre Lebenshaltungskosten decken, wenn sie sparsam damit umging. Vielleicht für eine eigene Wohnung in der Nähe des Heims reichen.

Von der städtischen Verwaltung war ursprünglich vorgesehen gewesen, dass die Leitung der Einrichtung einer erfahrenen Erzieherin aus Niedersachsen übertragen werden sollte; Therese sollte ihr als zweite Fachkraft für schwer erziehbare Jugendliche zur Seite stehen. Aber diese Dame kam nicht. Zuerst hieß es, sie sei erkrankt und könne erst irgendwann später in die Arbeit einsteigen.

Mit zwei Auszubildenden, einer jungen Diakonisse, einer Kindergärtnerin und einem jungen Sozialpädagogen machte sich Therese ans Werk. Praktisch lag die Leitung des Projektes bei ihr und wurde ihr nach einem Jahr des Übergangs auch offiziell übertragen, mit einer geringen Gehaltserhöhung.

Sie hatte tatsächlich eine kleine Wohnung am Alsterdorfer Damm bezogen. Zu ihrer Erleichterung musste sie nun nicht mehr wie bisher durch die halbe Stadt fahren, um zu ihrem Arbeitsplatz zu kommen. Und die Universität war mit der Straßenbahn gut zu erreichen; auf die Fortsetzung des Studiums wollte sie auf keinen Fall verzichten!

Strenger Alltag

Therese führte eine strenge, aber allseits akzeptierte Aufsicht und beteiligte sich neben den umfangreichen Verwaltungsarbeiten auch an der täglichen praktischen Arbeit. Hätte sie nicht so beherzt zugepackt und ihre ganze Autorität eingebracht, wäre das Projekt vermutlich schnell gescheitert. Die meisten der Kinder und Jugendlichen zwischen fünf und fünfzehn Jahren waren auf verschiedene Weise sozial verwahrlost, hatten psychische und körperliche Probleme und neigten nicht selten zu Gewalttätigkeiten, weil sie es nicht anders kannten. Viele von ihnen hatten nie in einer normalen Familie gelebt, hatten die Eltern früh verloren oder waren bei problematischen Pflegeeltern aufgewachsen.

Therese erfuhr erst durch ihre Arbeit, was man Kindern antun konnte; von einem solchen Elend hatte sie kaum etwas in Kaiserswerth oder Stellingen gehört. Kinder, die früh Gewalt erfahren hatten, waren häufig selbst gewaltbereit und für erzieherische Maßnahmen nur schwer erreichbar.

Therese fühlte sich auf solche Aufgaben wenig vorbereitet und alleingelassen. Dass es über solche Problembereiche aktuelle Literatur gab, erfuhr sie erst nach und nach durch einen Buchhändler in der Nähe der Universität, der ihr immer wichtige Neuerscheinungen bereitlegte. Darüber hinaus handelte sie, wie es ihr ihr Gespür für Menschlichkeit eingab. Durchgreifen und manchmal auch disziplinarische Strafen gehörten dazu, doch ebenso zeigte sie den

Kindern, was Achtung und Zuneigung bewirken. Damit war sie erfolgreich, das wurde auch bei den übergeordneten Stellen der Stadt bemerkt und anerkannt. Die Kinder mochten sie, mit den Kolleginnen und dem Pädagogen kam sie gut aus. Konkurrenzgebaren erstickte sie im Keim!

An ein lückenloses Medizinstudium, also Teilnahme an allen Vorlesungen, war angesichts der Fülle ihrer Arbeit nicht zu denken. Wenn es der Arbeitsplan im Kinderheim möglich machte, besuchte sie wie bisher, meist einmal in der Woche, Vorlesungen und achtete darauf, dass sie im Laufe der Zeit alles mitbekam, was für spätere Prüfungen wichtig sein könnte. Um das zu ermöglichen, übernahm sie an Wochenenden die Arbeit anderer, um jeweils an den Freitagen die Universität besuchen zu können.

Überraschende Begegnung

An einem Vormittag, der Frühling hatte Krokusse und Tulpen aufgeweckt, saß Therese im völlig überfüllten Hörsaal, hörte konzentriert der Vorlesung zu und machte sich Notizen. Bis sie von ihrer Nachbarin angestoßen wurde. Therese blickte auf und sah das Mädchen fragend an. Es zeigte zur Treppe weit hinten am Eingang zum Hörsaal. Da stand reglos ein junger Afrikaner und schien die Reihen der Studenten zu mustern. Bis sich sein Blick mit dem von Therese traf. Er winkte ihr, zu ihm zu kommen.

Was wollte dieser Mann von ihr? Sie raffte ihre Hefte zusammen, stopfte alles in ihre Umhängetasche und quetschte sich durch die Reihen. Als sie den Ausgang erreicht hatte, wo der Mann immer noch stand und ihr entgegensah, winkte er ihr wortlos, ihm zu folgen.

Therese ahnte nicht, was das zu bedeuten hatte. Ohne ein Wort zu sagen, ging der Mann zielstrebig durch die Flure vor ihr her, so als sei er ganz sicher, dass sie ihm folgen würde.

Als sie den Eingangsbereich des Gebäudes erreicht hatten, der zu dieser Stunde menschenleer war, zeigte der Mann auf eine der Bänke. Sie setzten sich, Therese, immer noch unsicher, hielt ihre Tasche auf dem Schoß.

»Ich habe dich lange gesucht«, begann er. »Bist du Therese William? Die bei den Leuten in Elberfeld gelebt hat?«

Sie nickte. Er schien es mit Erklärungen nicht eilig zu haben.

Beide Arme hatte er lässig auf der Rückenlehne der Bank ausgestreckt.

»Als ich in Elberfeld war, um dich zu suchen, waren deine Pflegeeltern nicht zu Hause. Die Nachbarn meinten, ich könnte dich vielleicht in Kaiserswerth antreffen. Von Kaiserswerth schickte man mich nach Stellingen und von dort schließlich nach Groß Borstel. Die Leute da haben mir gesagt, am Freitag würdest du meistens in der Universität die Medizinvorlesungen besuchen. So bin ich eben hier in der Universität gelandet.«

Er grinste breit. Therese betrachtete ihn aus den Augenwinkeln. Dieser Mann sah gut aus, und es gefiel ihr, wie selbstbewusst er redete.

»Warum hast du nach mir gesucht? Wer bist du überhaupt?«

»Wer soll ich schon sein?« Er lachte ausgelassen und legte eine Hand auf ihre Schulter. »Ich bin dein älterer Bruder Kodjo!«

Therese schoss vor Überraschung das Blut in den Kopf. Sie stand auf und stellte sich vor ihn hin.

»Du? Mein Bruder?«, fragte sie fassungslos.

»Klar. Ich musste dich lange suchen, Schwester. Von unserem Papa wusste ich nur, dass man dich in Elberfeld finden würde. Dann begann meine Suche. Aber schließlich war ich erfolgreich, oder?« Er lachte wieder und schlug sich dabei auf sein Knie.

»Ich habe noch nie von dir gehört«, sagte sie, immer noch etwas misstrauisch.

»Hat dir unser Vater oder unsere Mutter nicht von mir erzählt? Oder von Fred in Duisburg? Von Lisa, von Marika und den anderen?«

Sie zuckte mit den Schultern.

»Wann hätte er es mir erzählen können? Ich war ja nur ein paar Wochen bei ihnen!«

»Ach, du meinst diese verdammte Geschichte mit Rotterdam?«

»Warum bist du nicht bei ihnen gewesen, damals?«

»Weil es Blödsinn war von Papa, nach Rotterdam zu reisen. Ich habe auch erst später genauer erfahren, woran die Reise nach Togo gescheitert ist.«

»Wegen Berlin, wegen Russland?«

»Nein, wegen seiner ungeklärten Verhältnisse zu den Veranstaltern!«

»Und? Weißt du etwas darüber?«

»Sein früherer Veranstalter – mir fällt sein Name im Moment nicht ein –, der Papa und unsere Mütter und die ganze Bagage damals nach Europa geholt hat, hatte eine Bürgschaft für die Rückreise der Togoer unterschrieben. Die Rückreise sollte für alle gesichert sein, das wurde von den deutschen Behörden verlangt. Aber Papa hatte sich mit diesem Typen verkracht. Es gab endlose Gerichtsverhandlungen! Ohne Ergebnisse. Inzwischen hatte Papa sich nach der Streiterei als Schausteller selbstständig gemacht, so richtig mit Papieren und Dokumenten. Das hat dieser deutsche Typ zum Vorwand genommen, sich zu weigern, die Bürgschaft für die Rückreise einzulösen, zumal ihr Streit gerichtlich immer noch nicht geklärt war. Da ging es um ein paar Hundert Mark, mit denen Papa für seine Leute Wolldecken gekauft hatte. Aus dem Verkauf von Postkarten. Ohne den Veranstalter zu fragen! Wie sollte er auch: Der saß irgendwo in Hamburg und war kaum erreichbar.

Papa und seine Leute waren ja meistens unterwegs. Welches Gericht also sollte zuständig sein? Ein Gericht schob die Akte dem nächsten weiter, bis alles im Sand verlief. Papa konnte ein sturer Hund sein!

Wenn die ganze Bagage nicht nach Berlin gereist wäre, würden sie wohl noch immer in Rotterdam schmoren.«

»Da war es schrecklich.«

»Kann ich mir denken«, sagte Kodjo. »Wie bist du denn da rausgekommen? Stimmt es, dass sie ohne dich abgereist sind?«

»Ich wurde krank und kam in ein holländisches Krankenhaus. In der Zeit sind sie nach Berlin gereist. Ohne mich.«

»Das war dein Glück, Mädchen! Ein Krankenhaus in Holland ist besser als die eigenen Pfuscher, die dich mit Zaubermitteln behandelt hätten. Ich habe Papa dann noch in Berlin getroffen, bevor er nach Russland gereist ist. Auch so eine bescheuerte Idee, nur weil ihm der russische Zar ein dickes Honorar versprochen hat. Ich habe unserem Alten gesagt: Papa, mach das nicht! Das geht nicht gut! Bald gibt es Krieg! Was wird dann aus euch? Aber er hat ja immer seinen Kopf durchgesetzt, da war ich machtlos.«

»Weißt du, wo sie geblieben sind? In Russland, meine ich.«

»Mir hat Papa erzählt, die vier Töchter des Zaren wären so begeistert von ihrem Programm gewesen, dass sie ihren Vater Nikolaus überredet haben, sie nach Russland einzuladen. Erst später habe ich erfahren, dass der Zar mit einem kleinen Gefolge ohne Frau und Kinder nach Berlin gereist ist. Er wollte mit den Afrikanern seinen Kindern eine Freude machen, es sollte eine Überraschung sein. Verrückte Idee. Da ist aber nicht die ganze Togo-Truppe hingereist. Nur Nayos Familie und noch ein paar, die dazugehören wollten. Vielleicht sind sie im Schnee und in der Revolution alle umgekommen. Ich würde mich nicht wundern, wenn wir sie nicht wiedersehen.«

Sie schwiegen, bedrückt, nachdenklich. Es war weder für Therese noch für ihren Bruder eine erträgliche Vorstellung, ihre Eltern vielleicht verloren zu haben, auch wenn Therese sie nur für kurze Zeit erlebt hatte.

»Haben wir dieselbe Mutter?«, fragte Therese.

»Klar, Dassi Creppy! Eine schöne Mutter, sag ich dir! Aber du kennst sie ja! Zuerst dachte ich, Dovi Kumi sei meine Mutter, bis Papa mich aufgeklärt hat. Woher soll man das als Kind wissen? Ohne zu fragen, würde ich heute noch im Dunkeln tappen.«

»In welcher Sprache hast du dich mit Papa unterhalten?«

»Ich kann ein paar Brocken Ewe, weil ich ein paar Monate während des Krieges in Togo beim deutschen Militär war. Aber meistens haben wir Deutsch gesprochen. Das kann unser Alter inzwischen ganz gut.«

»Und mit seinen Frauen?«

»Ein bisschen Ewe, den Rest mit Gesten und den Händen, und Englisch konnten sie auch nicht.«

Kodjo stand auf.

»Ich muss jetzt los, einige Freunde treffen.«

»Freunde hier in Hamburg?«, fragte Therese ungläubig.

»Von früher, ich war hier ein paar Jahre auf dem Konservatorium. Wann können wir uns sehen? Am nächsten Wochenende? Ich hörte, du wärst die Chefin da im Erziehungsheim.«

»Ich kann dafür sorgen, dass ich am nächsten Samstag freibekomme. Weißt du, wo das Heim ist? Kannst du mich abholen?«

»Klar, habe ich alles schon herausgefunden. Groß Borstel, Alsterdorfer Damm. Ein Freund von mir hat hier in der Nähe eine Fabrik für Zahnpasta, bei dem wohne ich, und der hat ein Auto. Wir holen dich ab. Um zehn Uhr?«

»Wo lebst du eigentlich, wenn du nicht in Hamburg bist? Hast du irgendwo eine Arbeit?«

»Klar, ich bin Musiker, Klavier, Posaune, Saxofon. Mal hier, mal da. Nächsten Monat fange ich in Baden-Baden an, in einem Club oder Hotel. Gutes Gehalt. Da kannst du mich mal besuchen, liebe Schwester.«

»Ich weiß nicht.« Therese zögerte. »Das geht ja nicht an einem Wochenende, oder?«

»Nimm einfach zwei, drei Wochen Urlaub! Was machst du denn sonst, wenn du Urlaub hast?«

»Bisher hatte ich keinen Urlaub! Nur mal Tagesausflüge mit den Diakonissen, in die Lüneburger Heide oder nach Bremen.«

»Mach mich nicht fertig! Das gibt's doch nicht! Du hast die ganzen Jahre immer nur gearbeitet und nie Urlaub gehabt?«

Therese nickte.

»Immer in den Werken der Diakonie? Immer bei den frommen Tanten? Hat dir denn niemand gesagt, dass du einen Anspruch auf Urlaub hast? Mal so richtig einen draufmachen?«

»Ich habe mich nicht drum gekümmert, ehrlich gesagt. Ich habe gar nicht daran gedacht. Weil ich doch nebenher studieren wollte, ich dachte, das wäre so eine Art Urlaub.«

Kodjo grinste.

»Vermutlich hat man dir auch kein ordentliches Gehalt bezahlt, oder?«

»Doch, ich komm ganz gut zurecht!«

Er sah seine Schwester fragend an, aber sie wollte über ihre Einkünfte keine Auskunft geben. Sie legte jeden Monat etwas zurück, um irgendwann ihre Pflegeeltern zu besuchen. Vielleicht auch für die Reise nach Togo, daran dachte sie oft insgeheim.

»Am besten, du stellst in den nächsten Tagen einen Antrag auf Urlaub, dass du im Mai oder Juni verreisen willst. Dann ist es nicht mehr so kalt, und du besuchst mich. Ich werde in Baden-Baden eine kleine Wohnung haben, da kannst du übernachten, kein Problem. – Wer ist denn hier dein Arbeitgeber? Immer noch die Diakonie?«

Therese zuckte ratlos mit den Schultern und blickte ihren Bruder ein wenig schuldbewusst an.

»Ich glaube, die Stadt Hamburg.«

»Du hast doch sicher einen Arbeitsvertrag? Guck mal nach. Du musst doch einen Vertrag haben!«

»Ich glaube, das Sozialamt der Stadt hat mir den Vertrag gegeben«, sagte sie kleinlaut. »Vielleicht muss ich den doch mal richtig durchlesen.«

»Lies dir alles in Ruhe durch. Am Samstag zeigst du ihn mir, dann überlegen wir weiter.«

Zum Abschied umarmten sich die Geschwister. Kodjo hielt seine Schwester lange im Arm.

»Du musst besser auf dich aufpassen, mein Mädchen!«, flüsterte er. »Dass du schön bist, sieht man noch ein bisschen, aber vor allem, dass du zu viel arbeitest! Das geht so nicht weiter! Es wird Zeit, dass sich dein Bruder um dich kümmert! Und ein paar andere Klamotten sollten wir dir gleich am Samstag kaufen. So kannst du nicht ewig herumlaufen, Kind! Wie ein frommes Hausmütterchen ...«

Nachdem ihr Bruder leichtfüßig, mit einem lässigen Winken davongegangen war, fühlte sie sich, als sei sie in einer Heimat angekommen. Sie stand im Eingang der Universität, allein und glücklich, leicht war ihr ums Herz. Sie dachte daran, dass sie ihren Bruder schon am Wochenende wiedersehen würde. Dass es ihn gab in ihrem Leben, versetzte sie in nicht geringe Aufregung. Sie setzte sich in ein Straßencafé, was sie aus Sparsamkeit selten machte, und wusste, die Tage bis zu ihrem Wiedersehen würden schöne Tage sein! Am Abend erzählte sie Fritz von der unerwarteten Begegnung mit Kodjo. Er fiel sofort, wie meistens bei ihren Telefonaten, in seinen launigen Tonfall.

»Taugt der Kerl was?«, wollte er wissen.

»Natürlich nicht! Wahrscheinlich will er nur an mein Geld! So sind Männer, das solltest du doch wissen!«

»Kodjo heißt er? Hat er keinen vernünftigen Namen?«

»Ich werde ihn fragen, Papa! Vielleicht heißt er ja Fritz wie du!«

»Passt Fritz denn zu einem schwarzen Mann?«

»Guck dir mal deine Haare an! So schwarz ist kein Afrikaner. Also frag ihn besser nicht, wenn ihr euch kennenlernt.«

Die andere Seite des Lebens

Sie kamen pünktlich am Samstag mit einem englischen Sportwagen, das Verdeck zurückgeklappt, das Steuer auf der rechten Seite. Sie ließen ausgelassen vor dem Kinderheim den Motor aufheulen und hupten mehrere Male. Sofort drückten sich alle möglichen Leute an den Fenstern die Nasen platt. Einen solchen Wagen sah man hier selten und einen mit schwarzen Passagieren schon gar nicht!

Drei Afrikaner in sichtlich guter Stimmung waren ausgestiegen und bewegten sich locker auf dem Bürgersteig. Für Thereses Geschmack waren sie ein bisschen zu auffällig gekleidet. Alle drei trugen vornehme Anzüge mit bunten Krawatten, elegante Schuhe mit weißen Verzierungen, auf den Köpfen modische Hüte mit breiten Krempen, was auf Therese kurios wirkte.

Sie hatte ihren Bruder und seine Freunde schon durch das Fenster ihres Büros gesehen. Als sie aus dem Tor auf die Straße trat, pfiffen zwei von ihnen anerkennend durch die Zähne.

Kodjo umarmte Therese und stellte seine Freunde vor.

Therese hatte in ihrem bisherigen Leben nur selten Kontakte mit Afrikanern gehabt. In Kaiserswerth war einmal ein grauhaariger Pfarrer aus dem Kongo aufgetaucht, mit dem sie ein paar Worte Englisch gesprochen hatte. Dann eine schwarze Diakonisse aus Kamerun, die in Stellingen zu Gast war. Die sprach kein Wort Deutsch. Auf den Straßen von Hamburg oder aus der Straßenbahn, wenn sie unterwegs zu ihrer Arbeit war oder zur Universität, sah sie manchmal Afrikaner, hatte aber nie mit ihnen gesprochen. Man wusste ja nicht, welche Sprache sie verstanden.

Zu den beiden Freunden ihres Bruders fühlte sie sich sogleich hingezogen. Sie lachte ihnen entgegen und verbarg geschickt ihre Verlegenheit.

War es das, was sie sich so lange gewünscht hatte? Was war anders an diesem Ausflug? War mit dem Kennenlernen dieser Afrikaner ihre Welt größer geworden?

Sie setzte sich neben ihren Bruder auf die lederne Rückbank. Mit aufheulendem Motor fuhren sie los und bogen auf eine breite Hauptstraße in Richtung Innenstadt ein.

Es war wunderbares Frühlingswetter. Die Menschen flanierten auf den Straßen, um nach dem harten Winter die Sonne zu genießen. Einige Cafés hatten bereits Stühle auf die Bürgersteige gestellt.

»Hast du eigentlich nur einen afrikanischen Namen? Keinen deutschen?«, fragte sie ihren Bruder.

»Unser Papa hat jedem Kind einen deutschen und einen afrikanischen Namen gegeben. Mein deutscher Name ist Anton, aber den konnte ich nie ausstehen und bestehe darauf, dass man mich Kodjo nennt.«

»Bist du auch hier geboren?«

»Nein, in Togo, in einem Ort, der Klein-Popo heißt, wo unsere Eltern zu Hause waren. Komischer Name. Wenn man ihn hier in Deutschland erwähnt, lachen alle und meinen, man würde einen Witz machen! Besser, man behält ihn für sich. Kleiner Arsch, wie hört sich das denn an? Ebenso mein deutscher Vorname.« Er murmelte vor sich hin: »Anton! Anton! Was Papa sich wohl dabei gedacht hat …«

»Jetzt sind die Franzosen in Togo«, sagte Therese.

»Franzosen im Osten, wo unsere Leute herkommen, und im

westlichen Teil die Engländer. Die sind ja alle gleich, Jacke wie Hose! Besser oder schlimmer als die Deutschen sind die auch nicht!«

»Da werden wir Französisch lernen müssen, wenn wir nach Togo zurückkehren.«

»Willst du das denn?«

»Unbedingt. Sobald ich genug Geld zusammen habe für die Reise.«

»Was willst du da machen?«, fragte Kodjo.

»Lehrerin vielleicht. Kommt darauf an. Eigentlich will ich noch Medizin studieren, um Ärztin zu werden.«

»Dann geh nach Paris zum Studieren. Da hast du es als Afrikanerin einfacher. In Togo gibt es sicher in den nächsten hundert Jahren keine Universität.«

»Paris! Wer soll das denn bezahlen? Meinst du, ich wäre Millionärin?«

»Das Aussehen hast du dazu!«, grinste er. »Heute siehst du schon besser aus als neulich in der Universität, da habe ich mir Sorgen gemacht, ob du bis zu unserem Wiedersehen überlebst. Ziemlich fertig hast du ausgesehen.«

»Da hatte ich eine harte Woche hinter mir. Mit meinen Problemfällen.«

»Was für Problemfälle meinst du? Hast du Geldprobleme?«

»Unsinn! Ich spreche von meiner Arbeit! Was meinst du, was bei Kindern und Jugendlichen der Krieg angerichtet hat?! Meinst du etwa, mit dem Friedensschluss sei alles erledigt gewesen? Da haben wir Jugendliche, die wissen gar nicht, was sie auf dieser Welt verloren haben! Und alles Einzelschicksale, die kann man nicht mit einem Federstrich erledigen! Es belastet mich sehr, was ich da zu hören bekomme.«

Sie nahm sich vor, mit ihrem Bruder bei anderer Gelegenheit

ausführlich darüber zu sprechen. Aber jetzt hielt der Sportwagen vor einem Lokal, das schon von außen ziemlich wild herausgeputzt war. Eine Menge Fotos von Tänzerinnen und Clowns in den Schaukästen, Fotos von den Gasträumen, Tischreihen mit speisenden Menschen, Reklamesprüche.

»Fahr weiter«, rief Kodjo Hektor zu, der am Steuer saß. »Erst mal kaufen wir ein paar neue Klamotten für mein Schwesterlein. So kann sie nicht länger herumlaufen!«

Hektor, den Kodjo als den Zahnpasta-Fabrikanten vorgestellt hatte, lenkte den Wagen.

»Also zum Jungfernstieg, Bruder! Wie der schwarze Massa es wünschen ...«

Der Dritte im Auto hieß Francis und stammte aus Kamerun. Er redete wenig, vielleicht, weil er nur ein paar Brocken Deutsch sprach.

Einkauf am Jungfernstieg

Ein so elegantes Geschäft wie das, welches sie nun zu viert betraten, hatte Therese noch nie von innen gesehen. Solche Geschäfte gab es auch auf der Königsallee in Düsseldorf, erzählte man. Für sie jenseits ihrer finanziellen Möglichkeiten!

Sofort standen zwei junge Verkäuferinnen und ein Verkäufer bei ihnen und fragten nach ihren Wünschen.

Ihr Bruder übernahm die Führung. Er schien sich mit modischen Dingen gut auszukennen, und so steuerte die Truppe auf die Damenabteilung zu.

Mit geübten Griffen hatte Kodjo, ohne sich groß um das Personal zu kümmern, bald ein paar Kleider, Röcke und Blusen in der Hand, willig verschwand Therese ein paarmal in der Umkleidekabine. In ihrer Aufregung achtete sie nicht auf die Preisschilder, hatte aber Gefallen daran, alles auszuprobieren, was ihr Bruder ihr mit Kennerblick und launigen Kommentaren in die Kabine reichte. Die Beratung durch die Angestellten, die herumstanden, brauchten sie nicht. Therese gefiel das.

Sie dachte erst wieder an die Preise und ob sie den Einkauf überhaupt bezahlen könnte, als das Personal mit zwei Kleidern, zwei Röcken und vier Blusen an die Kasse ging. Als sie unsicher an ihrer Geldbörse herumnestelte, winkte Kodjo ab.

»Lass stecken, ich mach das schon! Wenn wir hier fertig sind, ziehst du dieses Kleid sofort an. Das habe ich mit dem Chefverkäufer verabredet. Erst bezahlen, dann anziehen, hat der Kerl gesagt. So misstrauisch sind sie, wenn Afrikaner als Kunden kommen!«

»Sicher nicht nur bei Afrikanern!«, gab sie zu bedenken.

In der Umkleidekabine hatte sie gezögert, als sie bemerkte, dass ihr neues Kleid nicht über die Knie reichte, auch an die tiefen Ausschnitte der Blusen musste sie sich wohl noch gewöhnen. Aber die drei Männer fanden, dass sie toll aussehe, ihre Beine wären sensationell! So frühlingshaft Buntes hatte sie in ihrem Leben noch nie getragen. Sie beschloss, Freude daran zu haben, und wunderte sich, wie leicht ihr das fiel.

»Lass dich mal von allen Seiten ansehen!«, forderte Kodjo sie auf, griff ihre Schulter und drehte sie um sich selbst. »Das ist mal eine Schwester! Schöner, als ich sie mir erträumen konnte.«

Das Angebot

Sie fuhren in das Restaurant zurück, vor dem sie eine Stunde früher schon angehalten hatten. Therese war erstaunt und stand ein wenig schüchtern daneben, als der schwarze Wirt und zwei weiße Kellner sie und ihre afrikanische Begleitung lautstark und mit Handschlag begrüßten. Ihr Bruder und seine beiden Freunde waren hier offenbar gut bekannt!

Um diese Tageszeit war das Lokal noch fast leer. An der Theke lümmelten ein paar Männer mit – so fand Therese – aufgedonnerten, sicher fragwürdigen Mädchen, in einer dunklen Ecke saß ein Pärchen, das sichtlich ungestört turteln wollte, aus einer Musikbox klangen leise Jazz-Musik und amerikanische Schlager. Ein solches Gerät sah Therese zum ersten Mal.

Kodjo bewegte sich im Rhythmus der Musik zu einem Tisch hin, den sie mit Beschlag belegten.

»Sollen wir hier etwa verhungern?«, rief Hektor zur Theke hinüber.

Der Wirt lachte. »Keine Sorge, schwarzer Mann! Ist noch früh am Tag. Habt ihr besondere Wünsche, vielleicht für die schöne Dame, die ihr mitgebracht habt?«

»Von der lässt du besser die Finger, das ist Kodjos Schwester. Die ist tabu für jemanden wie dich!«

Der Wirt nahm den Scherz nicht übel, so war ihr Umgangston. Von ihren Gefährten erfuhr Therese, der Wirt, den alle Ronnie nannten und der aus Kamerun stammte, besäße ein großes Hotel auf der Insel Usedom, aber da würde er sich schrecklich langweilen und hätte deshalb dieses Lokal auf Sankt Pauli eröffnet.

Therese erschrak. Sie hatte von Sankt Pauli schon gehört, das sei ein ganz schlimmes Viertel! Mit Nachtclubs und Prostitution. War das hier vielleicht sogar ein Nachtclub? Das konnte nicht sein! Ihr Bruder würde sie doch nicht beim ersten Ausgehen in einen Nachtclub führen!

Die drei Männer bestellten Bier, Therese eine Limonade.

»Du kannst auch ein Bier trinken, Mädchen!«, forderte Kodjo sie auf.

»Ich habe noch nie Alkohol getrunken«, gestand sie. »Schnaps oder Bier ist bei den Diakonissen nicht sehr angesehen. Und zu Hause trank nur mein Pflegevater ab und zu ein Bier. Im Kinderheim kommt Alkohol sowieso nicht infrage.«

»In einem solchen Heim würde ich eingehen!«, bemerkte Hektor. Die drei Männer lachten ausgelassen.

Ronnie, der Wirt, setzte sich zu ihnen. Therese war aufgefallen, dass er sie, seit sie mit den dreien das Lokal betreten hatte, unauffällig musterte.

In dem Augenblick zog eine Truppe junger Männer in braunen Uniformen im Marschtritt an der offen stehenden Tür des Lokals vorbei. Sie grölten irgendein Lied zum Lob der Partei, das Therese schon einmal auf der Straße von solchen Leuten gehört hatte. Das Gespräch am Tisch war verstummt, bis die Horde nicht mehr zu hören war.

»Bei denen sind wir auch nicht besonders gut angesehen«, sagte Ronnie. »Vor meinem Hotel auf Usedom haben sie vor ein paar Wochen so Stunk gemacht, dass ich überlege, den Schuppen zu verkaufen.«

»Wie, Stunk gemacht?«, fragte Kodjo.

»Sie haben herumgegrölt und die Gäste auf der Terrasse aggressiv gefragt, was sie sich dabei denken würden, bei einem Neger zu logieren! Es gebe doch genug deutsche Hotels!«

»Was hast du dann gemacht? Sie zum Teufel gejagt?«, fragte Hektor.

»Das hätte ich nur zu gern getan! Aber der Bürgermeister auf der Insel ist auch einer von der Sorte. Also habe ich besser die Klappe gehalten. Sonst hätten sie mir noch die Scheiben eingeschmissen oder den ganzen Laden demoliert.«

»Das mit den Nazis geht bald vorüber«, sagte Kodjo.

»Da wäre ich an deiner Stelle nicht so sicher«, sagte Hektor.

Ronnie stimmte ihm zu. »In drei Wochen will ich in Usedom noch einmal ein großes Fest geben, für meine Stammgäste und einige Freunde. Dann verkauf ich den Laden. Ist mir zu unsicher geworden. Bisher lief das Geschäft hervorragend, großartige Küche, guter Service. Aber die Leute bleiben weg. Sie haben keine Lust, sich anpöbeln zu lassen. Was soll ich machen?«

Alle am Tisch schwiegen, bis Ronnie weitersprach: »Zu dem Fest seid ihr eingeladen, bezahlt nur eure Anreise, alles andere geht auf meine Rechnung.«

Die Einladung stieß nicht gerade auf Begeisterung.

»Wenn du mit einer Truppe Afrikaner da ankommst, kriegst du erst recht Probleme«, sagte Kodjo. »Aber danke. Sehr freundlich von dir.«

Das Essen wurde aufgetragen. Solche Mengen verschiedener Sorten von gegrilltem Fleisch auf einer Platte, die einer der Kellner mitten auf ihren Tisch stellte, hatte Therese noch nie gesehen. Sie dachte an die Hungerjahre bei ihren Pflegeeltern, an die magere Kost während des Krieges in Stellingen.

Sie war hier beinahe zum ersten Mal in ihrem Leben in einem Restaurant, fiel ihr ein. Nur mit Fritz und Helene hatten sie einmal ein Lokal zum Abendessen aufgesucht, als die beiden sie vor einigen Jahren besucht hatten.

Kodjo stand jetzt mit Ronnie an der Theke, ein paar Meter entfernt. Was sie redeten, konnte Therese nicht verstehen.

Sie langte kräftig zu. Jeder hatte einen Teller mit Gemüse und Kartoffelbrei vor sich, aber das Fleisch nahm sich jeder mit der Hand und nagte mit Genuss die Knochen ab.

Kodjo kam an den Tisch zurück, setzte sich und aß schweigend weiter. Ihn schien etwas zu beschäftigen.

»Sag mal, Schwesterchen«, begann er schließlich. »In diesem Kinderheim, was verdienst du denn da eigentlich?«

Therese hatte sich vorgenommen, darüber keine Auskunft zu geben, sie fürchtete, dass ihr Bruder vielleicht hämische Bemerkungen machen würde, wenn sie die Summe nannte.

»Das Wohnen wird ja von der Stadt bezahlt. Und wir essen mit den Kindern und Jugendlichen, dafür muss ich nichts bezahlen. Das ist ja schon mal das Wichtigste, oder?«

Kodjo drängelte nicht.

»Ich soll dich von Ronnie was fragen«, begann er bedächtig und griff sich eine Hühnerkeule von der Platte.

»Was sollst du mich fragen?« Therese wischte sich mit ihrer Serviette das Fett von den Fingern.

»Du könntest hier arbeiten. Er will sein Hotel auf Usedom ja verkaufen und mit dem Geld ein Lokal in Berlin aufmachen. Er braucht möglichst bald jemanden für den Laden hier. Ich soll dich fragen, ob du Lust hast, das zu machen. Nach einer kurzen Einarbeitung könntest du hier das Geschäft selbstständig in die Hand nehmen, als Geschäftsführerin. Er braucht jemanden wie dich, hat er mir gesagt. Am besten eine Frau, die intelligent ist, gut aussieht und mit Leuten umgehen kann. Was meinst du?«

Das kam jetzt sehr überraschend. Therese ging eine Menge verwirrender Gedanken durch den Kopf. Um Zeit zu gewinnen, stand sie mit einer gemurmelten Entschuldigung auf und verschwand auf der Toilette. Hier war alles sehr sauber, viel moderner als in ihrem Kinderheim oder bei der Diakonie. Auf dem Rückweg warf sie durch die Scheibe einen Blick in das Kontor. Da standen ordentlich Aktenordner, Diplome hingen an der Rückwand, moderne Möbel.

Kommt das für mich infrage? Diese Möglichkeit in Gedanken durchzuspielen gefiel ihr, als würde sie sich einem Abenteuer nähern. Scheint ja ein gut geführter Laden zu sein. Man traut mir das zu, ohne mich zu kennen, dachte sie. Und sie stellte verblüfft fest, dass sie sich das auch zutrauen würde.

Über die Wirkung ihrer Persönlichkeit hatte sie sich nie Gedanken gemacht. Waltraud hatte diese Haltung einmal scherzhaft oder selbstironisch »evangelische Bescheidenheit« genannt.

Sie würde sicher eine Menge mehr verdienen als bisher. Sie könnte viel schneller nach Togo reisen. Oder nach Russland, um ihre Eltern zu suchen. Sie könnte ihren Pflegeeltern unter die Arme greifen, sich mit einer Spende bei Pastor Giebel bedanken. Sie könnte Edelgard Rose ein schönes Kleid mitbringen.

Zum ersten Mal wurde ihr bewusst, dass sie ein sehr bescheidenes Leben führte – und dass es auf der Welt für sie vielleicht noch etwas anderes gab als das, was sie täglich von früh bis spät beschäftigte. Und alle ihre Kräfte kostete. Es waren nur ein paar Mark, die sie monatlich zurücklegen konnte, obwohl sie für ihren persönlichen Bedarf kaum Ausgaben hatte.

War sie bisher unzufrieden gewesen? Sie schüttelte den Kopf. Nein.

Sie beschloss, das Angebot nicht sofort zu entscheiden. Das müsste reiflich überlegt werden, würde sie ihrem Bruder und Ronnie sagen.

Denn da gab es ja auch noch ihr Studium und das Kinderheim.

Ronnie verlangte sicher keine sofortige Entscheidung.

Sie kehrte an den Tisch ihrer Freunde zurück. Ronnie war in den hinteren Räumen verschwunden, und Kodjo drängelte sie nicht.

»Du willst dir das sicher in Ruhe überlegen«, sagte er, »das ist auch in Ordnung so. Kein Problem.« Er sah sie von der Seite an und lächelte ihr zu. »Ich bin stolz auf meine schöne Schwester«, sagte er und legte seinen Arm um ihre Schulter.

Das Konzert

Die Gesellschaft an ihrem Tisch ließ Kaffee kommen. Und noch mehr Bier. Inzwischen war es später Nachmittag, und das Lokal füllte sich mit Gästen, mit jungen und solchen gesetzteren Alters. Therese war, weil so viel Neues auf sie einstürmte, erst jetzt aufgefallen, dass es im hinteren Teil des Lokals eine Tanzfläche gab und ein Klavier. Tanzen würde man sicher erst später, jetzt aßen die meisten Gäste, die Musikbox hatte der Wirt abgestellt.

Was ist, wenn man mich zum Tanz auffordert? Bei dem Gedanken schoss ihr noch einmal das Blut ins Gesicht. Tanzen war bei Helene Hufnagel und bei der Diakonie nicht besonders angesehen. Über Tanzlokale rümpfte man die Nase. Zwar hatte man es ihr nicht verboten, aber sie wollte auch nicht gegen ungeschriebene Gesetze verstoßen. Heimlich hatte sie gelegentlich mit einigen Schulkameradinnen in der Turnhalle der Schule Tanzschritte geübt, mehr aus Spaß. Einen Wunsch, das Tanzen richtig zu lernen, hatte sie bisher nicht verspürt.

Nur Fritz hatte ihr, als sie einmal ihre Pflegeeltern besuchte und sie allein in der Wohnung waren, ein paar Tango-Schritte gezeigt. Um sie fürs Tanzen zu entflammen, hatte das aber nicht ausgereicht.

Das ist vielleicht nicht meine Welt, dachte sie und lächelte vor sich hin, und wenn doch? Die halbe Stunde Unterricht mit Fritz Hufnagel hatte ihr gefallen! Seit dieser Zeit hatte sie sich angewöhnt, sich im Rhythmus zu bewegen, wenn sie allein war und Musik im Radio hörte. Sie meinte zu spüren, dass ihr Körper, ihre Beine und Arme von allein Bewegungen machten, als hätten sie sie lange Zeit entbehrt!

An der Theke war Ronnie wieder aufgetaucht. Er machte Kodjo ein Zeichen und zeigte auf das Klavier.

Thereses Bruder ging an das Instrument. Bevor er sich setzte, hob er seine rechte Hand. Bald verstummten die Gespräche an den Tischen.

»Verehrtes Publikum in diesem feinen Lokal meines sehr schwarzen Freundes Ronnie«, begann er. Einige Leute lachten. »Von mir verlangt man meistens, zum Tanz aufzuspielen. Jazz, Schlager oder Tingeltangel. Obwohl bei den braunen Typen da draußen Jazz nicht so angesehen ist.« Verhaltenes Gelächter im Publikum. »Am liebsten spiele ich eine ganz andere Musik, und das will ich Ihnen heute, während Sie in Ruhe weiteressen und -trinken, vorstellen. Zwei kurze Stücke. Es ist deutsche Musik. Ich bin gespannt, ob die eines Tages von den Braunen, die sich hier im Land breitmachen, verboten werden soll. Ich hoffe, sie gefällt meinem verehrten Publikum.«

Er setzte sich an den Flügel, streckte die Finger beider Hände, um sie zu lockern für das, was jetzt kommen würde. Noch einmal wandte er sich an sein Publikum.

»Da wir hier in Hamburg sind, spiele ich zwei Kompositionen von Johannes Brahms, dem großen Sohn dieser Stadt, dessen Werk aber der ganzen Welt gehört. Ich spiele für Sie alle hier im Raum! Aber vor allen Dingen für meine liebe Schwester Therese, die ich nach langer Suche gefunden habe.«

Das Publikum applaudierte, und einige sahen zu Therese hinüber. Sie war die einzige schwarze Frau im Raum. Und sie war glücklich und stolz.

Ein Paar stand demonstrativ auf, steuerte auf die Theke zu und verlangte lautstark die Rechnung. Kodjo schien das nicht zu stören, oder er hatte es nicht mitbekommen.

»Zuerst das Intermezzo Opus 118. Nr. 2, das ist ein bisschen besinnlich, dann als Gegenstück die Ballade Opus 118, Nr. 3, ein bisschen heftig, sehr deutsch und sehr afrikanisch. Und achten Sie auf die letzten Töne, so etwas konnte nur der gute alte Brahms mit seinem Rauschebart.«

Gelächter im Publikum, dann wurde es ganz still. Auch kein Geklapper von Gabeln oder Messern war zu hören. An den Tischen flüsterten die Kellner, wenn sie Wünsche der Gäste erfragten.

Kodjo begann mit sanften, leisen Tönen. Sein Gesicht zeigte jetzt Konzentration, ein leichtes Lächeln spielte um seine Augen, als er kurz zu seiner Schwester hinübersah. Den Ernst in seiner ganzen Haltung und in seinen Worten nahm sie mit Überraschung wahr, weil sie ihren Bruder bei den bisherigen Begegnungen eher als Spaßmacher, Bruder Leichtfuß oder Clown erlebt hatte.

Da gibt es also noch einen anderen Kodjo, dachte sie mit Stolz. So hatte sie ihn noch nicht kennengelernt. Sie lauschte einer Musik, die sie nie zuvor gehört hatte. Und zu ihrem Erstaunen als ihre eigene erkannte.

Bin ich eine Deutsche?, fragte sie sich. Bin ich eine Afrikanerin? Diese Fragen würden sie noch viele Jahre beschäftigen, doch irgendwann würde sie wissen, dass die Frage unsinnig war.

Als Kodjo die letzten Töne mit tief gesenktem Kopf gespielt hatte, blieb es noch eine Weile ganz still im Raum.

Dann wollte der Beifall nicht enden, einige standen von ihren Plätzen auf und riefen ihm »Bravo, Bravo« zu. Bis er, mit durchgeschwitztem Hemd, an ihren Tisch zurückkam.

»Wo hast du das gelernt?«, wollte Therese wissen.

»Das ist eine längere Geschichte. Ich war ja in Litauen bei dem Ehepaar von Fuchs, meinen Pflegeeltern. Gebildete Leute, sie hatten keine eigenen Kinder. Die waren verrückt nach Musik und hatten den Eindruck, ich hätte da eine gewisse Begabung. Als wir dann nach Deutschland gegangen sind, nach Warnemünde, haben sie mich auf das Konservatorium hier in Hamburg geschickt, zum Studium. Leider sind beide schon gestorben, ich vermisse sie sehr.«

Kodjo blickte mit einem traurigen Lächeln vor sich hin.

»Ich hätte ja gern immer nur klassische Konzerte gespielt, solo oder als Begleitung von Gesang, mit oder ohne Orchester. Aber da hat man es nicht ganz leicht, weil Festanstellungen selten sind. Für Afrikaner ist es noch schwieriger, eine Stelle zu finden. Von mir will man fast immer Jazz und Schlager hören oder neuerdings Swing.«

Ronnie hatte sich wieder zu ihnen an den Tisch gesetzt. Er sprach so leise, dass die Nebentische nicht mithören konnten.

»So ein Ding, ich meine seine Ansprache und sein Spiel, wie es unser Kodjo gerade geliefert hat, kann man in Hamburg bringen, vielleicht noch in Berlin und München. In der Provinz oder auf Usedom wäre das schwierig.«

»Warum schwierig?«, fragte Therese.

»Ist einfach so«, antwortete er kurz. »Da kann man nichts machen … Hat mit den Nazis zu tun, die da überall eine große Klappe riskieren. In einer Stadt wie Hamburg getrauen sie sich das noch nicht.«

In dem Moment zog wieder eine SA-Truppe am Lokal vorbei, jetzt nicht im Gleichschritt. Sie sangen nicht, blieben aber kurz vor der geöffneten Tür des Restaurants stehen und glotzten zu den Afrikanern herüber. Im Lokal nahm man, soweit Therese das bemerken konnte, keine Notiz von ihnen. Oder die Leute starrten auf ihre Teller.

Vor Mitternacht brachte Kodjo seine Schwester nach Hause. Vor der Haustür blieb er noch ein paar Minuten mit Therese stehen.

»Hast du einen festen Freund?«, fragte er.

»Warum willst du das wissen? Willst du mich etwa an deine Freunde verkuppeln?« Sie lächelte.

»Interessiert mich nur, wie meine Schwester so lebt«, sagte er ernst.

Therese schüttelte den Kopf. Sie war immer noch gefangen in der heiteren Stimmung des Abends mit Kodjo und seinen Freunden. Ein Glas Sekt hatte sie schließlich doch getrunken und fühlte sich leicht beschwipst.

»Nein. Da gab es in Düsseldorf sogar jemanden, der mich heiraten wollte! Stell dir das vor! Um einen Skandal zu vermeiden, hat mich die Leitung der Diakonie nach Hamburg geschickt.«

»War er nett?«

»Ein junger Pastor. Vielleicht war er nett, aber ein bisschen zudringlich. Und er hatte es sehr eilig.«

»Hat er dich geküsst?«

»Spinnst du?! Ich lass mich doch nicht so einfach küssen. Schon gar nicht von einem Pastor!«

»Und hier in Hamburg?«

Therese schüttelte energisch den Kopf.

»Ich habe bisher alle abgewimmelt! Wenn ich mich auf einen Mann einlasse oder sogar heirate, kann ich alle meine beruflichen Pläne vergessen! Natürlich gibt es auch nette weiße Männer, Deutsche. Aber auf so was habe ich keine Zeit und keine Lust. Und was da alles passieren kann …«

»Eine verdammt konsequente Haltung! Ist vielleicht besser so«, sagte Kodjo nachdenklich. »Aber vergiss nicht, dass wir das Leben auch genießen sollen! Wir sind nicht nur zum Arbeiten hier auf der Welt!«

Was Kodjo da gesagt hatte, stimmte Therese nachdenklich. Schon Fritz hatte sie manchmal ermahnt, nicht nur an Studium und

Arbeit zu denken. Oder sprach aus Kodjos Worten so etwas wie Eifersucht? Oder Verantwortung für die Lebensgestaltung seiner Schwester?

»Irgendwann heiratest du sicher einen guten Mann aus Togo. Oder magst du Männer nicht?« Er sah sie mit einem Blinzeln an.

»Es geht dich eigentlich nichts an, lieber Bruder. Aber ich will es dir trotzdem sagen: Ich habe absolut nichts gegen Männer. Und möchte irgendwann eine Menge Kinder haben!«

»Weißt du denn überhaupt, wie das geht mit den Kindern?«

»Halte mich nicht für naiv, Kodjo! Auch Diakonissen sind nicht von gestern! Was ich da manchmal von ihren Gesprächen heimlich mitgekriegt habe, da würdest du dich wundern! Solche heftigen Geschichten hast du sicher noch nicht gehört!«

Sie lachten beide ausgelassen, umarmten sich und wünschten sich eine gute Nacht.

Vieles ging Therese an diesem Abend durch den Kopf, und es fühlte sich gut an, einen Bruder an der Seite zu wissen.

Schüchterner Antrag

Aus dem Wochenendausflug nach Usedom zum Abschiedsfest wurde nichts. Ronnie hatte Kodjo wissen lassen, dass sein Hotel verkauft sei. Er hatte einen niedrigen Preis akzeptieren müssen, weil er es so schnell wie möglich loswerden wollte. Dann war er für einige Wochen aus ihrem Blickfeld verschwunden, auch Kodjo wusste nicht, wo er geblieben war. Mit ihrem Bruder telefonierte Therese inzwischen regelmäßig, seit sie einen Telefonanschluss im Kinderheim hatte. Das machte auch die Verständigung mit Fritz und Helene einfacher.

Wenige Wochen nach dem Abend in Ronnies Lokal wurde Therese in ihr Büro gerufen, da sei jemand »aus Afrika«, der sie sprechen wollte.

Sie hatte keine Besucher erwartet. Kodjo war schon in Baden-Baden und konnte es nicht sein.

Ronnie erhob sich aus seinem Sessel, als Therese die Tür öffnete und verblüfft vor ihm stand.

Er entschuldigte sich für den überfallartigen Besuch. Er, der in seinem Lokal so sicher aufgetreten war, wirkte jetzt eher schüchtern und verlegen. Nichts von dem ruhigen Selbstbewusstsein, das Therese von ihrem ersten Zusammentreffen in Erinnerung hatte.

»Ist doch kein Problem«, beruhigte ihn Therese und setzte sich ihm gegenüber.

Ronnie blickte zur Tür. »Kann uns jemand hören?«

Therese schüttelte den Kopf. »Keine Sorge. Wir sind ungestört.«

»Kodjo ist ja früher nach Baden-Baden abgereist«, begann er. »Er lässt dich herzlich grüßen.«

Therese wartete geduldig; was Ronnie ihr erzählte, wusste sie bereits. Sie würde ihm Zeit lassen, sein eigentliches Anliegen vorzutragen.

»Du sollst ihn da bald besuchen, er schickt dir die Adresse, sobald er seine Wohnung bezogen hat. Und …« – er hüstelte und rieb sich seine großen Hände, – »da wäre noch diese Sache mit meinem Lokal, das du ja kennst. Du warst ja wohl nicht so überzeugt von meinem Angebot, dass du da arbeiten könntest. Ich muss es auch zurücknehmen, ich verkaufe den Laden. Auch die Pläne mit Berlin habe ich aufgegeben. Ich geh bei nächster Gelegenheit nach Kamerun zurück, zu meinen Leuten. Vielleicht kann ich in Duala ein Lokal aufmachen, mit den Franzosen ist es ja einfacher auszukommen.« Er zögerte, bevor er mit leiser Stimme weitersprach. »Wenn hier die Nazis an die Macht kommen, haben wir als Schwarze – Neger, wie sie uns nennen – sowieso keine Chance mehr, liebe Therese. Dann wird für Leute wie uns der Boden zu heiß, oder wir treten nur noch im Zirkus auf. Du solltest dir das auch überlegen, ob du auf Dauer hierbleiben kannst.« Er rutschte unruhig auf seinem Stuhl, als wollte er sich erheben. »Besprich das mit deinem Bruder, Therese. Er ist ein kluger Mann und versteht mehr von Politik als ich.« Er griff schon nach seinem Hut, blieb aber sitzen. »Wenn ihr euch entscheiden solltet, nach Togo zu reisen, und euch fehlt das Reisegeld, lasst es mich wissen. Schickt mir ein Telegramm! Kodjo weiß, wie ich zu erreichen bin. Ich kann euch immer mit Geld aushelfen, weil ich noch ein Konto hier in Deutschland und eines in Frankreich habe, sicherheitshalber und für alle Fälle.«

Ronnie druckste weiter herum und drehte den Hut in der Hand. Etwas lag ihm offenbar immer noch auf der Seele.

»Wenn du bald nach Togo willst, Therese, könnte ich dir Hilfe anbieten. Ich habe für Kamerun einen Pass von den Franzosen. War kein Problem, weil ich da geboren bin. Ich habe mir da was überlegt: Wenn du und ich vorher heiraten, pro forma, meine ich selbstverständlich, könnte ich sofort für uns beide die Papiere für Kamerun bekommen, liegt ja nicht weit von Togo. Das mit dem Heiraten sage ich nur, weil alles für dich einfacher wäre. Ehefrauen dürfen immer mitreisen! Du würdest keine Verpflichtungen eingehen, bitte versteh mich richtig! In Kamerun können wir uns sofort scheiden lassen, wenn du willst.«

Ronnies Rede machte sie sprachlos. Zu überraschend kam sein Vorschlag und die damit verbundenen Konsequenzen. Sie war gerade noch imstande, ihm für seinen Besuch zu danken, und versprach ihm, sich zu melden, solange er noch in Hamburg war. Sonst würde sie über Kodjo mit ihm Kontakt aufnehmen. Sie brachte ihn zur Tür, und er bedankte sich, sie wusste nicht einmal, wofür, dann verabschiedeten sie sich mit Handschlag. Therese sah ihm nach, bis er in einer Seitenstraße eingebogen war.

Planungen einer jungen Frau

Nachdenklich kehrte sie an ihre Arbeit zurück, bemüht, ihre Verwirrung zu verbergen, und ohne mit jemandem darüber zu sprechen. Das Tagesgeschäft nahm sie voll in Anspruch. Es galt, die Schularbeiten der älteren Kinder zu kontrollieren, mit einzelnen ihre Probleme zu besprechen, Ratschläge zu geben. Es galt auch, mittelfristige Vorbereitungen zu treffen, denn in wenigen Wochen sollte das Heim nur noch für Mädchen da sein. Noch war nicht geklärt, wo die Jungen untergebracht und betreut werden sollten. Die Veränderung ging auf Anweisungen der Stadtverwaltung zurück, sie hatte man nicht um Rat gefragt.

Aber recht bei der Sache war sie nicht.

Wenn ich ein solches Angebot annehme: Was wird aus den Kindern, die mir vertrauen, die mir anvertraut sind? In welche Hände geraten sie, wenn in der Stadtverwaltung die Nationalsozialisten mehr Einfluss bekommen und ihre Stelle mit einem Nazi besetzten?

Sie beschloss, ihre Situation baldmöglichst mit ihrem Bruder zu besprechen. Das wollte sie nicht am Telefon tun. Bei einer Reise nach Baden-Baden könnte sie auch ihre Pflegeeltern besuchen und vielleicht einen Abstecher nach Kaiserswerth machen. Sie würde bei der Verwaltung Urlaub beantragen und meldete sich in der Personalabteilung an. Die Vorstellung, vielleicht drei Wochen lang ohne Verpflichtungen zu sein, hatte zur eigenen Überraschung eine belebende Wirkung auf sie.

Man hatte sie die wenigen Male, die sie bei der Stadtverwaltung zu tun hatte, bisher immer sehr höflich behandelt. Da ging es um den Etat ihres Heims, Personalien der Jugendlichen, psychische Problemfälle, Suche nach vermissten Eltern und ähnliche Angelegenheiten.

Nun glaubte sie schon am Eingang zu bemerken, dass sich die ganze Atmosphäre im Amt geändert zu haben schien. Sie hätte nicht sagen können, was eigentlich anders war.

Am Empfang war alles wie immer. Man nannte ihr eine Zimmernummer und schickte sie eine Treppe hinauf.

Als sie das Büro des zuständigen Beamten betrat, fühlte sie sich beklommen. Der dicke große Mann mit Ärmelschonern, mit dem sie bisher nie zu tun gehabt hatte, stellte sich nicht vor, gab ihr nicht die Hand, bot ihr keinen Platz an, fläzte sich nur in seinen Stuhl hinter dem Schreibtisch und schaute sie wortlos und herausfordernd an. Sie trug ihr Anliegen vor.

»Sie verlangen Urlaub«, begann er und betrachtete Therese mit einem anzüglichen Grinsen. »Wieso braucht denn jemand wie Sie Urlaub, wenn ich fragen darf?«

»In meinem Arbeitsvertrag steht, dass ich einen bezahlten Jahresurlaub von zwanzig Tagen nehmen kann. Den habe ich in den letzten vier Jahren nie in Anspruch genommen.«

»Dann ist Ihr Urlaub verfallen, das ist Ihnen ja wohl klar, oder? Wenn Sie gekommen sind, um irgendwas nachträglich zu fordern, hätten Sie sich den Weg sparen können! Das kommt überhaupt nicht infrage!«

Muss ich mich so ruppig behandeln lassen?, dachte sie, beschloss aber, darüber hinwegzusehen.

»Für dieses Jahr steht mir noch der Urlaub zu!«

»Was hat eine Negerin denn vor, wenn sie Urlaub macht? In den

Urwald zu den Wilden reisen? Fieber messen bei den Affen?« Er lachte hämisch über seinen Witz.

Therese war angewidert, versuchte aber, ihren Zorn so gut wie möglich zu unterdrücken.

»Hat so jemand wie Sie denn überhaupt Geld, um durch die Gegend zu reisen? Oder haben Sie noch Nebeneinnahmen, als Frau, Sie wissen schon, was ich meine!?«

Therese schwieg. Sie hätte am liebsten den Raum verlassen. Sich bei den Vorgesetzten dieses Manns beschwert. Aber es war ja nicht klar, an wen sie dann geraten würde.

»Nun gut. Ist vielleicht ganz in Ordnung, wenn jemand wie Sie nicht mehr für die armen deutschen Kinder zuständig ist. Zwei Wochen kann ich genehmigen. Aber ich übernehme keine Garantie, dass sie hinterher die viel zu gut bezahlte Stelle im Kinderheim wiederkriegen. Merken Sie sich das! Das muss natürlich geprüft werden, verstehen Sie? Ab 1. Juli haben Sie frei, am 16. Juli melden Sie sich bei mir. Haben wir uns verstanden?« Der Mann blickte Therese zudringlich an und beugte sich nach vorn. In einem gespielt bewundernden Ton fragte er:

»Woher kann jemand wie Sie denn so gut Deutsch? Das gibt's doch gar nicht! Vermutlich irgendwo abgeguckt und dann nachgeäfft! Da bin ich aber wirklich von den Socken!«

Er legte Therese den Urlaubsschein auf den Schreibtisch, lehnte sich zurück und steckte sich eine Zigarette an. Therese sah, dass sein Lippenbärtchen ganz braun vom Rauchen war. Wortlos steckte sie das Papier in ihre Handtasche, schlug die Tür hinter sich zu und stieg mit versteinertem Gesicht die Treppe hinunter.

Vor dem Rathaus blieb sie einen Moment stehen, als wüsste sie nicht, wohin. Schließlich setzte sie sich auf eine der Bänke auf dem großen Platz, den sie immer sehr gemocht hatte. Sie versuchte, ihren Zorn über die erlittene Demütigung zu bewältigen. Gern hätte sie ihre Wut hinausgeschrien. Aber dann war da nur noch hemmungsloses Weinen. Sie versuchte nicht, die Tränen zurückzuhalten, und schlug beide Hände vor das Gesicht. Warum sind Fritz oder Helene nicht hier? Oder Kodjo?

Sie bemerkte nicht, dass einige Leute stehen blieben. Frauen mit Einkaufstaschen, ältere Paare, ein kleiner Junge, der verlegen einen Finger in den Mund steckte und sie anstarrte. Was die Leute murmelten, nahm sie nicht wahr. Eine ältere Dame im Pelzmantel näherte sich vorsichtig, legte eine Hand auf ihren Arm und sprach sie an.

»Fehlt Ihnen etwas, junge Frau? Kann ich Ihnen helfen?«

Therese war nicht in der Lage, auf diese Freundlichkeit einzugehen. Sie nahm ihr Taschentuch, fuhr sich damit über das nasse Gesicht, stand auf und ging mit erhobenem Kopf zur nächsten Straßenbahnhaltestelle.

Während sie aus dem Fenster der Bahn blickte und doch nichts sah, versuchte sie, sich an alles Freundliche, Gute, das sie in diesem Land erfahren hatte, zu erinnern. Würden die Menschen zulassen, dass es noch schlimmer kam? Schlimmer als das, was sie gerade erlebt hatte? Es fiel ihr schwer, einen vernünftigen Gedanken zu fassen, zu sehr lastete das eben Erlebte auf ihrem Gemüt. Wenn stimmte, was allgemein geredet wurde, würde es jetzt erst richtig losgehen: Was sollte aus ihr werden?

Sie dachte an Togo. Aber damit weckte sie keine heimatlichen Gefühle! Was war ihre Heimat? Die Küche mit Fritz und Helene in Elberfeld, Edelgard in der Nachbarschaft, der gemeinsame Schrebergarten mit ihrem eigenen Beet, der Ausflug an den Rhein mit Fritz.

Was habe ich getan, dass man so mit mir umspringt!?

Am Hauptbahnhof stieg sie aus und kaufte Fahrkarten bis Baden-Baden, über Elberfeld, mit Rückfahrt gültig bis zum 20. Juli. Sie hatte beschlossen, zuerst ihren Bruder zu besuchen, auf der Rückfahrt ihre Pflegeeltern und ihre frühere Station Kaiserswerth. Schwester Hedwig hatte ihr regelmäßig geschrieben und sich nach ihr erkundigt.

Jetzt galt es nur noch, ihre Abwesenheit im Heim mit ihren Mitarbeitern zu organisieren. Dafür mussten die Tage bis zu ihrer Abreise reichen.

Die Reise

Sie hatte ihrem Bruder ein Telegramm mit ihrer Ankunftszeit geschickt, er stand pünktlich am Bahnhof in Baden-Baden. Sie sah ihn schon, als der Zug langsam zum Stehen kam. Durch die Wolken von Dampf, die der Wind von der Lokomotive auf den Bahnsteig trieb, lief sie auf ihn zu und umarmte ihn stürmisch. In diesem Augenblick waren alle ihre trüben Gedanken wie weggeblasen. Sie mochte ihn nicht mehr loslassen, bis er sie vorsichtig von sich wegdrückte und anschaute.

»Ich habe dich ein bisschen fröhlicher erwartet, schöne Schwester! Du musst mir alles erzählen. Aber das Wichtigste zuerst: Hast du unterwegs was gegessen?«

Therese schüttelte den Kopf. »Ich hab gewaltigen Hunger, bin ja schon den ganzen Tag unterwegs!«

»Dann gehen wir ein paar Schritte, ich kenne ein sehr gutes Lokal ganz in der Nähe. Das wird helfen, dich aufzumuntern«, schlug er gut gelaunt vor. »Meine Arbeit beginnt erst heute Abend um acht, wir haben jede Menge Zeit. Vielleicht kann ich dir nach dem Essen noch den wunderbaren Kurpark zeigen. Da laufen Leute aus aller Herren Länder herum, meistens welche, denen das Geld locker in der Tasche sitzt.«

Die Sonne schien auf vornehme Bürgerhäuser und eine baumbestandene Allee. Kodjo hatte ihre Tasche genommen und Therese untergehakt. Seine Fröhlichkeit, die sie schon aus Hamburg kannte, schien ungetrübt. Sie würde ihm von ihrem Erlebnis in der Stadtverwaltung erzählen müssen. Daran führte kein Weg vorbei. Der Druck, dieses Erlebnis mit jemandem zu teilen, war schon in Hamburg übermächtig gewesen. Sie hatte versucht, telefonisch Schwester Waltraud in Stellingen zu erreichen, hatte mehrfach angerufen, sie aber nicht angetroffen. Nur mit Fritz war ein Telefonat zustande gekommen, am Tag vor ihrer Abreise nach Baden-Baden. Nachdem sie ihm in groben Zügen von ihrem Zusammentreffen mit dem Beamten erzählt hatte, schwieg Fritz eine ganze Weile, bevor er antwortete.

»Ich befürchte, das ist kein Einzelfall, liebe Therese! Im Augenblick sieht es nicht gut aus, die Nazis sind leider überall auf dem Vormarsch! Mein armes Kind! Ich würde dich jetzt gern in den Arm nehmen … Dir bleibt auch nichts erspart.«

»Ich steh das schon durch«, versuchte sie tapfer, ihren Pflegevater zu beruhigen.

»Wenn du uns besuchst, reden wir darüber, mein Herz! Gab es schon Schwierigkeiten wegen deiner Arbeit im Heim?«

»Bisher nicht!«

»Wenn es nicht mehr anders geht, arbeitest du bei uns hier im Betrieb. Also vergiss nicht, dass wir auch noch da sind!«

Therese war so angerührt von dem tröstlichen Gespräch mit Fritz Hufnagel, dass ihr Tränen über die Wangen liefen. Bevor sie eine Mitarbeiterin in ihr Büro rief, sah sie in den Spiegel, um sicher zu sein, dass man ihr nicht ansah, dass sie geweint hatte.

Jetzt war sie nur glücklich, neben ihrem Bruder durch die Straßen zu gehen, seinen Arm zu spüren, seine Nähe. Sie beschloss, erst einmal nicht an ihre Probleme zu denken.

»Wie geht es hier mit deiner Arbeit?«, fragte sie.

Kodjo machte ein paar ausgelassene Tanzschritte auf dem Bürgersteig.

»Erst war ich enttäuscht. Ich hatte an einen Club gedacht. Aber dann war es ein vornehmes Hotel, wo ich jeden Abend überwiegend Unterhaltungsmusik spiele. Ich gebe keine Konzerte wie in der Kneipe bei Ronnie in Hamburg.« Er lachte fröhlich vor sich hin.

»Ich werde dein Konzert nie vergessen, Kodjo.«

»Es hat dir gefallen, was?«

»Wie hieß der Komponist von dem Stück; hab ich glatt vergessen.«

»Johannes Brahms. Du bist doch auf der Oberschule gewesen, oder?«

»Da durfte ich nicht im Chor mitsingen, stell dir das vor!«, sagte sie gespielt weinerlich.

Er sah sie fragend an. »Warum nicht?«

»Ach, lass mal. Ich habe es nie richtig verstanden. Ist auch jetzt nicht mehr so wichtig.«

Schweigend gingen sie weiter, bis Kodjo vor dem Restaurant »Zum deutschen Haus« haltmachte. Hier schien man Kodjo zu kennen, denn ein dicker Mann kam sofort hinter der Theke hervor und schüttelte ihm lebhaft die Hand.

»Meine Schwester Therese«, stellte er sie vor und klopfte dem Wirt auf die Schulter.

»Ihr kriegt den besten Platz! Wer eine so schöne Frau mitbringt, hat das verdient. Kommt mit«, sagte der Wirt und führte sie in eine Ecke, wo sie ungestört würden reden können. Er brachte ihnen die Speisekarte und wartete auf ihre Bestellung.

»Magst du Eisbein mit Sauerkraut?«, fragte Kodjo.

»Habe ich noch nie gegessen! Was ist das?«

»Wart's ab. Das musst du probieren!«

»Was Afrikanisches?«

Kodjo lachte ausgelassen. »Bist du neuerdings Hellseherin?«

Als ihre Getränke gekommen waren, erzählte Kodjo von seiner Arbeit.

»Meine größte Überraschung habe ich dir noch gar nicht erzählt. Vor ein paar Wochen kam in der Pause, als man mir gerade ein Bier gebracht hatte, aus dem Publikum ein Mann auf mich zu. Ganz freundlich fragte er mich, ob ich eine Therese William kennen würde. Da war ich erst mal ganz schön verblüfft. ›Woher kennen Sie sie?‹, wollte ich wissen. Da erzählte er mir von Elberfeld, seinem Textilwerk und deinen Pflegeeltern und dass dein Pflegevater in seinem Betrieb arbeiten würde. Er hieß Wilhelm König oder so ähnlich. Dass du in Elberfeld gelebt hast, hatte mir ja schon unser Vater in Berlin erzählt. Ich sagte ihm, Therese sei meine Schwester und sie würde mich hoffentlich bald besuchen kommen. Ein netter Kerl, dieser Wilhelm König!«

»War das ein Zufall? Was machte er in eurem Hotel? Hat er das gesagt?«

»Er sei auf Geschäftsreise, sagte er mir. Ich würde dir verdammt ähnlich sehen – nur nicht ganz so schön, ergänzte er überflüssigerweise –, deshalb hätte er mich angesprochen. Dann haben wir noch lange geredet, und er hat mir eine Menge aus deiner Kindheit erzählt. Wie du mal als Achtjährige seinen Betrieb besichtigt hättest.«

»Im Krieg musste er für ein paar Monate schließen«, sagte Therese. »Er ist ein netter, hilfsbereiter Mann. Hat er sonst noch was gesagt?«

»Nur, dass er dich schon damals eingestellt hätte, wenn du nicht so hässlich gewesen wärst!«

Therese gab ihm lächelnd eine sanfte Ohrfeige. »Ist er noch einmal wiedergekommen?«

Kodjo schüttelte den Kopf. »Nein, das war das erste und einzige Mal, was für ein Zufall!«

»Du spielst jeden Abend?«

»An sechs Abenden. Am Montag habe ich frei, dann such ich mir jedes Mal eine neue schöne Freundin und schleppe sie auf mein Zimmer.«

Therese hatte sich schnell wieder an die scherzhaften Bemerkungen ihres Bruders gewöhnt. Inzwischen waren im Lokal fast alle Tische belegt.

»Da ist jetzt noch was passiert, liebe Schwester. Meistens kann ich im Hotel spielen, was ich will, so Jazz-Sachen, zwischendurch Salonmusik, Charleston oder die gängigen Schlager. Eines Abends vor ein paar Tagen war ein vornehmer Herr bei uns im Hotel, der saß allein ganz vorn, und es schien mir, als würde er nur meinem Klavierspiel lauschen. Sicher eine ganze Stunde lang. Ich wechselte von Charleston zu Johann Strauß, das schien ihm zu gefallen. Dann schob ich – keine Ahnung, ob das sonst jemand bemerkte – ein Klavierstück vom jungen Mozart ein, dann ein Intermezzo von Brahms, das ich auch in Ronnies Kneipe gespielt habe. Du erinnerst dich vielleicht, dann wieder ein Stück Jazz, ganz still, träumerisch und sanft. Das passte wunderbar dazu. Stell dir vor, als ich eine Pause machte und man mir ein Bier brachte, bat er mich an seinen Tisch. Da hatte er die ganze Zeit allein gesessen. Es war nicht viel los an diesem Abend. Er fragte mich ohne lange Umschweife, ob ich noch mehr klassische Stücke draufhätte. Vielleicht auch Lieder von Franz Schubert, Richard Strauß oder Hugo Wolf. So etwas würde ich am liebsten immer spielen, sagte ich ihm. Auf dem Konservatorium hätte ich fast nur klassische Sachen studiert und gespielt.

Da hätte er vielleicht was für mich, sagte er. Wenn ich Interesse hätte … In ein paar Tagen käme er wieder und könnte mir mehr erzählen! Er müsste die Angelegenheit noch mit ein paar Leuten bereden.

Ich war natürlich gespannt zu erfahren, worum es ging.

Vier Tage später war er tatsächlich nach acht Uhr wieder da und kam gleich zur Sache: Er würde jemanden suchen, der eine Sängerin auf Konzertreisen begleiten würde, durch ganz Deutschland, Österreich und die Schweiz. Ob ich den Namen Erna Berger schon mal gehört hätte?! Ich wurde ganz aufgeregt, denn die kannte ich natürlich von Radio-Konzerten und aus Illustrierten. Ich musste versprechen, das alles für mich zu behalten, bis es vertragsreif wäre. Welche Kündigungsfristen ich hier hätte, wollte er noch wissen und solche Sachen.

Er meinte es ernst und gab mir seine Visitenkarte! Nur dir kann ich das erzählen, du bist keine Plaudertasche und außerdem meine Schwester. Die Vorstellung, Konzerte zu spielen, eine solche berühmte Sängerin zu begleiten, zwischendurch ein Klaviersolo, das wär's doch!« Kodjos Gesicht strahlte vor Begeisterung. »Er will mir den Vertrag aus München schicken, das würde vielleicht zwei, drei Wochen dauern, sagte er. Seitdem gucke ich jeden Tag in den Briefkasten, das kannst du mir glauben!«

Kodjo hatte sich in Eifer geredet. Er strahlte, sein Traum von einer Pianistenkarriere schien ganz nahe gerückt zu sein.

»Wenn ich das nur unserem Vater erzählen könnte! Der Alte würde Augen machen, glaub mir! Sein Sohn, ein Konzertpianist! Kodjo William, ganz groß auf Plakaten in ganz Europa.«

Therese ließ sich von seiner Begeisterung anstecken und vergaß für einen Moment ihre eigenen Sorgen. Was ihr Bruder da erzählt hatte, hörte sich an wie ein Märchen.

Als das Essen aufgetragen wurde, zeigte Kodjo seiner Schwester, wie man einem Eisbein mit Messer und Gabel fachmännisch zu Leibe rückt.

Kodjo strahlte seine Schwester an und fragte:

»Wie ist es dir ergangen?«

Womit sollte sie beginnen? Mit Ronnies Besuch, seinem Antrag und Angebot? Mit den Problemen, verwahrloste Jugendliche auf Vordermann zu bringen, ihnen einen Weg zu zeigen? Mit dem Gespräch im Rathaus?

»Ronnie war bei mir vor ein paar Tagen«, begann sie. »Er verkauft sein Restaurant in Hamburg und geht nach Kamerun zurück.«

»Das hat er schon angedeutet«, sagte Kodjo. »Er will in Duala was Neues anfangen, sagte er.«

»Er meinte, wenn die Nazis an die Macht kommen, und daran hat er keine Zweifel mehr, hätten wir als Afrikaner hier in Deutschland schlechte Aussichten.«

Kodjo schwieg, sein bisher so heiteres Gesicht war ernst geworden.

»Wenn du und ich auch hier wegwollen, würde er uns jederzeit helfen, auch finanziell«, sagte sie.

Kodjo hatte Messer und Gabel neben seinen Teller gelegt, er schwieg immer noch.

»Er schlug auch vor, mich pro forma zu heiraten und mit nach Kamerun zu nehmen. Von da wäre es nur ein Katzensprung nach Togo zu unseren Leuten.«

»Willst du Ronnie heiraten?«, fragte Kodjo.

»Davon kann keine Rede sein. Er suchte nur nach einem Weg, der es für mich einfacher macht, wegen der Behörden. Denn für Togo habe ich keine Papiere. Nur eine Kopie der Geburtsurkunde, mit den Namen und Geburtsorten unserer Eltern. Da er in Kamerun geboren ist, kann er jederzeit mit seiner Frau dorthin. Wir könnten uns in Kamerun sofort scheiden lassen, und ich könnte ohne Probleme nach Französisch-Togo reisen, meinte er.«

»Dann wärst du eine geschiedene Frau!«, sagte er mit einem leichten Lächeln.

»Das wäre mir egal. Aber darüber habe ich noch nicht ernsthaft nachgedacht. Ich wollte zuerst mit dir sprechen.«

»Er war von Anfang an verknallt in dich!« Darauf ging Therese nicht ein, der Gedanke war ihr natürlich auch schon gekommen.

Dann erzählte sie ihm von ihrem Besuch in der Stadtverwaltung.

Kodjo merkte, dass die Erinnerung seine Schwester überwältigte und sie nur mit häufigen Unterbrechungen sprechen konnte, ihre Tränen hielt sie nur mühsam zurück. Er legte einen Arm um ihre Schultern. »Weine ruhig, wenn dir danach ist«, flüsterte er.

Die Gäste an den Nebentischen schauten diskret in andere Richtungen, als sie mitbekamen, dass da zwei junge Menschen, vielleicht ein Liebespaar mit Kummer, vielleicht ein Geschwisterpaar mit Sorgen, eng zusammengerückt waren.

»Es war furchtbar«, sagte sie und wischte sich die Tränen ab. »So etwas habe ich bisher noch nie erlebt. Überall wird von Rassismus gesprochen und dass wohl die Nazis bald an der Macht sein werden. Das habe ich nie richtig ernst genommen, Kodjo. Was sollen wir nur machen?«

Mit tränenfeuchten Augen sah sie ihren Bruder an. In dem Augenblick dachte sie an die fantastischen beruflichen Träume ihres Bruders. An ihre eigene unsichere Situation in Hamburg. Würde die Diakonie sie schützen können vor den kommenden Zeiten? Darauf hatte sie keine Antwort. Ich kann immer irgendwo arbeiten, dachte sie, um sich zu beruhigen. Aber Kodjos große Chance, von der er erzählt hatte. Was ist, wenn daraus nichts würde? Das wäre eine Katastrophe für ihn!

Schweigend winkte Kodjo dem Wirt, um die Rechnung zu begleichen.

Der Wirt kam an ihren Tisch. »Heute bezahlt ihr nichts!«, sagte er, der mitbekommen hatte, dass das fröhliche Geschwisterpaar schwierige Gespräche geführt hatte. »Ihr seid meine Gäste!«

Diese großherzige Geste löste, zu Thereses eigener Überraschung, bei ihr erneut einen Tränenstrom aus. Erst als beide auf der Straße standen, wischte sie sich die Augen trocken, holte einen kleinen Spiegel hervor, einen Lippenstift und brachte ihr Aussehen in Ordnung. Kodjo stand lächelnd dabei.

Auf der Parkbank

Wenig später saßen sie in der Sonne im Kurpark auf einer Bank. Kodjo erzählte ihr noch von einem anderen Angebot, das ihn beschäftigte.

»Ich weiß nicht, ob ich das in Hamburg schon erwähnt habe. Wir hatten einfach zu wenig Zeit und zu viel nachzuholen.

Im Krieg war ich für zwei Jahre in Togo und habe mit der deutschen Schutztruppe gegen Franzosen und Engländer gekämpft. Ich habe mir nicht viel dabei gedacht. Ich war Deutscher, also bin ich hingegangen. Mir ist nichts passiert, Glück gehabt! 1915, als den Deutschen in Togo der Boden zu heiß wurde, bin ich mit den Truppen zurückgekommen. Zuerst über die Grenze nach Kamerun, dann mit dem Schiff nach Deutschland.

Jetzt hat sich über einen Mittelsmann bei mir der frühere deutsche Gouverneur von Togo, Brückner, gemeldet. Man würde jetzt darum kämpfen, die deutschen Kolonien zurückzubekommen, und man müsste die Erinnerung an die großen Zeiten in der deutschen Bevölkerung wachhalten! Am besten mit Afrikanern, die das Loblied auf die Deutschen singen würden. Er will so etwas Ähnliches machen wie die Völkerschauen, wie sie unser Papa sein Leben lang gemacht hat.« Kodjo zögerte, bevor er nachdenklich weitersprach. »Wenn ich das alles richtig verstanden habe. Nur ein bisschen anders, dieses Mal mit einer politischen Zielsetzung! Mit Programmen, die das Gute unter der deutschen Herrschaft hervorheben würden. Auch die Rechten würden solche Programme unterstützen, meinte er, sie verlangten aber, dass nur ›Vollblutneger‹ auftreten dürften, keine Mischlinge!« Kodjo lachte vor sich hin. »Die haben ja keine Ahnung, dass unser Urgroßvater ein Schotte war.«

»Das wusste ich auch nicht«, sagte Therese verblüfft.

»Aber klar! Was glaubst du, warum wir alle William heißen. Geht aber niemanden was an. Unser Papa war immer stolz auf den Namen und den Vorfahren. Weiß der Teufel, ob dieser Schotte nicht ein windiger Kerl war, der sich an die schönen schwarzen Frauen herangemacht hat und dann über alle Berge getürmt ist!«

»Hast du den Leuten schon geantwortet?«

Kodjo schüttelte den Kopf. »Mal sehen, ob aus dieser Konzertsache etwas wird. Es werden einige Entscheidungen anstehen. Im Moment kommt diese Art Völkerschau für mich nicht infrage, egal, wie die das Aufziehen wollen und was sie bezahlen. Ich habe keine Lust, mich als wilder Mann aus dem Urwald anglotzen zu lassen und womöglich noch mit Baströckchen aufzutreten. Schlimm genug, dass unser Papa sich auf solches Kasperletheater eingelassen hat!«

Auf dem Weg zu Kodjos Wohnung hakte sich Therese bei ihm ein.

»Ich bin sehr froh, dass ich jetzt einen Bruder habe! Ich habe mich schon sehr einsam gefühlt manchmal.«

»Was ist mit Fritz und Helene? Du hast immer sehr nett von ihnen gesprochen.«

»Ich verdanke ihnen alles, was ich bin. Das werde ich ihnen nie vergessen, egal, wo ich leben werde. Aber ein Bruder, ein richtiger Verwandter, das ist noch etwas anderes! Mit den Nazis würden meine Pflegeeltern nie gemeinsame Sache machen.«

»Was macht dich da so sicher?«, wollte Kodjo wissen.

»Helene wegen ihrer Frömmigkeit und Fritz, weil er ein alter

Sozialdemokrat ist und die Nazis längst durchschaut hat. Er ist ein echt politischer Mensch.«

»Kannst du dir überhaupt einen Grund vorstellen, bei denen mitzumachen?«, fragte Kodjo, während er den Schlüssel herauskramte.

Die Antwort kannten beide, auch ohne sie auszusprechen.

Lebensbilanz

Kodjos Wohnung bestand aus zwei Zimmern, einer Küche und einem kleinen Bad mit einer Dusche. Die Toilette befand sich eine Treppe abwärts auf dem Flur und wurde von drei Parteien benutzt. Therese sah sich neugierig um. Ihr fiel sofort auf, dass ihr Bruder vermutlich noch nicht lange hier wohnte. Keine Bilder an der Wand, eine Matratze auf dem Boden, ein Radio und ein Plattenspieler mit einer Menge Schallplatten, verstreut im Raum ein paar Bücher. Zwei Dürer-Bildbände, Unterhaltungshefte, Bücher. Neugierig suchte sie nach Spuren von Frauenbesuchen, fand aber nichts.

Lebten alle Junggesellen so?

Während ihr Bruder in einem nahe gelegenen Geschäft Einkäufe machte, widmete sie sich der Küche, wo eine Menge schmutziges Geschirr herumstand. Als sie ihren Bruder an der Wohnungstür hörte, hatte sie sich schon auf die Matratze gelegt. Sie fühlte sich nach der Reise, dem Essen und den vielen verwirrenden Neuigkeiten todmüde. Leise holte Kodjo eine zweite Matratze aus dem Schrank und rollte sie auf dem Boden im Nebenzimmer aus, wo sein Schreibtisch stand und einige Instrumente an der Wand hingen.

Als Kodjo seine Schwester weckte, war es draußen schon fast dunkel.

»Kommst du mit ins Hotel?«, fragte er.

»Besser, ich bleibe heute hier. Morgen komme ich mit. Jetzt muss ich mal über ein paar Sachen nachdenken und mich von der Reise ausruhen. Wann kommst du zurück?«

»Gegen Mitternacht, vielleicht auch später. Hier hast du einen Haus- und den Wohnungsschlüssel. Wenn du rausgehst, lass dich nicht von fremden Männern ansprechen!«

»Wenn mir einer gefällt, schlepp ich ihn hier in die Wohnung. Du kennst mich und weißt, dass ich verrückt bin nach Männerbekanntschaften!«

Darüber mussten sie beide lachen. Das unbekannte Liebesleben des jeweils anderen beschäftigte ihre Fantasie, das war schon in Hamburg hin und wieder der Fall gewesen, sie gingen spielerisch damit um.

Therese kochte Tee und setzte sich mit der dampfenden Tasse ans Fenster. Der Ausblick war zwar nicht berauschend, er ging über einige rote Dächer und Giebel hinweg auf ein Fabrikgelände. Aber das störte sie nicht. Sie war mit den vielen Eindrücken beschäftigt, die an dem Tag auf sie eingestürmt waren. Und mit der eigenen Vergangenheit, die ihr überfallartig und heftiger denn je nahegerückt war.

Sie wollte eine Bilanz ziehen, eine Inventur ihres bisherigen Lebens versuchen. Wann, wenn nicht jetzt hatte sie dafür Zeit und Ruhe. Die Gewissheit, einen Bruder zu haben, der wenige Straßen weiter seinem Beruf nachging, veränderte auf seltsame Weise ihr Lebensgefühl und stellte vieles in ein anderes Licht. Ein Blatt Papier und Bleistift hatte sie vor sich liegen, um nichts zu vergessen.

Ihr Urlaub. Sie machte sich keine Vorwürfe, weil sie es verpasst hatte, ihn in den letzten Jahren zu beantragen. Immerhin habe ich in der Zeit drei Examen geschafft! Zum Abschluss des Medizinstudiums fehlt nicht mehr viel.

Wenn die Heimreise nach Afrika für mich ernst wird, dachte sie jetzt und kritzelte das Wort »Togo« aufs Papier, muss ich mich intensiver um die Finanzen kümmern. Trotz der bösen Erfahrung in der Verwaltung würde sie nach einer Gehaltserhöhung fragen. Sie ahnte, dass man sie ziemlich weit unten eingestuft hatte.

Wegen der Hautfarbe?

Ich verdiene zu wenig, schrieb sie auf.

Es gab noch einen Grund, warum ihre Reise nach Togo noch in weiter Ferne lag. Das war keine Frage des Geldes, auch wenn sie für sich nicht in Betracht zog, das Angebot von Ronnie anzunehmen.

Würde sie eines Tages abreisen können, ohne Gewissheit über den Verbleib ihrer Eltern zu haben? Was könnte sie noch tun, um etwas über deren Schicksal zu erfahren? Auch die Diakonie hatte vergeblich alle Hebel in Bewegung gesetzt, um etwas Konkretes zu erfahren.

Auch darüber würde sie noch mit ihrem Bruder sprechen müssen. Aber es lag ihr noch ein anderes Problem auf Seele: Für Helene und Fritz war sie »das einzige Kind«! Könnte sie die beiden, die vor fast dreißig Jahren die Verantwortung für sie auf sich genommen hatten, einfach allein lassen und nach Afrika reisen? Sie mitzunehmen wäre wohl zu abenteuerlich! Warum eigentlich nicht?

Fritz würde sicher begeistert zustimmen!

Sie holte sich frischen Tee und legte die Füße hoch.

Plötzlich fand sie es sehr unterhaltsam, eine Bilanz ihres Lebens zu ziehen und spielerisch alle denkbaren Möglichkeiten zu betrachten. Warum hatte sie das nicht früher schon gemacht? Sie war sicher, dass sie nur ein paar Stichworte notieren musste, um sich später an die Gedanken dieser Stunde zu erinnern.

Sie hatte ihre Kindheit und Jugend hauptsächlich bei der frommen Helene und dem Sozialdemokraten Fritz verbracht. Bei der

Einsicht, wie sich heimlich im Laufe der Jahre Distanz zur traditionellen Frömmigkeit eingeschlichen hatte, lächelte sie.

Es wäre sicher ungerecht, Helene auf ihre Frömmigkeit zu reduzieren! Sie hatte ein großes Herz.

Da gab es auch Fritz Hufnagel mit seinem deftigen Humor, der mit Helenes Frömmigkeit nichts am Hut hatte, sie aber stillschweigend akzeptierte.

Weil er Helene über alles liebte!

Dann war da Helenes handfeste Art, mit der sie den Alltag bewältigte, sich im Krankenhaus engagierte und in der Schule beherzt eingegriffen hatte, wenn sie den Eindruck hatte, sie sollte Therese beschützen.

Sie konnte dieser protestantischen Lebenswelt zwar heute nicht mehr viel abgewinnen und empfand sie mehr und mehr als einengend, aber sie verdankte ihr immerhin eine solide Ausbildung! Und vielleicht ihre Haltung zum Leben? Darauf wusste sie spontan keine Antwort.

Sie verdiente ihren Lebensunterhalt mit einem fantastischen Beruf, der sie ganz ausfüllte!

Namen und Gesichter ließ sie in ihrer Erinnerung vorbeiziehen. Da waren auch noch andere Leute, denen sie viel verdankte! Sogar die Begegnung mit dem komischen Thomas Wiedemann hatte ihr etwas Gutes gebracht.

Vielleicht wäre sie ohne ihn nicht nach Hamburg gekommen, hätte die Vorlesungen nicht hören können und hätte ihre jetzige Stelle nicht bekommen.

Man hat immer Gründe, irgendjemandem dankbar zu sein!

Manchmal wissen diese »Irgendjemands« davon nichts und erfahren es nie!

Das Leben hatte sie gut behandelt, und immer wieder gab es geheimnisvolle, beinahe magische Zusammenhänge. Sogar ihre schwere Krankheit in Rotterdam hatte ihr schließlich eine willkommene Wende gebracht.

Sie nahm einen Schluck aus ihrer Tasse und bemerkte, dass der Tee kalt geworden war.

Hätten ihre Eltern sie mit nach Berlin und Russland genommen, wenn sie gesund gewesen wäre? Es hatte keinen Sinn, darüber lange nachzudenken.

Die Welt ihrer Pflegeeltern hatte ihr etwas Solides vermittelt. Ihre Bescheidenheit, die Fähigkeit zur Arbeit. Und in Kindheit und Jugend viel warme Geborgenheit. Vielleicht war diese Welt gar nicht so kleinbürgerlich, wie sie manchmal gedacht hatte.

Außerdem hatte sie sich diese Welt nicht ausgesucht, das Schicksal hatte es bestimmt!

Wäre sie heute in ihrem Leben weiter, wenn sie bei Intellektuellen, bei wohlhabenden Leuten – wie ihr Bruder – aufgewachsen und erzogen worden wäre? Hätte sie heute ein stärkeres Vertrauen zum Leben? Er war ihr aufgrund seiner Bildung und weil er fast zehn Jahre älter war, sicher intellektuell überlegen, aber kam es darauf an?

Sie lächelte vor sich hin und dachte mit Zuneigung an die einfache, bescheidene und doch kluge Welt von Helene und Fritz.

Sie hatte es eigentlich glücklich getroffen – und erinnerte sich plötzlich an die armselige kleine Rosemarie aus Dortmund, mit der sie die Fahrt nach Rotterdam gemacht hatte. Bei dem Gedanken kamen ihr die Tränen. Was mochte aus der Kleinen geworden sein?

Rotterdam: Was hatte diese Begegnung mit dem Vater und seinen Frauen für sie zu bedeuten? Lohnte es sich, darüber nachzudenken? Sie ahnte, dass die Wochen in dieser entsetzlichen Halle bei ihr selbst tiefe Ängste hinterlassen hatten, die sich manchmal zu Wort meldeten. Vor allem in bösen Träumen. Wie Nachtmahre.

Es gab Fragen, die man vielleicht nie würde beantworten können. Es gab Dinge, die man einfach akzeptieren musste; ob sie gut, weniger gut oder schlecht waren, lag ja nicht in ihrer Hand! Und manchmal schrieb Gott auch auf krummen Linien gerade, wie Schwester Hedwig oft sagte.

Im Grunde hatte sie die enge Sicht auf die Welt unbemerkt, Schritt für Schritt verlassen, als sie brutal mit dem sozialen Elend von Kindern und Jugendlichen im Heim konfrontiert wurde, eigentlich ohne jegliche berufliche Vorbereitung. Hier hatte sie erfahren, wie wichtig es für ihre eigene Entwicklung war, eine Haltung zur Welt und ihren Problemen zu gewinnen. Was hatte sie dazu gebracht?

Vielleicht ihr Glaube? Welcher Glaube? Von Fritz hatte sie nie fromme Reden gehört, trotzdem war er auf geheime Weise ihr Vorbild. Er hatte eine Haltung vorzuweisen, auf die man sich verlassen konnte. Als Therese ihn einmal auf seinen Glauben angesprochen hatte, bemerkte er lächelnd: »Ich weiß nicht, ob es einen Gott gibt, mein liebes Schokoplätzchen. Niemand kann es sicher sagen! Wenn jemand daran glaubt wie Helene, ist das in Ordnung, finde ich. Es kommt aber nicht darauf an, ob du oder ich an Gott glauben, sondern darauf, so anständig zu leben, dass er an uns glauben kann!«

Daran dachte sie lächelnd an einem Fenster in Baden-Baden wie an ein Stück früher Heimat.

Wann hatte sie sich eigentlich verändert, fragte sie sich. Gab es da eine frühe Wende? Mit den Nachrichten von den Kriegsfronten, dem unermesslichen Leid der Familien, als Tausende Männer an den Fronten verbluteten?

Mit Schwester Waltraud hatte sie im letzten Kriegsjahr ein Lazarett vor den Toren Hamburgs besucht. Sie erinnerte sich nicht, warum die Freundin sie mitgenommen hatte.

Das Lazarett war notdürftig in einer Schule untergebracht. Die Schulbänke standen teilweise auf dem Hof, andere hatte man bis zur Decke gestapelt.

Sie waren schweigend durch die Reihen der Betten gegangen, hatten die Männer mit blutigen Verbänden gesehen, amputierten Gliedmaßen, das Stöhnen gehört, das geschäftige Treiben im Operationssaal, die Gesichter völlig erschöpfter Ärzte und Krankenschwestern ... Hier litten und starben ihre Leute! Daran hatte sie nie einen Zweifel gehabt. Weil es deutsche Verwundete waren?

Sie schüttelte den Kopf und nahm einen Schluck kalten Tee. Ihr Entsetzen und Mitleid hatten mit der Nationalität der Leidenden nichts zu tun!

Und der Sturz des Kaisers, dem sie nie, wie sonst alle Welt, zugejubelt hatte? Weil ihr Pflegevater Fritz Sozialdemokrat war?

In der Stille der Wohnung ihres Bruders wurde ihr zum ersten Mal klar, aus wie vielen Eindrücken, Erfahrungen und Begegnungen ihr Leben bestanden hatte. Nicht alles konnte sie in seiner Bedeutung verstehen. Das würde vielleicht nie möglich sein!?

Jetzt hatte sie einen Bruder! Und damit einen neuen, einen anderen Blick auf ihre Herkunft, auf die Arbeit und das Schicksal ihrer leiblichen Eltern.

Ich bin das Kind eines Schaustellers! Ändert das etwas für mich?

Auf die Idee, sich wegen ihrer Hautfarbe minderwertig zu fühlen, war sie nie gekommen! Daran hatten ihre Pflegeeltern sicher einen Anteil.

Es hatte in letzter Zeit schockierende Erlebnisse gegeben, die sie brutal daran erinnerten, dass es den Rassismus gab. Sollte sie die Weißen, die Deutschen, deswegen hassen? Ein warmes Gefühl überflutete sie. Sie lächelte: Ganz am Anfang waren Fritz und Helene an ihrer Seite gewesen. Das war das Unverlierbare! Das war ihr Eigenes!

Therese allein im Park

Sie schlüpfte in Jacke und Mantel, griff sich die beiden Schlüssel zur Wohnung und verließ das Haus. Auf dem Weg zu den Parkanlagen zog sie wegen der Abendkühle den Mantel fester um die Schultern.

Kodjo hatte sie einige Male nach ihren Männerbeziehungen gefragt, sie war dem Thema mit ein paar witzigen Bemerkungen ausgewichen, aber es beschäftigte sie plötzlich doch!

Sie fand ohne Probleme auch in der Dunkelheit jene Parkbank wieder, auf der sie am Nachmittag mit ihrem Bruder gesessen hatte.

Ich bin jetzt 28 Jahre alt und hatte noch keinen Freund! Ich habe keine Erfahrung mit Männern.

Musste sie sich deswegen Sorgen machen? Du sollst dich aufbewahren, hatte Helene angeregt, vielleicht sogar gefordert. Therese lachte vor sich hin, diesen Rat hatte sie nicht wirklich ernst genommen.

Man kann sich einen Mann nicht suchen, man findet ihn oder eben nicht, entschied sie. Das Leben entscheidet, wann es stattfindet. Ich werde den Teufel tun und mich an irgendwelche Regeln halten!

Auf der gegenüberliegenden Seite des Parks blinkten warme Lichter von Restaurants und Wohnhäusern. Manchmal trug der Wind ein paar Musikklänge herüber. Es war noch hell genug, um die Wolken am Himmel zu sehen und einen halben Mond.

Der Mond ist aufgegangen,
die goldenen Sternlein prangen …

Das war auch ein Teil von ihr und ihrer Innerlichkeit. Sie mochte sich nicht vorstellen, das einmal aufzugeben. Sie hatte auch keine Probleme, sich an die Melodie jenes Liedes aus Togo zu erinnern, das sie von Schwester Waltraud in Stellingen gelernt hatte. Die Worte hatte sie vergessen, aber sie summte beglückt die Melodie vor sich hin und wiegte ihren Oberkörper in diesem verführerischen Rhythmus.

Wie gut ihr das Alleinsein tat! Kein Kindergeschrei, keine SA-Truppen im Gleichschritt und mit dem grässlichen Grölen.

Kodjo hatte recht: Sie hatten es beide gut getroffen!

Obwohl er vielleicht etwas anderes gemeint hatte?

Vor dem Eingang des Hotels, in dem Kodjo arbeitete, stand ein stattlicher Mann in Livree, der alle Ankommenden unauffällig musterte. Als Kodjo und Therese ankamen, begrüßte er sie höflich mit einem Griff an seine Mütze und einer leichten Verbeugung.

Die Begrüßung der Menschen, die sie im Eingang und an der Rezeption trafen, war überaus freundlich, aber hektisch wegen des allgemeinen Betriebs vor Beginn des Abendprogramms. Ihr Bruder schien hier ein angesehener Mann zu sein.

Kodjo brachte sie zu einem Tisch ganz in der Nähe seines Flügels, einem Steinway. Da saß sie ein wenig abseits vom allgemeinen Publikum. Erst später am Abend trat Ruhe ein, bis dahin klimperte ihr Bruder das, was er Hintergrundmusik nannte, oft improvisierte er frei nach bekannten und unbekannten Melodien, scheinbar unbeeindruckt vom Kommen und Gehen an der Rezeption.

Erst nach 21 Uhr sammelte sich hier ein größeres Publikum in lockeren Gruppen, um zu trinken, zu flirten, zu reden, der Musik zu lauschen und den Tag ausklingen zu lassen. Die Gäste kamen aus aller Herren Länder, aber Kodjo und Therese waren die einzigen Schwarzen.

Mit sanften Tönen unterlegt, stellte Kodjo dem Publikum mit ein paar Worten seine »geliebte Schwester« vor. Sie genoss es, dass alle Blicke sich auf sie richteten und es Beifall gab.

Der Bruder war liebevoll besorgt, dass Therese immer Getränke hatte, dazu Nüsse und Gebäck und gegen Mitternacht ein paar warme Häppchen. In den Pausen war er umlagert von allen möglichen Leuten; Therese bekam nicht mit, was sie von ihm wollten.

Weit nach ein Uhr nachts gingen sie gemeinsam zu Fuß zu seiner Wohnung zurück.

Abreise

Am Morgen des vierten Tages in Baden-Baden brachte Kodjo sie zum Bahnhof.

»Wir hatten viel zu wenig Zeit, Therese«, sagte er ernst.

»Wir sollten nicht so weit voneinander entfernt leben«, sagte sie. »Aber besser drei gemeinsame Tage, als gar nicht zu wissen, dass man einen Bruder hat. Bist du eigentlich von deinen Pflegeeltern adoptiert worden?« Sie wusste selbst nicht, warum ihr das ausgerechnet jetzt einfiel.

»Von Fuchs, so hießen die Leute. Sie wollten mich adoptieren, aber Papa hat das abgelehnt. Keines seiner Kinder sollte weggegeben werden. Sein Traum war, dass wir alle eines Tages gemeinsam nach Afrika reisen würden.«

»Wie viele Geschwister haben wir eigentlich, Kodjo?« Bei der Frage musste sie lachen. Ihr Bruder zog die Schultern hoch und grinste.

»Geschwister oder Halbgeschwister? Keine Ahnung. Vielleicht weiß unser Vater das selbst nicht so genau. Er hatte in Klein-Popo auch schon ein paar Frauen.«

»Was ist mit dir? Hast du schon daran gedacht zu heiraten? Vielleicht auch mehrere Frauen?«

»Sobald mir ein Dutzend schöner Frauen begegnet und sie alle Ja sagen! Spaß beiseite: Ich hatte zwei, drei flüchtige Beziehungen, nichts für die Ewigkeit. Und du?«

»Das passiert schneller, als du denkst! Warte ab«, antwortete Therese ausweichend. Sie hatte das dahingesagt, ohne lange darüber nachzudenken. Vielleicht weil sie in den ruhigen Stunden hier in Baden-Baden ein paarmal intensiv über ihr Verhältnis zu Männern nachgedacht hatte.

Kodjo brachte ihre Tasche in ihr Abteil und umarmte sie. Als das lang gezogene Signal von der Lokomotive die Abfahrt ankündigte, lief er noch einige Meter neben dem fahrenden Zug her, um Therese so lange wie möglich zu sehen. Im weißen Dampf konnte sie ihn kaum erkennen.

Es machte sie glücklich zu wissen, dass ein Bruder ihretwegen neben dem Zug herlief. Irgendwie bin ich doch ein Kind geblieben, sagte sie zu sich selbst und wischte sich ein paar Tränen weg.

Die Zugabteile waren nur sparsam besetzt, in Ruhe konnte Therese den Blick auf die Weinberge, später auf den Rhein und den Loreley-Felsen genießen. Sie spürte, vielleicht zum ersten Mal seit sie arbeitete, wie gut es ihr tat, für ein paar Tage keine beruflichen Verpflichtungen vor sich zu haben. Die Besuche bei der Diakonie in Kaiserswerth und bei ihren Pflegeeltern gehörten für sie zu ihren Ferien.

Sie erinnerte sich gut an ihre erste Fahrt vom Hauptbahnhof Düsseldorf mit der Straßenbahn nach Kaiserswerth, neben ihr der aufgeregte Vikar Thomas Wiedemann. Was mochte aus ihm geworden sein? Schwester Hedwig würde es ihr berichten, bei ihr hatte Therese sich mit einer Postkarte aus Baden-Baden angekündigt.

Die Oberin empfing sie mit einem strahlenden Lächeln, drückte sie fest an sich und zog sie in ihr Büro. Sie warf ihre Haube auf die Heizung, machte sich am Teekocher zu schaffen und plauderte ohne Pause. Therese war glücklich über diese Begrüßung. Sie hatte der Oberin hin und wieder geschrieben, ihr über alle Veränderungen in ihrer Ausbildung und vom neuen Arbeitsgebiet berichtet, und immer eine kurze Antwort bekommen. Hier war sie nicht vergessen, auch wenn mehr als zehn Jahre vergangen waren. Unvergessen, weil ich schwarz bin? Ganz mochte sie den Gedanken nicht beiseiteschieben.

Hedwig stellte Tassen mit duftendem Tee auf ihren Schreibtisch.

»Erzähl: Wie war es bei deinem Bruder?«

»Wir haben pausenlos geredet. Und immer noch nicht genug! Wir hatten uns ja erst vor Kurzem in Hamburg kennengelernt, und da waren wir fast immer mit seinen Freunden zusammen. Zweimal war ich abends mit ihm in dem Hotel, wo er sein Engagement hat.«

»In einem Nachtclub?« Die Diakonisse guckte kritisch, aber mit einem Lächeln.

»Keine Sorge, er spielt in einem Hotel, ganz vornehmes Haus! Als gehorsame Tochter der Diakonie habe ich nur Saft getrunken!«

»Willst du nicht doch noch Diakonisse werden?«, wollte Hedwig wissen.

Therese schüttelte den Kopf. »Ich bin auch so ganz zufrieden, die Arbeit mit Kindern und Jugendlichen, das reicht mir. Vielleicht mache ich das auch, wenn ich in Togo sein werde. Wenn mich da jemand braucht.«

»Willst du da heiraten? Oder hast du hier schon einen Freund?«

Therese lächelte ein wenig verlegen. Was fragten sie denn alle nach ihren Männergeschichten aus?

»Dafür hatte ich bisher keine Zeit, Schwester Hedwig! Die Arbeit frisst mich auf.«

Auf einem langen Spaziergang im Park und um die Gebäude herum erzählte sie der Oberin von ihren Gesprächen mit Kodjo, über die drohende Gefahr durch die Nationalsozialisten, von Ronnies Entscheidung, hier seine Zelte abzubrechen und nach Afrika zurückzugehen. Schwester Hedwig hörte aufmerksam zu, ohne Therese zu unterbrechen, bis sie stehen blieb und ernst wurde.

»Niemand weiß, ob man das mit den Nazis noch aufhalten kann. Denkst du ernsthaft daran, bald nach Togo zu reisen?«

»Im Augenblick habe ich meine Arbeit in Hamburg im Kinderheim. Alles andere werde ich gemeinsam mit meinem Bruder entscheiden. Er steht auch vor neuen beruflichen Herausforderungen. Mal sehen, was daraus wird. Er macht sich große Hoffnungen als Musiker.«

»Kann er mit seiner Musik in Togo etwas anfangen? Vielleicht als Lehrer?«

»Ich habe Zweifel, ob er darüber schon nachgedacht hat.«

»Deutsche Lehrer und Missionare haben die Franzosen zusammen mit allen anderen aus der Verwaltung aus Togo rausgeschmissen. Wer weiß, ob sich das eines Tages ändert. Unsere Schulen und Einrichtungen stehen leer und verfallen, hat uns ein Reisender berichtet.«

»Vielleicht lässt man mich ins Land, weil meine Eltern aus Togo stammen.«

»Kann sein, das würde ich dir wünschen! Da werde ich mich mal erkundigen! Aber jetzt habe ich eine Überraschung für dich!« Sie schaute auf ihre Armbanduhr. »Im Archiv arbeitet seit ein paar Tagen jemand von der Universität Köln. Jetzt müsste er noch da sein. Der Mann arbeitet an einer Studie über soziale Entwicklungen im Rheinland, deshalb ist er hier bei uns. Den musst du kennenlernen!«

»Was ist denn so interessant an ihm?«, wollte Therese wissen.

»Warte ab. Wir gehen jetzt mal rüber. Ich habe ihm von dir schon erzählt, und er möchte gerne mit dir sprechen.«

Auf dem Weg zum gegenüberliegenden Backsteingebäude mit den vielen Fenstern, wo das Archiv der Anstalt untergebracht war, wurden die beiden immer wieder aufgehalten, weil Diakonissen, Küchenangestellte, Hausmeister oder Lehrer Therese, die sie jahrelang nicht gesehen hatten, begrüßen wollten. An die meisten Namen erinnerte sie sich gut, aber sie wurde auch von Leuten begrüßt, die sie noch nie gesehen hatte.

Hedwig führte Therese zielstrebig, ungeduldig wegen der dauernden Unterbrechungen, an Regalen voller Bücher und Akten vorbei, ins Archiv des Hauses. Hier roch es nach Staub und Bohnerwachs.

Das Treffen mit Jonathan

In einem Nebenraum am Ende des großen Saals, abgetrennt durch eine Glaswand, auch hier Regale voller Papiere und Bücher, saß ein elegant gekleideter Schwarzer auf der Fensterbank. Seine Krawatte hing lässig von seinem Hals. Er hatte die Beine hochgelegt und las in einem Aktenordner auf seinem Schoß. Rechts neben ihm lagen Papiere und offensichtlich seine Notizen. Die Brille war dem Mann auf die Nasenspitze gerutscht, und er ließ sich in seiner Lektüre erst stören, als Hedwig ihn ansprach. Therese war überrascht, hier einen Schwarzen anzutreffen.

»Hier bringe ich Ihnen Therese, unsere vorbildliche Schülerin. Und das ist unser Gast Jonathan Camara, der seit ein paar Tagen bei uns arbeitet.«

Der Mann schob seine Brille hoch und schwang seine Beine von der Fensterbank. Er war nicht größer als Therese, schlank, mit einem angenehmen Gesicht, wie sie fand. Die beiden gaben sich die Hand. Er sprach Deutsch ohne den geringsten Akzent.

»Ich habe viel von dir gehört! Und dass du aus Togo stammst wie ich auch«, begann er.

»Meine Eltern sind aus Togo. Ich war bisher nur in Deutschland.«

»Wo sind deine Eltern jetzt? Was machen sie hier?«

»Sie gehörten zu einer Völkerschau und sind jetzt irgendwo in Russland.«

Sie standen sich verlegen gegenüber. Therese wusste nicht, ob sie ihn duzen sollte.

»Ich hörte, Sie arbeiten an der Universität?«

Jonathan Camara nickte und griff nach seinem Jackett, das über einem Stuhl hing.

»Ich habe nun Feierabend, Therese. Hoffentlich hast du heute Abend Zeit?! Damit wir uns ein bisschen unterhalten können? Vielleicht in einem Restaurant?«

Therese sah Schwester Hedwig an.

»Kann ich für heute Nacht das Gästezimmer haben? Dann fahre ich morgen nach Elberfeld.«

»Das ist kein Problem. Ich sage Bescheid, dass es für dich hergerichtet wird. Ich freue mich, wenn wir morgen früh vielleicht noch ein bisschen weiterreden können. Wenn schon dieser junge Mann aus deiner Heimat dich heute mit Beschlag belegt.«

Therese fühlte sich unsicher. Die Aussicht, ein paar Stunden mit diesem sympathischen Mann aus dem Land ihrer Eltern in einem Restaurant zu verbringen, ließ ihr Herz jedoch höherschlagen. Sie fand ihn und seine Art sehr angenehm.

Sollte ich mich noch umziehen?, dachte sie. Mich ein bisschen schminken? Sie verwarf aber sogleich den Gedanken. Das wäre zu auffällig. Er würde es bemerken und seine Schlüsse daraus ziehen. Welche?

»Therese, du kannst dir den Schlüssel gleich bei mir abholen. Oder Herr Camara kommt gleich mit, er ist ja fertig für heute. Dann könnt ihr beide losziehen!«

Schicksalhafter Abend

Therese bemühte sich, ihre Aufregung unter Kontrolle zu bringen. Das erste Mal würde sie einen Abend allein mit einem fremden Mann verbringen.

Jonathan Camara griff nach seiner Aktentasche, und sie folgten Schwester Hedwig zu ihrem Büro.

»Du weißt ja, wo die Gästezimmer sind«, sagte sie, kramte in ihrem Schrank und gab Therese einen Schlüssel. »Deine Tasche lasse ich schon auf dein Zimmer bringen!«

Schweigend gingen sie nebeneinander, verließen das Gelände der Diakonie. Nicht mehr als hundert Meter weiter hielt Jonathan Camara vor einem italienischen Restaurant.

»Einverstanden, wenn wir italienisch essen?«, fragte er mit einem Lächeln.

»Mir ist alles recht«, sagte sie. »Ich kenne sowieso nur zwei, drei Restaurants, in Hamburg und Baden-Baden. Ich habe bisher im Heim oder in der Diakonie gegessen.«

Camara nahm es lächelnd, aber ohne Ironie zur Kenntnis. Er war, vermutete sie, vielleicht fünf oder sechs Jahre älter als sie. Er hatte vorbildliche Umgangsformen. Er führte seine Begleiterin zu einem Tisch, rückte ihr den Stuhl zurecht und setzte sich ihr gegenüber. Thereses Verlegenheit hatte sich noch nicht verflüchtigt. Sie ärgerte sich darüber und betrachtete dabei heimlich diesen Mann aus Togo, der jetzt in der Speisekarte blätterte.

Ob er verheiratet ist?, ging ihr durch den Kopf. Und im selben Moment machte sie sich Vorwürfe für den Gedanken. Sie bat ihn, ein Gericht für sie auszusuchen, sie hätte keinerlei Erfahrung mit der italienischen Küche.

Er lächelte sie an und nickte.

»Was willst du trinken?«, fragte er, als ein junger Kellner an ihren Tisch trat, um die Bestellung aufzunehmen.

Sie bat um einen Apfelsaft und Mineralwasser.

»Solange ich in Deutschland bin, trinke ich Bier. Wenn du nichts dagegen hast«, sagte er und lachte sie an.

Sie schüttelte den Kopf. Wenn er mich weiter duzt, werde ich ihn auch duzen!

»Du bist genauso verlegen wie die jungen Mädchen auf dem Dorf bei uns zu Hause«, bemerkte er. »Du hast dazu keinen Grund! Für mich ist es ein Privileg, mit einer so schönen Dame aus der Heimat auszugehen! Du hast hier vermutlich schon einen festen Freund?«

Thereses Stimmung lockerte sich langsam. Die Antwort, die ihr herausrutschte, überraschte sie aber selbst.

»Ich habe natürlich dauernd Männergeschichten, aber keinen festen Freund«, sagte sie und hoffte, er würde das als scherzhaft gemeint verstehen. »Aber wie ist es mit dir? Bist du schon immer hier in Deutschland gewesen? Vielleicht hier geboren worden?«

Er legte sein Jackett ab und hängte es über seinen Stuhl.

»Auf deine Männergeschichten kommen wir sicher noch zurück. Ich erzähl dir erst einmal, was ich mit den Deutschen zu tun und bisher so getrieben habe.«

Camara war einige Zeit der Sekretär des deutschen Gouverneurs von Kamerun gewesen, hatte sich gut mit ihm verstanden und die Möglichkeit bekommen, nebenher zu studieren. Mit seinem Vorgesetzten war er mit dem Ziel, als Journalist zu arbeiten, in seine

Heimat Togo zurückgekehrt. Der hatte verhindern können, dass man ihn zur Schutztruppe einzog, als der Krieg begann, und so war er am Ende der Kampfhandlungen mit den deutschen Truppen nach Deutschland gereist. Er hatte von seiner Familie ein kleines Vermögen geerbt und studierte Germanistik an der Universität in Freiburg und später in Köln. Hier hatte er eine Stelle als wissenschaftlicher Assistent bekommen, mit einem Gehalt, von dem er einigermaßen leben konnte.

Therese hörte interessiert zu. Sollte sie ihn fragen, ob er verheiratet war? Das kann man nicht machen, wenn man sich gerade erst kennengelernt hat, dachte sie. Das ist ein vornehmer Mann, man kann nicht mit der Tür ins Haus fallen, während er aus seinem Leben berichtet.

Warum will ich das überhaupt wissen?

»Willst du eines Tages zurück nach Togo?«, fragte sie ihn stattdessen.

Jonathan Camara zögerte, bevor er antwortete.

»Die Franzosen wissen, dass ich bei den Deutschen eine gute Position hatte. Deshalb bin ich bei ihnen nicht so besonders gut angesehen. Besser, ich lasse noch etwas Zeit vergehen und schlage mich hier durch. An der Universität hilft mir, dass ich mit Professor Westermann in Westafrika über die Ewe-Sprachen geforscht habe. Bis mein Vertrag mit Köln ausgelaufen ist, bleibe ich also. Ich weiß nicht, was sie mir danach noch anbieten können. Wenn die Nazis sich hier breitmachen, haben wir Afrikaner wenig Chancen. Ich habe keine Lust, denen ihre braunen Uniformen zu bügeln! Oder bei ihren Kolonial-Veranstaltungen den Bimbo zu spielen. Die hoffen ja, sie würden auch Togo als Kolonie wiederbekommen, und suchen Afrikaner, die ein Loblied auf die deutsche Zeit singen.«

»Wie war es mit den Deutschen bei uns zu Hause?«, fragte Therese. Ihre anfängliche Aufregung hatte sich verflüchtigt, sie begann, sich in der Gesellschaft von Jonathan wohlzufühlen. Sogar ein bisschen mehr als das.

Zum ersten Mal habe ich Togo »bei uns zu Hause« genannt, ging es ihr durch den Kopf.

»Ich war ja ein junger Kerl damals«, begann er. »Und hatte von Politik, von den Verbrechen der Kolonisatoren, von dem ganzen mörderischen System keine Ahnung. Doktor Westermann und mein Chef, der Gouverneur, waren ganz in Ordnung mir gegenüber. Seit ich sie kenne, habe ich einen anderen Blick auf Europa, und ich kriege ja auch mit, wie einige hier, zum Beispiel die Linken, darüber denken. Ob Franzosen oder Deutsche, da ist kein großer Unterschied. Nur dass die Franzosen aus uns Afrikanern gute Franzosen machen wollen, im Gegensatz zu den Deutschen! Die haben keinen Finger gerührt, den Togoern Deutsch beizubringen; lieber quälten sie sich mit dem Ewe ab. Mein Chef sprach es ziemlich gut und auch Duala. Er hat mir hier einige Türen geöffnet und mich gefördert, wo er konnte. Die Deutschen sind ja auch nicht alle gleich. Und ich persönlich kann mich nicht beklagen.«

Er widmete sich für ein paar Minuten dem Essen, bestellte sich ein zweites Bier, bevor er weitersprach.

»Hast du mit den Nazis schon irgendwelche Erfahrungen gemacht? Du wohnst doch in Hamburg, sagte man mir.«

Sie erzählte ihm von ihrem Besuch in der Stadtverwaltung, bemühte sich, die Geschichte möglichst launig vorzutragen. Sie wollte ihnen nicht die Stimmung verderben.

Er musste wohl gespürt haben, wie sehr sie diese Erinnerung noch immer bewegte. Über den Tisch hinweg griff Jonathan ihre Hand, hielt sie fest und sah sie intensiv an.

»Solche Typen sind schlimmer als Menschenfresser. Und das passiert im Land von Heinrich Heine und Friedrich Schiller!«, sagte er, als sei das ein Trost, vielleicht mehr ein Bedauern. »Ich verstehe nicht, dass so etwas in diesem Land passieren kann.«

Die beiden Namen hatte sie zwar in der Schule gehört und einige Gedichte gelernt, fühlte sich aber ahnungslos. Sie nahm sich vor, bei nächster Gelegenheit in einer Buchhandlung nach Büchern von ihnen zu fragen. Ich bin ungebildet wie ein Bauerntrampel, dachte sie. Aber das musste sie an diesem Abend nicht unbedingt bekennen! Sie hatte immer gern gelesen, allerdings waren es meist fromme Romane aus der Bibliothek der Diakonie. Niemand hatte sie bisher angeregt, sich um andere Literatur zu bemühen.

»Du kennst sicher das Völkerkunde-Museum in Eimsbüttel?«, fragte er.

»Ich habe davon gehört, war aber nicht dort.«

»Das solltest du unbedingt machen! Da findest du die schönsten Sachen aus Afrika, die uns die Kolonisatoren geraubt haben. Es lohnt sich trotzdem. Fast ist es eine Völkerschau, nur ohne Menschen. Für mich wirken die Ausstellungsstücke hier genauso fremd wie Eskimos, Indianer oder Afrikaner der Völkerschauen.«

»Wieso fremd?«, fragte Therese.

»Diese Figuren, Schnitzereien und Möbelstücke sind wunderschön! Sogar wenn sie hier herumstehen, herausgerissen aus ihrem Zusammenhang. Sie haben keine Bedeutung für die Menschen hier, sie sind nichts anderes als Beutestücke für Sammler, reine Handelsware, und in Afrika fehlen sie. Es ist unglaublich, dass wir Afrikaner nach Europa reisen müssen, um einen Einblick in unsere Kultur zu bekommen und ihre schönsten und bedeutendsten Zeugnisse zu sehen. Sie waren früher Teil unseres Lebens, unserer Mythen, unserer Religionen, unserer Kultur, sie bilden unsere Identität! Hier wirken sie auf mich wie Sklaven, die man verschleppt hat.«

Therese versuchte, Jonathans Sicht zu begreifen, es fiel ihr schwer. Sie hatte sich mit dem Verhalten der Deutschen als Kolonisatoren und den Auswirkungen für die betroffenen Völker kaum beschäftigt. Die Bemerkungen, die Fritz Hufnagel manchmal machte, wenn er von Parteiversammlungen kam, hatte sie nur am Rande wahrgenommen. Sie ahnte nur, was Jonathan meinte. Besser, ich halte erst einmal den Mund, bevor ich mich hier blamiere, dachte sie.

»Du denkst daran, eines Tages nach Togo zu gehen?«, fragte er und hielt immer noch ihre Hand fest. Ihr war das zum eigenen Erstaunen nicht unangenehm. Und plötzlich ging ihr durch den Kopf, dass sie sich bei Schwester Hedwig nicht nach dem Vikar Wiedemann erkundigt hatte. Dafür ist morgen noch Zeit, dachte sie! Sicher ist er inzwischen Pastor, verheiratet und hat, wie alle evangelischen Pastoren, eine Menge Kinder. Bei dem Gedanken und die Erinnerungen an die komische Geschichte mit ihm musste sie lächeln.

»Ich habe mit meinem Bruder Kodjo darüber gesprochen. Er wartet im Augenblick auf seine große Chance als Musiker. Man hat ihm da eine tolle Sache in Aussicht gestellt. Ich habe noch meine Arbeit im Waisenhaus in Hamburg, und die Arbeit dort frisst mich auf. Wir haben verabredet, dass wir gemeinsam entscheiden, was wir tun. Wenn es so weit ist!«

»Bis Hitler an der Macht ist?«, fragte er mit einem zweifelnden Lächeln.

Sie schüttelte den Kopf. »Wenn wir hier nicht mehr leben können, ohne unsere Würde zu verlieren«, sagte sie sehr ernst, und es kam ihr ein bisschen pathetisch vor.

Jonathan Camara nickte. »Ich denke, wir sollten nicht darauf warten, bis Hitler Kanzler wird. Das kommt schnell genug. Es gibt Anzeichen, die uns sagen: Schwarze! Neger! Juden! Untermenschen! Schert euch weg hier!«

»Was wirst du in Togo machen?«, fragte sie.

»Solange es keine Universitäten gibt, vermutlich Journalismus oder Politik. Mal sehen, ob sich da was ergibt für jemanden wie mich. Meine Familie besitzt eine kleine Druckerei, vielleicht kann ich eine Zeitung herausgeben. Irgendwann müssen wir ja auch die Franzosen loswerden.«

»Du kannst vermutlich eine Menge Sprachen, Jonathan?«

»Spanisch, Englisch, Französisch – und Deutsch. Und ganz ordentlich Ewe natürlich.«

Er machte eine nachdenkliche Pause und griff noch einmal nach der Speisekarte. Er sah Therese fragend und lächelnd an. »Nachtisch! Vanilleeis? Champagner? Schnaps?«

Beide entschieden sich für eine Portion Eis. Therese blickte heimlich auf die Uhr, die über dem Tresen an der Wand hing. Es war fast Mitternacht, stellte sie erschrocken fest.

»Morgen nach dem Frühstück fahre ich nach Elberfeld, meinem Geburtsort, zu meinen Pflegeeltern.«

»Heißt die Stadt jetzt nicht Wuppertal?«

»Ja, ich weiß, das haben mir meine Pflegeeltern geschrieben. An den neuen Namen muss ich mich erst gewöhnen.«

»Waren sie gut zu dir? Diese Leute?«, fragte Jonathan lächelnd, während der Kellner die Eisbecher auf den Tisch stellte.

Therese zögerte. Über ihre Kindheit und Jugend hatte sie erst im Park von Baden-Baden gründlich nachgedacht.

»Das waren einfache, fromme Menschen, die keine eigenen Kinder hatten«, erzählte sie. »Sie und Leute von der Gemeinde haben alles für mich getan, wollten mich sogar studieren lassen. Das ist nur daran gescheitert, dass im Krieg kein Stipendium zu kriegen war. Und sie selbst konnten das nicht bezahlen.« Sie zögerte, ob sie ihre heimlichen Gedanken preisgeben sollte. »Weißt du, es war eine enge, fromme Welt. Mit Ausnahme von meinem Pflegevater, einem Sozialdemokraten. Solche Zusammenhänge habe ich erst begriffen, als ich in Hamburg etwas anderes kennenlernte. Eigentlich erst, als ich an der Universität Vorlesungen in Medizin besuchte und mein Bruder Kodjo mit seinen Freunden eines Tages auftauchte.« Sie lachte. »Als Erstes ist er mit mir in einen teuren Laden für Kleider gegangen und hat mir vornehme Klamotten gekauft, damit ich nicht wie ein Diakonie-Trampel herumlaufe. Das hat mir irgendwie gefallen, und ich habe gemerkt, dass es auch noch was anderes gibt.«

Jonathan Camara sah sie freundlich an. »Was du da erzählst, hört sich an, als sei Aschenputtel erwachsen geworden oder jemand habe Dornröschen wach geküsst!«

Ein bisschen Verlegenheit stellte sich wieder ein.

Würde er mich küssen, wenn wir uns verabschieden? Hätte ich was dagegen?, überlegte sie.

Jonathan bat um die Rechnung, bezahlte und sagte:

»Ich bring dich gern zurück in dein frommes Heim. Ich habe ein Zimmer in einem kleinen Hotel gleich um die Ecke. Wollen wir bei mir noch ein Glas Wein trinken?«

Therese begleitete ihn, ohne noch einmal auf die Uhr zu sehen. Sie wusste sicher: Jonathan würde mit ihr schlafen wollen. Und ohne zu zögern, willigte sie ein.

Später lag er neben ihr mit seinem Mund nahe an ihrem rechten Ohr und flüsterte ihr zu:

»Wenn du willst, werden wir uns nicht aus den Augen verlieren, meine Liebste. Wir werden Togo genießen, in Lomé nachts an den Strand gehen, die Wellen hören und die Sterne sehen. Wir werden im Glanz der Sterne glücklich sein und die Welt vergessen!«

»Ist das ein Versprechen?«, flüsterte sie glücklich.

Vielleicht sehen wir uns noch …

Sie zogen sich an, und Jonathan brachte Therese bis zum Gästehaus der Diakonie und küsste sie zum Abschied.

»Vielleicht können wir uns morgen noch einmal sehen, zum Frühstück, bevor du nach Elberfeld zu deinen Leuten fährst. Dann kann ich dich zum Bahnhof bringen. Mal sehen …«

Zu ihrem Erstaunen nahm er sie beim Abschied schüchtern und vorsichtig in seine Arme und wünschte ihr eine gute Nacht.

Dann ging er, ohne sich noch einmal umzusehen. Sie sah ihm nach, bis er um eine Hausecke verschwunden war. Glücklich und verwirrt ging sie auf ihr Zimmer, lag noch lange wach und versuchte vergeblich, sich seine Gesichtszüge ins Gedächtnis zu rufen. Es gelang ihr nur mühsam.

War das wichtig?

Bin ich verliebt?

Unsinn! So schnell verliebt man sich nicht.

Und vielleicht ist er ja verheiratet.

Ich hätte ihn fragen sollen …

War sicher für ihn nur ein netter Abend.

Mit jemandem aus der Heimat meiner Eltern.

Vielleicht tauchte Jonathan ja wirklich zum Frühstück auf?

Zufrieden holte sie ihr Nachthemd aus ihrer Tasche, ging nach nebenan ins Bad, putzte sich die Zähne und betrachtete ihr Gesicht, ihre Haare, ihre Hände in aller Ruhe.

Sie würde Jonathan sicher morgen wiedersehen. Er würde sie zum Bahnhof bringen.

Doch Jonathan kam nicht.

Abschied von Hedwig

Kurz nach sieben Uhr verließ Therese das Gästezimmer. Das Bettzeug hatte sie abgezogen, sorgsam gefaltet und dafür gesorgt, dass keine Spuren im Bad zurückblieben. Beschwingt und voller Erwartung, Jonathan gleich wiederzusehen, schloss sie das Zimmer ab.

Auf dem Weg zum Frühstücksraum kam ihr Schwester Hedwig entgegen.

»Herr Camara musste leider schon ganz früh nach Köln zurück. Er hat diesen Brief für dich abgeben lassen, in aller Herrgottsfrühe.« Sie lächelte verschmitzt. »Vermutlich ein Liebesbrief, aber das geht mich nichts an!«

»Natürlich ein Liebesbrief, was denn sonst!«, entgegnete Therese gespielt spöttisch, nahm den Brief entgegen und steckte ihn ein.

»Wenn du Zeit hast, komm doch nach dem Frühstück noch mal in mein Büro. Gestern hatten wir so wenig Zeit für unsere Gespräche. Geht das? Ich bin den ganzen Vormittag da.«

Therese wollte den Brief erst lesen, wenn sie allein und ungestört war. Auch während des Frühstücks war sie immer wieder umlagert von Mitarbeitern des Hauses, die sich offensichtlich freuten, sie wiederzusehen. Als sie später bei Schwester Hedwig anklopfte, hatte diese schon Tee vorbereitet, der Duft erfüllte den ganzen Raum. Die Diakonissen-Haube lag wieder auf der Heizung. Therese sah, dass Hedwigs Haare inzwischen erheblich grauer geworden waren. Sie setzte sich ihr gegenüber. Die meist gut gelaunte Hedwig fragte, wie der Abend verlaufen sei, wie sie geschlafen hätte. Dann wurde sie ernst.

»Mein liebes Kind! Ich hoffe, ich darf dich noch immer so nennen?« Therese nickte lächelnd. »Wir machen uns Sorgen um deine Zukunft. Aus Hamburg haben wir zu unserer Freude von deinem Werdegang und deiner Arbeit nur Gutes gehört. Auch in diesem Kinderheim stehst du deinen Mann, wie man so sagt. Waisen zu betreuen, ihnen einen Weg zu zeigen ist ungefähr die schwierigste Aufgabe, die man sich denken kann. Du hast mir von dem Gespräch in der Stadtverwaltung von Hamburg erzählt. Ich hoffe, du hast nicht noch mehr solche Erlebnisse erleiden müssen. Das wäre schrecklich.

Warum wir uns Sorgen machen: Alle glauben, dass das mit den SA-Truppen auf unseren Straßen erst der Anfang ist.

Was ich dir jetzt sage, sollte unter uns bleiben, liebes Kind! Du bist eine Afrikanerin, eine Schwarze! Und wenn die Nazis an die Macht kommen, wird es dir und anderen nicht gut gehen in Deutschland. Wenn dieser Hitler erst mal regiert, wird das Leben von Juden, von Behinderten, von Zigeunern und auch von Schwarzen unerträglich werden. Die Nazis sind im Augenblick noch wie Wölfe im Schafspelz! Da sollten wir uns nichts vormachen, und die Diakonie wird dich vermutlich auf Dauer auch nicht schützen können. Auch deine Pflegeeltern nicht. Bevor es schlimmer kommt, solltest du dir, vielleicht mit deinem Bruder, überlegen, ob es nicht besser wäre, Deutschland zu verlassen! Weißt du, ob du noch mehr Geschwister in Deutschland hast?«

»Vermutlich einige. Kodjo will sich darum kümmern, sie ausfindig zu machen. Genaueres weiß nur unser Vater, und der ist noch in Russland, wenn er überhaupt noch lebt.«

»In Togo könnten wir dir über unsere alten Beziehungen Kontakte schaffen, damit du eine Arbeit hast, in einem unserer Werke, die jetzt von den Franzosen verwaltet werden. Deutsche sind da nicht mehr geduldet. Du hast zwar einen deutschen Pass, aber dich werden die Franzosen einreisen und arbeiten lassen. Das könnten wir über die französische Botschaft herausfinden.«

»Was wird dann aus den Kindern und Jugendlichen in Hamburg? Ich kann sie doch nicht einfach zurücklassen! Da sind Jugendliche, die ich seit Jahren begleite und denen ich helfe, ihren eigenen Weg zu finden! Für sie bin ich Mutter und Vater zugleich! Ich habe sie gern, das wissen sie, und sie vertrauen mir!«

Schwester Hedwig sah sie nachdenklich an und nickte. »Du hast da eine sehr gute Arbeit gemacht, mein Kind! Aber wird man dich überhaupt in deiner alten Stelle dulden? Du bist jetzt nicht mehr Angestellte der Diakonie! Sondern der Stadt Hamburg! Wenn da ein Nazi an entscheidender Stelle sitzt, ist das alles sehr fraglich.«

Sie saßen sich schweigend und bedrückt einige Minuten gegenüber. Den Tee hatten sie kaum angerührt. Gedankenverloren nahm Hedwig ihre Haube von der Heizung, wischte ein paar unsichtbare Flusen ab, legte sie zurück.

»Überlege dir das gut, mein Kind! Wir sind einfach in Sorge um deine Zukunft, deshalb spreche ich so mit dir. Das fällt mir schwer. Ich bete zu Gott, dass du die richtige Entscheidung triffst. Wenn du unsere Hilfe brauchst, sind wir für dich da. Das weißt du! Und Nazis sollen in unserem Werk keinen Platz haben!«

Sie machte eine nachdenkliche Pause. »Größere Sorgen haben wir im Augenblick um unsere jüdischen Diakonissen! Es wird nicht so einfach sein, sie zu beschützen.« Dann nannte sie die Namen von zwei Schwestern, die Therese nach uns gehört hatte: Johanna und Erna Aufricht.

Therese hörte zum ersten Mal, dass unter den Diakonissen auch Jüdinnen waren. Vielleicht auch in Hamburg? Sie würde sich erkundigen, ging ihr durch den Kopf.

Zum Abschied umarmten sie sich. Therese hatte Tränen in den Augen, und auch die alte Schwester kämpfte mit ihrer Rührung.

»Leb wohl, mein liebes Kind!«

Von einem Wiedersehen sprachen sie nicht.

Therese ging zu Fuß zur Haltestelle der Straßenbahn, um zum Düsseldorfer Hauptbahnhof zu fahren. Ein leichter Regen fiel. In Düsseldorf hatte sie eine halbe Stunde Zeit bis zur Weiterfahrt. Sie kaufte sich eine Tageszeitung und steckte sie in ihre Reisetasche. Unter dem Vordach des Bahnhofs stand eine Gruppe SA-Männer und trank Kaffee. Therese blickte nicht zu ihnen hin, um sie nicht zu provozieren. Aber sie hörte, dass man sie bemerkt hatte. Einige Männer ahmten laut Geräusche von Affen nach, Uah, Uah, Uah! Dann Gelächter.

Therese tat so, als hätte sie nichts bemerkt, aber der Zorn kochte in ihr, sie musste sich bemühen, die Tränen zurückzuhalten. Sie ging in die Eingangshalle zurück, dann auf den Bahnsteig und setzte sich auf eine Bank, um auf den Zug zu warten.

Sie nahm Jonathans Brief aus ihrer Tasche und öffnete ihn.

Der Brief

Liebe Therese,
ich bedaure unendlich, dass wir uns heute nicht mehr sehen können. Über unseren zauberhaften, unvergesslichen Abend wage ich kaum etwas zu schreiben. Wenn Du hier wärest, würde ich Dir Worte ins Ohr flüstern, die mich in meinem Innern geradezu belagern! Du hast mich ungemein belebt und fröhlich und zugleich sehr ernst und feierlich zurückgelassen. Das habe ich lange nicht erlebt. Eigentlich noch nie. Bleibt heute früh ein einziger Wunsch: Dass wir uns niemals aus den Augen verlieren. Solltest du eine Entscheidung getroffen haben, nach Afrika zurückzukehren, lass es mich wissen. Dann schreibe mir an die Universität Köln. Hier weiß man immer, wo ich mich aufhalte, und man wird mir Post nachsenden.
Mich bewegen die gleichen Gedanken wie Dich. Wie lange werden wir noch in diesem schönen Land, das ich liebe und dessen Kultur mir so viel gegeben hat, leben können? Das wird uns, Dir und mir, für immer bleiben, und in Togo werden wir uns die eigene Kultur ganz schnell aneignen. Das wird uns bereichern, also solltest Du keine Angst haben, Dich darauf einzulassen. Wir sind all das: Deutsche, Europäer, Togoer und Afrikaner – und Weltbürger wie Dein Vater! Das ist kein Widerspruch, meine Liebste! Das habe ich auch erst spät begriffen!

Und bald schmeißen wir die Franzosen aus unserem Land!
Daran habe ich keine Zweifel, dafür werde ich mich einsetzen, mit allem, was ich bin und kann!
Unsere Umarmungen gestern sind unvergessen!
Dein Jonathan Camara.

Therese las den Brief ein zweites und ein drittes Mal. Ihr Zorn über die SA-Männer war verflogen. War dieser Brief eines der Signale, die in ihre Zukunft wiesen?

Ich bin ein Kindskopf, sagte sie sich mit einem selbst-entschuldigenden Lächeln. Was soll dieser Mann mit einer halben Diakonisse anfangen?

Zu Hause

Als vor dem Bahnhof Elberfeld der Zug langsamer wurde und mit einem Pfeifen die Ankunft ankündigte, stand sie auf, griff ihre Tasche und stellte sich in die Reihe der Fahrgäste, die ebenso wie sie aussteigen wollten. Da sah sie auf der linken Seite an einer Fensterscheibe ein angeklebtes Blatt Papier. Mit dicken Buchstaben stand da:

Für Juden, Neger und Hunde ist in diesem Zug kein Platz!

Sie blickte auf den Rücken der Frau, die vor ihr stand, und tat so, als hätte sie das Papier nicht bemerkt. Auch die Mitreisenden nahmen offenbar keine Notiz davon – oder von ihr. Sie war in nervöser, aufgebrachter Verfassung, schon während der Stunde Zugfahrt hatte es sich angekündigt.

Es war so viel passiert in den letzten Tagen.

Der Besuch bei ihrem Bruder, ihre Gespräche über ihre Lebensplanungen und ihre Sorgen, die Unterhaltung mit Schwester Hedwig, der Abend und eine halbe Nacht mit Jonathan, die SA-Männer vor dem Bahnhof Düsseldorf. Jetzt dieses ekelhafte Papier an der Scheibe.

Eine solche geballte Ladung neuer Eindrücke, Forderungen nach Entscheidungen, Mahnungen, Angst vor der Zukunft ließ sie für einen Moment verzagen. Aber diese Anwandlung dauerte nicht lange, der aufbrechende Zorn war stärker. Sie ging trotzig aus der Reihe der Wartenden und riss das Papier von der Scheibe. Demonstrativ zerknüllte sie das Blatt und warf es auf den Boden. Kein Beifall, kein Protest! So als hätte niemand Notiz von ihrer Geste genommen?

Als sie den Zug verlassen hatte, blieb sie noch auf dem Bahnsteig stehen und ließ die Menschen an sich vorbeigehen. Sie wollte einen klaren Gedanken fassen, sich sammeln. So aufgewühlt sollten ihre Pflegeeltern sie nicht erleben! Sie presste ihre Lippen aufeinander und rief sich zur Ordnung.

Dann ging sie langsam die Straße zum Haus von Fritz und Helene, ihrem alten Zuhause. Ein Fußweg von vielleicht fünfzehn Minuten. Die Bewegung tat ihr gut.

Hier war alles unverändert, wie sie es vor einem Jahr bei ihrem letzten Besuch gesehen hatte. Allerdings wunderte sie sich und überlegte, welcher Wochentag es war. Die Menschen, viele ihrer früheren Nachbarn erkannte sie, waren auf der Straße und kehrten wie verrückt mit Besen den Bürgersteig.

Das hatten sie früher auch gemacht, sogar regelmäßig, jetzt arbeiteten sie hektisch und verbissen, als gälte es, dem Schmutz von einem Jahrhundert zu Leibe zu rücken.

Kam es ihr nur so vor? Bildete sie sich das vielleicht nur ein? Und war es Zufall, dass zugleich mehrere Leute die Straße kehrten?

Als einige ihrer früheren Nachbarn sie erkannten, stellten sie ihre Besen an die Mauern und winkten, andere kamen, um sie mit Handschlag zu begrüßen. Sie waren freundlich, einige sogar herzlich und überschwänglich, und Therese dachte erleichtert: Vielleicht wird alles nicht so schlimm, wie ich es befürchte.

So redete sie mit sich, um sich selbst zu beruhigen, und beschloss, ihre verwirrenden Gedanken zunächst einmal für sich zu behalten. Bei Fritz und Helene würden sich schon geeignete Momente ergeben. Fritz war klug und erfahren, Helene allerdings verlor manchmal die Nerven in kritischen Situationen.

Den beiden brachte sie unverbrüchliches Vertrauen entgegen, der Gedanke tat ihr gut, sie gleich in die Arme schließen zu können. Und dann war da ja auch der Brief von Jonathan, der ihr wie ein Schatz vorkam. Sie hatte keinen Grund aufzugeben!

Zwei Frauen aus der Nachbarschaft ließen es sich nicht nehmen, sie plappernd bis vor die Tür von Hufnagels Wohnung zu begleiten. Das kam ihr seltsam vor, aber sie dachte sich nichts dabei.

Böse Nachricht

Als Helene, schon grauhaarig und mit gebeugtem Rücken, ihre Wohnungstür öffnete und Therese sie umarmte, brach die alte Frau heftig in Tränen aus. Ist sie so sentimental geworden, ging es Therese durch den Kopf. Erst als sie in ihr faltiges Gesicht sah, wusste sie plötzlich, als wäre ein Blitz eingeschlagen, dass etwas Schlimmes passiert sein musste. Beunruhigt zog sie Helene in die Küche.

Fritz war gestorben. Und man hatte ihn schon beerdigt. Die Nachricht für Therese hatte Helene nach Hamburg geschickt.

Ihr war zumute, als fiele sie in eine dunkle Grube. Fritz, ihr Pflegevater. Und mehr als das. Der Beschützer ihrer Kindheit, immer verlässlich an ihrer Seite, solange sie denken konnte. Auch wenn sie in Hamburg vor Problemen stand, die nicht leicht zu bewältigen waren, suchte sie das stumme Gespräch mit ihm oder rief ihn an.

Schweigend hielten sich die beiden Frauen minutenlang im Arm.

»War er krank?«

Helene schüttelte den Kopf und wischte sich die Tränen mit ihrer Schürze aus dem Gesicht. Vor Thereses Innerem zogen Bilder aus ihrer Kindheit vorbei, wie liebevoll und besorgt er sie aus Rotterdam abgeholt hatte, ihr Besuch in der Bandwirkerei König, seinem Arbeitsplatz. Die Sonntage gemeinsam im Zoo oder den Parks und Wäldern der Umgebung, die vielen gemeinsamen Stunden im Schrebergarten.

Schließlich war Helene in der Lage, Auskunft über seine letzten Tage zu geben:

»Ihm ging es ja schon seit Längerem nicht wirklich gut. Er hustete die halbe Nacht, konnte kaum schlafen. Der Hausarzt sagte, vielleicht hätten die Chemikalien in seiner Firma seine Lungen angegriffen, war aber nicht sicher, ob das der Grund war. Dann ging es auch wieder ein bisschen besser, immer auf und ab.

Trotzdem ist er an einem Abend zu einer Versammlung der Sozialdemokraten gegangen. Das war ihm so wichtig, weil sie alle Sorge hatten wegen der Nazis, die sich hier überall breitmachen. Da gab es wohl eine schlimme Schlägerei mit einer SA-Truppe, die einfach in das Lokal hereinmarschiert ist. Zwei von unseren Leuten haben Fritz nach Hause gebracht. Er hatte sich, so erzählten sie mir, zurückgehalten und nicht eingemischt. Er war ja nicht mehr der Jüngste! Aber ihm ist ein Stuhl an den Kopf geflogen, den jemand durch den Raum geschmissen hat.

Wir haben gleich den Arzt geholt, der ist auch gekommen, es war beinahe Mitternacht. Fritz lag auf seinem Bett. Ich konnte ihn nicht ausziehen, er war zu schwer für mich, liebe Therese. Da haben die Genossen geholfen … Da hätte ich deine Hilfe gebraucht.«

Helene schniefte. Therese fühlte sich durch die letzten Worte irgendwie schuldig. Wie immer, wenn man etwas Schlimmes vielleicht hätte verhindern können. Aber Helene meinte es nicht vorwurfsvoll, sie sah zu ihr auf und lächelte.

»Er hat dich sehr gerngehabt«, flüsterte sie.

»Ich ihn auch. Und dich habe ich ebenso lieb, Helene.«

Irgendwann hatte Therese aufgehört, sie Papa und Mama zu nennen. Das war ganz unbemerkt geschehen, und niemand hatte dagegen protestiert.

»Wo ist Fritz beerdigt?«, fragte sie.

»Auf dem alten Friedhof in Unterbarmen.«

»Wir sollten morgen gemeinsam hingehen«, sagte sie, und Helene nickte dankbar.

»Wir müssen aber langsam gehen. Ich bin nicht mehr so schnell!«, sagte die alte Dame lächelnd.

Therese ließ sie in der Küche zurück und ging durch alle Räume, die ihr so vertraut und doch auf merkwürdige Weise fremd geworden waren, sie sah die Bilder an der Wand, den frommen Kalender mit Bibelauslegungen, der täglich nach dem Abendessen gelesen wurde, einen Holzschnitt von Martin Luther, das Rasenstück von Albrecht Dürer. Die Ausstattung der Wohnung war Helenes Werk, Fritz hatte sich da rausgehalten.

Als sie die Küche in Ruhe betrachtete, bemerkte sie, dass Helene wohl durch die traurigen Ereignisse und ihr Alter mit der täglichen Arbeit überfordert war. Überall Zeichen von Verwahrlosung. Sie krempelte die Ärmel auf und machte sich ans Spülen von Tassen, Tellern und Töpfen.

Kann ich sie hier allein zurücklassen?, ging ihr durch den Kopf. Das musste sie nicht sofort entscheiden.

Was hatte mir Schwester Hedwig zum Abschied gesagt?

»Egal, was du entscheidest, du musst jetzt an dich selbst denken! Das muss an erster Stelle stehen!«

Die Wohnung wirkte seltsam leer. Trotzdem war ihr, als wäre der Pflegevater noch anwesend. An der Tür zum Schlafzimmer hingen seine Jacke und seine Prinz-Heinrich-Mütze, die er immer getragen hatte. Darunter standen seine Hausschuhe. Die Jacke roch nach dem Tabak, den er manchmal abends rauchte. Therese zog die Jacke zu sich und atmete den Geruch einmal tief ein.

Sie schlug Helene vor, sich ein bisschen hinzulegen, sie würde für das Abendessen sorgen.

»Es ist so gut, dass du gekommen bist«, sagte die alte Frau, als

Therese ihr ein Kissen unter den Kopf schob und eine Wolldecke bis unter das Kinn zog. Dabei blickte Helene wie ein zufriedenes Kind, das getröstet worden ist.

Für Therese war es ein seltsames Gefühl, wieder in dem Bett ihrer Jugendzeit zu liegen. Nebenan schlief Helene. Wie früher hatten sie nach dem Abendessen das fromme Kalenderblatt gelesen. Sie hatten beide den Eindruck, die Auslegung dieses Tages sei nur für sie und ihre Trauer geschrieben worden. Das empfand sie, obwohl sie sich von der Frömmigkeit ihrer Kindheit weit entfremdet hatte. Doch jetzt konnte sie bei Helene sitzen und diese Texte lesen, als sei keine Zeit vergangen.

Während sie den Tisch abräumte, überlegte sie, wie lange sie bleiben könnte. Zwei Tage wären möglich. Was konnte sie bis dahin noch für Helenes Versorgung tun oder organisieren? Wenn Familie Rose noch nebenan wohnte, würde sie das mit ihnen besprechen. Gleich morgen. Die könnten Helene mit ihren vielen Kindern zur Hand gehen. Sie wollte sich bei Fritz' Arbeitgeber erkundigen, ob die Rentenangelegenheiten für Helene schon geregelt waren. Ob der freundliche alte Herr König noch lebte? Pastor Giebel und Schwester Pauline gab es nicht mehr, sie waren gestorben; die neuen Leute im Pfarrhaus kannte sie nicht. Vielleicht sollte sie einen Besuch im Pfarrhaus machen, um ihnen Helene ans Herz zu legen?!

Sie überlegte, von Elberfeld zuerst nach Stellingen zu reisen, ins Mutterhaus der Diakonie. Da würde sie Schwester Waltraud treffen und mit ihr die weiteren Schritte besprechen. Sie war eine lebenskluge Freundin und gute Ratgeberin, die immer einen Ausweg sah. Der Gedanke beruhigte sie. Sie stand nicht allein auf der Welt! Das war ein gutes Gefühl. Aber ihre Zukunft war unsicher. Vielleicht könnte sie Helene im Mutterhaus in Stellingen unterbringen? Aber sie würde ihr Zuhause wohl ungern verlassen wollen.

Auf dem Friedhof

Nach dem Frühstück nahmen Helene und Therese die Straßenbahn, nach vier Stationen stiegen sie aus. Bis zu diesem Besuch hatte Therese Friedhöfe selten besucht, einmal das Grab ihres Bruders Fred, und noch an keiner Beerdigung teilgenommen. Helene hatte Mühe, den ansteigenden Weg bis zu Fritz' Grab zu bewältigen. An Thereses Arm fiel es ihr leichter. Jetzt wollte sie unbedingt alles von Thereses Leben in Hamburg wissen, aber wenn Therese begann, von ihrer Arbeit oder dem Besuch ihres Bruders zu erzählen, merkte sie bald, dass Helene ihr nicht mehr folgen konnte. Also beließ sie es bei allgemeinen Bemerkungen. Die entscheidenden Ereignisse der letzten Wochen würde sie ohnehin für sich behalten. Sie wollte die alte Dame nicht überfordern und schon gar nicht beunruhigen.

Während sie langsam den mit Kies bestreuten Weg bergan gingen, betrachtete Therese die Grabmale zur Rechten und zur Linken. Die meisten waren so gestaltet, wie sie es aus Hamburg-Bergedorf kannte, dazwischen aber Monumente, die sie unwillkürlich an das riesige Bismarck-Denkmal aus Steinquadern in Hamburg erinnerten: riesige sinnende Krieger mit gesenktem Haupt, auf ein Schwert gestützt, Gestalten wie aus einem ägyptischen Museum, eine Sphinx in Kleinformat, immer wieder Engel mit Schwertern in der Hand, riesige betende Hände, zum Himmel gestreckt, dann auch ganze Grabkammern aus Stein, Mausoleen, an den eisernen Pforten gewaltige Schlösser.

Dazwischen an Mauern und Kreuzen Bibelsprüche, Anrufe an den Ewigen, Lobpreisungen der Verstorbenen.

Der Herr hat's gegeben, der Herr hat's genommen!

Der Prunk, den sie hier sogar an den Gräbern sah, kam ihr angesichts ihrer Probleme lächerlich vor. Denn sie waren schmerzhaft gewärtig. Dann standen sie am Grab ihres Pflegevaters.

Helene zeigte auf den Hügel voller noch frischer Blumen und Kränze. Therese wollte einige der beschrifteten Schleifen lesen. Sie beugte sich einige Male nieder, um sie zu entziffern.

Unserem treuen Fritz Hufnagel. Gustav König GmbH.

Unserem Genossen Fritz. Sozialdemokratische Partei Wuppertal.

Unserem lieben Nachbarn. Familie Rose.

Freie Evangelische Gemeinde Elberfeld. Ruhe in Frieden!

Therese führte Helene zu einer Bank.

»War es eine große Beerdigung?«, fragte sie und legte einen Arm um Helenes Schulter.

»Sicher hundert Menschen, alle in Schwarz. Die meisten hatte ich vorher noch nie gesehen. Vielleicht waren das Leute aus der Partei, obwohl die ja mit der Kirche nicht viel zu tun haben wollen. Die Sozis.«

»Bist du sicher?«, fragte sie.

»Das sagt man doch so, in der Gemeinde. Die haben das gar nicht gern gesehen, dass mein Fritz da mitgemacht hat.«

»Viele sind vielleicht gekommen, weil bei ihrer Versammlung das Unglück passiert ist.«

»Das macht Fritz auch nicht mehr lebendig. Aber irgendwann müssen wir uns alle verabschieden.«

Therese überlegte, dass heute noch Zeit wäre, im Pfarrhaus vorbeizuschauen. Besser zuerst beim Arbeitgeber ihres Pflegevaters. Das hatte Vorrang. Sie hatte über Geld und die künftige Versorgung Helenes noch kein Wort mit ihr gesprochen.

Der Versuch, Ordnung zu schaffen

Sie hatte Helene nach Hause gebracht und fuhr mit der Schwebebahn bis zur Firma Gustav König in der Heckinghauser Straße. Als sie auf den Innenhof einbog, sah sie sogleich die Veränderungen, man hatte kräftig angebaut. Neben dem alten Gebäude aus rotem Backstein stand ein modernes Gebäude aus Beton und Glas, hinter den Scheiben sah sie Maschinen und herumeilende Männer und Frauen bei eifrigen Tätigkeiten.

Von dem jungen, agilen Chef, den sie als Kind einmal gesehen hatte, erfuhr sie, dass sein Vater inzwischen im Ruhestand war. Natürlich war er über Hufnagels Unglück informiert und sprach Therese sein Beileid aus.

»Wenn Sie Zeit haben, besuchen Sie noch meinen Vater, er würde sich sehr freuen!«

Das wollte Therese nicht sogleich zusagen.

»Vielleicht, wenn ich den ganzen Verwaltungskram hinter mir und dann noch Zeit habe«, sagte sie. »Ich muss bald zurück nach Hamburg. Grüßen Sie Ihren Vater herzlich! Papa hatte ihm sehr viel zu verdanken.«

Therese hörte erleichtert und erfreut, dass die Firma bereits alles ohne große Umstände für Helene bei den Behörden und dem Rentenamt geregelt hatte. Helene würde ab sofort eine monatliche Rente bekommen, Therese möge doch mit ihrer Pflegemutter bei einer Bank ein Konto einrichten. Das würde die Auszahlungen vereinfachen.

Therese überschlug im Kopf, ob das Geld ausreichen würde, die Wohnung zu behalten, und war beruhigt. Helene würde keine Not leiden müssen.

»Wenn Ihre Mutter eines Tages in ein Altersheim umziehen muss«, sagte beim Abschied der junge Herr König, Gustav mit Vornamen wie sein Großvater, »sind wir ja auch noch da. Da soll sich die alte Dame mal keine Sorgen machen!«

Therese beschloss, sich auf sein Wort zu verlassen; was blieb ihr anderes übrig? Der junge Chef machte es ihr leicht, ihm zu vertrauen; und im Hintergrund gab es ja noch Wilhelm, den Vater. Sie hoffte, dass auch für den Juniorchef galt, was man von den alteingesessenen Fabrikherren des Tals sagte, nämlich dass ein Wort genauso viel wert war wie ein schriftlicher Vertrag.

Gegen Abend klopfte sie bei Helenes Nachbarn, der Familie Rose. Die Nachricht von Thereses Besuch hatte sich in der Nachbarschaft wie ein Lauffeuer verbreitet, und die Roses erwarteten sie schon. Man löcherte sie mit Fragen nach ihrem Leben in Hamburg, das war für sie die abenteuerliche weite Welt. Therese lag vor allem daran, ihnen das Wohlergehen von Helene ans Herz zu legen.

Man versicherte ihr, Helene könne immer auf sie und ihre inzwischen erwachsenen Kinder und Enkel zählen! Auch Edelgard, ihre Freundin aus der Kindheit, war gekommen; sie hatte inzwischen geheiratet und erwartete ihr erstes Kind. Sie wohnte mit ihrem Mann in der Nähe.

»Du hast sicher inzwischen auch geheiratet?«, fragte sie.

Therese schüttelte den Kopf. Die alte Vertrautheit aus der Kinderzeit stellte sich nicht ein, das merkte sie nicht ohne eine leise Trauer. Was hatte sie erwartet?

»Im Augenblick bin ich mit meinem Beruf beschäftigt und habe keine Zeit für Liebeleien! Aber wir sind ja noch jung, oder?«

Sie fragte Roses auch nach dem neuen Gemeindepfarrer. Die beiden Alten schwiegen zuerst und sahen sich an.

»Der ist anders als unser Pastor Giebel«, murmelte Franz Rose schließlich. »Wir gehen da nicht mehr hin. Der hält's mit den Nazis, als einziger Pastor hier im Tal, habe ich gehört.«

Da stellte Therese keine weiteren Fragen und beschloss, sich einen Besuch im Pfarrhaus zu ersparen. Helene würde wohl kaum noch in der Lage sein, Gottesdienste zu besuchen.

Von der Stadt nahm sie nach drei Tagen Abschied, nicht ohne Sorge um die alte Helene, aber in der Gewissheit, alles getan und in die Wege geleitet zu haben, was sie tun konnte. Während sie ihre Sachen packte, wurde ihr zum ersten Mal etwas bewusst, das mit ihrem bisherigen Leben zu tun hatte: Einen Moment lang trat sie ans Fenster und sah auf den Hinterhof, wo sie als Kind gespielt hatte und wo man sie manchmal nicht hatte mitspielen lassen.

Es war ein Gefühl von Verlorenheit! Es war trotz aller Liebe und Lebensfreude, die Fritz und Helene ausstrahlen konnten, immer still gegenwärtig. Von Helenes Eltern gab es nur ein altes, verwackeltes Foto. Fritz' Eltern waren in weiter Ferne, sie hatte sie nie kennengelernt, alle Reisepläne hatten sich zerschlagen. Und sie selbst, Therese, war ihren Pflegeeltern zugeflogen wie ein fremdes Vögelchen.

Für einige Stunden verließ sie der Gedanke an diese Heimatlosigkeit nicht mehr. Fritz und Helene hatten ihr alles gegeben, was sie vermochten. Das hatte ihr, Therese, Sicherheit für ihr Leben gegeben.

Als ihr spätabends im Bett, wo sie schon als junges Mädchen geschlafen hatte, das alles bewusst wurde, überfiel sie eine sanfte Trauer, und sie weinte ein bisschen. Wie hatte sie sich als Kind gefühlt? Wie als junges Mädchen in Kaiserswerth?

Es war keine Verzweiflung, die sie jetzt überfiel. Vielleicht die etwas traurige Einsicht, dass es kein Leben ohne Einsamkeit geben konnte. Schließlich musste sie lächeln, weil sie plötzlich daran dachte, vielleicht doch noch ein Kind zu sein, und es immer ein bisschen bleiben würde.

Das Geschrei der Möwen

Vom Büro der Firma von Gustav König aus hatte sie im Mutterhaus der Diakonie in Hamburg angerufen. Über das Amt wurde von irgendeinem Fräulein in der Zentrale die Verbindung hergestellt; Therese wartete eine halbe Stunde, bis sie an einen Apparat gerufen wurde. Die junge Stimme einer Frau, deren Namen sie nicht kannte, hatte ihr zugesagt, Schwester Waltraud und die Oberin über ihre Ankunft am nächsten Tag zu informieren.

Die alte Togo-Missionarin war zum Hauptbahnhof gekommen, um ihre vertraute Freundin zu begrüßen. Sie hielten sich lange umarmt. Therese musste lächeln, weil ihre Freundin wie früher der Geruch von Kölnisch Wasser umgab. Das empfand sie in diesem Moment wie ein Stück Heimat, ebenso wie das Geschrei der Möwen.

»Wenn ich die Möwen höre, bin ich zu Hause«, lachte Therese und strahlte ihre alte Freundin an. »Und wenn ich dich umarme!«

»Wie schön, dich wiederzusehen, mein Kind! Ich habe für dich das Gästezimmer reservieren lassen. Dann haben wir dich doch wenigstens noch einen Tag hier«, sagte Waltraud, als sie zum Ausgang des Bahnhofs schlenderten, »oder kannst du zwei Tage bleiben? Und ich will so viel von dir wissen!«

»Ich auch von dir«, entgegnete Therese, hakte die alte Dame unter und ging mit ihr zur Straßenbahnhaltestelle. »Wenn ich euch nicht zur Last falle, bleibe ich gern. Ich habe noch drei Tage Urlaub.«

Es hatte leicht zu regnen begonnen, Waltraud spannte ihren Schirm auf und sagte scherzhaft ein paar Redensarten in der Ewe-Sprache, die Therese nicht verstand.

»Ich würde so gerne noch einmal nach Togo reisen«, sagte sie, als sie in der Straßenbahn saßen und in den Regen hinaussahen. »Aber wir Deutschen sind da immer noch nicht wieder willkommen!«

»Wird man mir denn die Reise erlauben?«, fragte Therese.

»Ich denke schon! Das werden wir alles herausfinden, liebes Kind. Vermute ich richtig, dass du dich mit solchen Gedanken beschäftigst?«

»Manchmal schon«, antwortete sie, »darüber möchte ich mit dir reden, wenn du Zeit hast.«

»Ach du meine Güte! Eine alte Frau wie ich hat immer Zeit, und ich freue mich so, dass du uns zuerst besuchst. Du bist ja ein Stück Heimat für mich.«

»Du auch für mich«, antwortete Therese und drückte den Arm der alten Dame. Sie war glücklich, hier zu sein.

»Sag mal, hast du denn endlich einen Mann kennengelernt? Würde mich nicht wundern! Inzwischen bist du ja auch im richtigen Alter!«

Therese lachte verlegen.

»Das hat noch Zeit. Man kann sich nicht auf die Suche nach einem Mann begeben oder nach Männern und gucken, ob der Richtige dabei ist. Mein Vater hatte mindestens vier Frauen. Das kommt für mich natürlich nicht infrage!«

»Das will ich hoffen! Was soll der Unsinn?! Ich weiß auch nicht, was sich manche Männer dabei denken.«

Ihre Freundin brachte Therese gleich nach der Ankunft zur neuen Oberin des Mutterhauses, die vor wenigen Wochen aus Kaiserswerth nach Hamburg gekommen war, um hier das Regiment zu übernehmen. Therese kannte sie nicht, stellte aber schnell fest, dass sie es mit einer handfesten, freundlichen Frau namens Elisabeth Dressler aus dem Rheinland zu tun hatte, die sie durch ihre burschikose Art an Schwester Hedwig erinnerte. Eine schöne Frau, sie mochte um die 50 sein. Nach einer kurzen Begrüßung verabredeten sie sich für den folgenden Vormittag zu einem gemeinsamen Gespräch. Darum hatte Therese gebeten. Weil es ihr auf der Seele lag, brachte sie ihr Anliegen sogleich vor: Sie wollte erfahren, ob sie ihre alte Arbeit im Waisenhaus in Groß Borstel wieder aufnehmen konnte und ob ihre Wohnung noch zur Verfügung stand.

»Ich muss bald wieder Geld verdienen. Durch meine Reise sind meine Ersparnisse aufgebraucht!« Helene hatte sie für die Übergangszeit bis zur ersten Rente hundert Reichsmark gegeben.

Dann bezog sie das Gästezimmer und versprach Schwester Waltraud, an der gemeinsamen Abendandacht teilzunehmen. Eigentlich hatte sie dazu keine besondere Neigung, dachte aber, es dem Haus aus Höflichkeit schuldig zu sein. Waltraud lud sie anschließend ein, noch mit auf ihr Zimmer zu kommen. Therese kannte es. Nichts hatte sich dort verändert, stellte sie fest. Diakonissen verdienten nicht viel, das wusste sie. Ihr Geld gaben sie für fromme Bücher und Spruchpostkarten aus oder für die beliebten Holzbrandsprüche, die irgendwo im Schwarzwald hergestellt wurden. Hier in Waltrauds Zimmer erkannte sie von früher den Spruch wieder, der ihrer Freundin offenbar viel bedeutete, er bestand aus einem Wort: »Dennoch!«

Habe ich mich von dieser Art Frömmigkeit schon so weit entfernt?, dachte sie, ohne ein schlechtes Gewissen zu spüren. Und ohne eine schlüssige Antwort zu finden.

»Du hast immer noch Heimweh nach Afrika, nach Togo«, sagte Therese. »Wie kommt das? Du hast doch da recht ärmlich gelebt! Was gibt es da, was du hier nicht hast?«

Offensichtlich hatte die alte Waltraud darüber viel nachgedacht. Sie rührte lächelnd in ihrem Tee, obwohl sie ihn ohne Zucker trank.

»Mein Kind, das Leben ist da nicht so rasend schnell. Man lebt viel mehr in jedem Moment, in jedem Augenblick, und man wird nicht hin und her getrieben wie bei uns hier. Man lebt ohne Sensationen, genau wie seine afrikanischen Nachbarn, sieht die Kinder in der Schule wieder, freut sich über die Sonne oder den Regen. Da ist jeder Tag ein Schatz, ein Geschenk. Man gehört einfach dazu! Und weiß, dass man am richtigen Ort ist und die richtige Arbeit tut.«

Therese schwieg und versuchte, die Worte ihrer Freundin zu verstehen, sie nachzuvollziehen. Es gelang ihr nicht recht.

»Meinst du, ich würde in Togo zurechtkommen, Fuß fassen können?«

Die alte Dame kramte ein paar trockene Kekse aus ihrer Nachtkonsole.

»Wenn ich nachts wach liege, esse ich ein, zwei Kekse, lese eine halbe Stunde, und dann schlaf ich weiter.«

Sie knabberte an dem Gebäck herum. Therese bemerkte, dass ihr Gegenüber inzwischen ein Gebiss trug, das bei den Kaubewegungen ab und zu leicht klapperte.

»Ich habe auf deine Frage keine Antwort, mein Kind. Du hast immer nur in Deutschland gelebt, hier hat man dich geformt. So wie Gott dich haben wollte und dich liebt. Alles andere und wie du eines Tages in Togo zurechtkommen wirst, überlasse einfach der Zukunft oder lege es in Gottes Hand.« Sie stellte die Tassen zusammen. »Ich sehe, dass du müde bist, meine Liebe. Schlaf dich gut aus, morgen sehen wir weiter.«

Sie brachte Therese fürsorglich bis vor die Tür des Gästezimmers, das nur wenige Meter entfernt auf dem gleichen Flur lag. Therese blickte ihr nach, als ihre Freundin gebeugt und mit langsamen Schritten den Flur entlangging und in ihrem Zimmer verschwand.

Die Oberin

Am nächsten Morgen kam die Oberin gleich zur Sache, während sie den beiden Frauen und sich selbst den Tee eingoss, der nach Lavendel duftete. Therese fiel wieder auf, dass sie es mit einer ungewöhnlich schönen Frau zu tun hatte, das hatte sie selten bewusst wahrgenommen, wenn sie es mit Diakonissen zu tun hatte.

»Wie heißt der Beamte, der dich vor drei Wochen so rüde behandelt hat?«

»Er hat sich nicht vorgestellt. – Woher wissen Sie von der Geschichte?«, sagte Therese.

»Schwester Hedwig aus Düsseldorf hat mich angerufen und es mir erzählt. Hast du den Urlaubsschein bei dir? Dann gib ihn mal her, da müsste ja sein Name draufstehen.«

Therese kramte in ihrer Tasche und legte das Papier auf Elisabeths Schreibtisch. Sie vertiefte sich in den Zettel, legte ihn schließlich ratlos beiseite.

»Das ist ja nur ein Gekritzel. Da kann ich keinen Namen draus lesen. Aber das macht nichts. Ich kenne den Mann ganz gut, der im Rathaus für das Personal zuständig ist, und rufe ihn an. Ihr beiden Hübschen macht am besten einen Morgenspaziergang durch den Park. Der Regen hat aufgehört. Ich denke, dass ich in einer Stunde mehr erfahren habe. Dann kommt ihr wieder zu mir. Vielleicht erreiche ich den Mann sofort. Und später könnten wir gemeinsam essen. Was meint ihr?«

Mit einer freundlichen, aber eindeutigen Handbewegung scheuchte sie die beiden Frauen aus ihrem Büro.

»Geh du allein, mein Kind. Ich lege mich noch einen Augenblick hin, weil ich schlecht geschlafen habe. Unser Gespräch von gestern ging mir noch lange durch den Kopf. In einer Stunde treffen wir uns wieder.«

Schwester Elisabeth machte es kurz und bündig, als Therese und Waltraud wieder ihr Büro betraten und Platz genommen hatten.

»Die in der Verwaltung behandeln uns von der Diakonie ja meist wie rohe Eier und fressen uns aus der Hand, weil sie ohne uns einpacken könnten! Wer soll den Pflegedienst denn machen, und das zu den miesen Gehältern!? Dieser Typ, der dich da runtergeputzt hat, hatte ja keine Ahnung davon. Mit dem wirst du es auch nicht mehr zu tun haben. Da sitzt jetzt ein anderer Beamter, der für deine Angelegenheit zuständig ist. Mein Vertrauensmann hat lange herumgedruckst, wollte mir nicht sagen, was man mit diesem Rüpel gemacht hat und wo er geblieben ist. Die sind jetzt überall ganz vorsichtig geworden wegen der Nazis! Übermorgen sollst du in das gleiche Büro kommen und dich zurückmelden, deine Arbeit kannst du einen Tag später wieder aufnehmen, und deine Wohnung hat man nicht angerührt. Vielleicht beruhigt sich ja die Lage, und das braune Pack verschwindet schnell wieder von der Bildfläche wie ein Albtraum. Also, du kannst ganz beruhigt sein. Geh morgen ins Rathaus, um dich zurückzumelden. Dann kannst du wie bisher in deine Wohnung und deine Arbeit wieder aufnehmen. Wenn du irgendwelche Schwierigkeiten hast, ruf mich an. Hier hast du meine Nummer, für alle Fälle!«

Waltraud hatte Thereses Hand genommen und drückte sie jetzt fest. Auch sie schien erleichtert zu sein.

»Ich will es noch einmal sagen, liebe Therese, du kannst immer zu mir kommen. Für uns bist du unsere Tochter und Kind der Diakonie, der wir immer zur Seite stehen! Oder du wendest dich direkt an den Dezernenten, der für dich zuständig ist. Er heißt Doktor Schuldes und weiß jetzt von dir und deinen Sorgen. Er fragte, ob er sich bei dir wegen der Behandlung damals entschuldigen sollte. Da habe ich ihm gesagt, das sei nicht nötig; ich würde mit dir sprechen, und alles sei in Ordnung.

Wenn du morgen ins Rathaus gehst, ist er leider in einer Dienstbesprechung, er hätte dich sonst gerne kennengelernt.«

»Wie heißt der Mann, mit dem ich morgen sprechen werde?«

»Er fand so schnell den Namen nicht, er sitzt im selben Raum, wo du damals so schäbig behandelt worden bist. Er sagte, es sei ein junger Kerl, den sie von Peine übernommen haben. Der Kerl von damals wird dir hoffentlich nicht über den Weg laufen. Wenn doch, tu einfach so, als kenntest du ihn nicht. Oder zeig ihm die kalte Schulter. Es würde mich sehr wundern, wenn du das nicht könntest!«

Wieder in Groß Borstel

Als Therese ihre kleine Wohnung aufschloss, öffnete sie sofort alle Fenster, um die stickige Luft hinauszulassen. Sie lehnte sich nach draußen und genoss den frischen Wind, der vom Hafen heraufwehte. Möwen kreisten um die Dächer und schrien. Ihre beiden Topfpflanzen waren eingegangen. Nachdem sie ein bisschen Staub gewischt hatte, setzte sie sich in ihren Lieblingssessel und las ihre Arbeitsberichte der letzten Wochen durch. Sie machte sich Notizen für das Gespräch am nächsten Morgen. Niemand sollte sie unvorbereitet antreffen und ihr vielleicht Vorwürfe machen können!

Nach den Gesprächen mit der Oberin und Schwester Waltraud fühlte sie sich gestärkt für den nächsten Tag, aber gestärkt auch in ihrer Empörung!

Sie schaute auf die Armbanduhr, die ihr Kodjo beim Abschied in Baden-Baden geschenkt hatte. Es war noch Zeit, für ihren Bedarf zum Frühstück ein paar Lebensmittel einzukaufen. Sie schloss die Wohnung ab und machte sich auf den Weg; ein Laden vom »Konsum« befand sich an der nächsten Straßenecke. Hier kannte man sie. Ein kleines Brot, Margarine, Kunsthonig und Marmelade. Mehr brauchte sie nicht. Auf dem Heimweg kaufte sie spontan ein Päckchen Zigaretten, in Erinnerung an den Abend mit ihrem Bruder und seinen afrikanischen Freunden in Ronnies Lokal. Sie würde mal eine Zigarette probieren, nahm sie sich vor. Vielleicht fand sie Vergnügen daran. Den Diakonissen würde das nicht gefallen, dachte sie mit vergnügtem Lächeln ... Sie merkte, wie ihre Anspannung langsam wich und sie freier atmete. Sie würde früh schlafen gehen, um für den Besuch im Rathaus ausgeruht zu sein. Auf dem Weg zu ihrer Wohnung blieb sie vor der Auslage einer Buchhandlung stehen, die sie bisher kaum beachtet hatte. Sie überlegte. Mit den Namen der Autoren, deren Bücher sie in der Auslage sah, konnte sie nichts anfangen. Heinrich Mann, Thomas Mann, Joachim Ringelnatz, Bert Brecht, Tucholsky, Will Vesper, Hasenclever. Diese Namen hatte sie in der Bibliothek der Diakonie noch nie gelesen. Käthe Dorn, Rita von Gaudecker, Starks Gebetbuch, Schlatter, auch ein Buch von einem Dietrich Bonhoeffer war ihr einmal aufgefallen.

Ich werde mich ein bisschen mehr um die anderen, die weltlichen Autoren kümmern, nahm sie sich vor. Das hatte ihr Kodjo dringend ans Herz gelegt. Die frommen Romane von Käthe Dorn, die man ihr zu jedem Geburtstag geschenkt hatte, hatte sie gelesen, aber nicht wirklich Gefallen daran gefunden. Da wurden Menschen immer wieder aus den Tiefen der Sünde befreit zum Lichte Gottes.

Als ob die Dinge so einfach wären! Sie wandte sich ab und begab sich ein paar Häuser weiter in ihre Wohnung. Dass der Mann auf der anderen Seite der Fensterscheibe der Buchhandlung sie interessiert beobachtet hatte, war ihr entgangen.

Auf dem Amt

Der junge Beamte trug lederne Ärmelschoner, er sah ihr von seinem Schreibtisch aus freundlich, beinahe aufgekratzt, entgegen. Therese war angemeldet, hatte ihr die Oberin gesagt, und sie kam pünktlich zur Besprechung ins Rathaus.

»Franz Wittig, mein Name.« Er stand auf, schüttelte ihre Hand und zeigte auf den Stuhl, der für Besucher bereit stand. Therese hatte nicht den Eindruck, wieder einen Rüpel vor sich zu haben.

»Also, ich habe hier Ihre Akte, Frau William. Da ist ja so weit alles klar, Sie nehmen morgen Ihre Arbeit im Kinderheim ›Sonnenschein‹ in Groß Borstel wieder auf. So steht es in ihren Papieren. Ist das richtig?«

Therese nickte.

»Dann wäre nur noch zu besprechen, wie lange Sie denn noch in Deutschland bleiben wollen.«

Therese sah ihn verständnislos an. »Wie meinen Sie das?«, fragte sie.

»Nun, Sie stammen ja aus Afrika. Sieht man doch! Deshalb frage ich.«

»Haben Sie meine Ausweispapiere nicht gesehen? Ich bin Deutsche! Oder fragen Sie das alle Leute, die hierherkommen?«, sagte Therese und bemühte sich, ihre Stimme nicht allzu spitz klingen zu lassen. Der Mann sah sie verdutzt an. »Und zu besprechen gibt es noch so einiges.«

»Was denn zu besprechen?«, fragte der junge Beamte, der leicht errötet war.

»In Ihren Unterlagen steht sicher, dass man mir die Verantwortung für das Heim für Waisenkinder in Groß Borstel übertragen hat. Wir betreuen etwas mehr als sechzig Kinder und Jugendliche, mit vier Frauen und einem Hausmeister. Wir sind für alles verantwortlich, aber das geht so nicht weiter. Wir brauchen mehr pädagogisch geschultes Personal, möglichst zwei oder drei weitere Mitarbeiterinnen. Und, falls wir in Zukunft wie bisher Jungen betreuen, eine männliche ausgebildete Kraft mit Erfahrung.«

»Erziehung ist Frauensache. Wofür brauchen Sie denn noch einen Mann?«, fragte Wittig.

Therese hatte diese Frage erwartet. »Ungefähr die Hälfte der Jugendlichen bei uns im Heim sind Jungs. Sie brauchen männliche Betreuung, ausgebildete Personen, die ihnen ihren Weg zeigen in ihre Zukunft. Es ist nach unserer Erfahrung nicht gut, wenn sie nur Frauen zur Betreuung haben. Können Sie das verstehen?«

Wittig schüttelte den Kopf. »Da bin ich überfordert, gute Frau! Wo sollten wir diese Männer – mit pädagogischer Erfahrung, wie Sie sagen – denn hernehmen? Ich kann sie mir nicht aus den Rippen schneiden. Wie stellen Sie sich das vor?«

»Haben Sie eigene Kinder?«, fragte Therese.

Wittig nickte.

»Haben Sie auch einen Sohn?«

»Drei Söhne«, sagte der Mann.

»Sehen Sie: Wie würden Sie es finden, wenn Ihre Söhne nur mit ihrer Mutter oder mit Tanten aufwachsen würden? Wie sollen sie denn erfahren, wie sie mit ihren Problemen als Jungs umgehen sollen? Wie sollen sie erfahren und lernen, was einen Mann ausmacht? In einer Familie regelt das der Vater, durch sein Beispiel, als Ergänzung der Erziehung seiner Frau.« Therese machte eine Pause. »Wie sollen die Jungen, die bald Männer sein werden, erfahren, was in der Pubertät eigentlich mit ihnen passiert, wo sie mit ihren Kräften hinsollen. Sie werden frech, aufsässig, rüpelhaft – und sind zugleich unsicher und einsam. In unserem Heim ist niemand, der sie richtig führt und leitet. Das sollte ein Mann tun, der etwas von Erziehung versteht!« Sie machte eine kurze Pause, bevor sie weitersprach. »Also, das ist nicht nur meine persönliche Anregung oder meine Meinung, das ist ein offizieller Antrag an die Behörde. Eine Alternative wäre, dass wir uns in unserem Heim weiterhin nur noch um Mädchen kümmern, aber das entscheidet die Stadt, und die hat ja wohl noch nicht entschieden, wie es in Zukunft weitergehen soll! Ich bin Ihnen dankbar, wenn Sie meinen Antrag bald in die Wege leiten.«

Therese stand auf und nahm ihre Tasche. Franz Wittig war sichtlich verunsichert und stand ebenfalls auf.

»Ich weiß nicht, ob ich das durchsetzen kann, gute Frau.«

»Ich bin nicht Ihre gute Frau!«, sagte Therese. »Ich heiße Therese William! Und nicht gute Frau!«

Sie gab ihm trotzdem lächelnd die Hand und sah ihn freundlich an, so gut es ihr gelang. »Noch eine Sache, Herr Wittig. Wir brauchen im Heim dringend einen weiteren Telefonanschluss. Wenn Sie das netterweise noch notieren könnten.«

Dann drehte sie sich um und ging. Auf dem Weg die vielen Treppen hinab fühlte sie sich beschwingt, erleichtert, auch stolz.

Wie lange hatte sie diese Probleme, die sie jetzt endlich an hoffentlich richtiger Stelle vorgetragen hatte, mit sich herumgetragen; ohne den Mut zu finden oder zu wissen, mit wem sie darüber verhandeln könnte. Das waren Erkenntnisse und Fragen, die in den Gesprächen mit ihren Mitarbeiterinnen geäußert worden waren. Nun waren sie hoffentlich an der richtigen Stelle!

Dieser Franz Wittig allerdings machte nicht den Eindruck eines

Beamten, der nun tatkräftig zu Lösungen schreiten würde. Sie nahm sich vor, schon am Abend einen offiziellen Brief an die Behörden, an Wittigs Vorgesetzten, diesen Herrn Schuldes, aufzusetzen.

Sie würde nicht aufgeben!

Sie hatte bei ihrem Besuch in Stellingen überlegt, ob sie solche Themen mit den Frauen der Diakonie besprechen sollte, hatte den Gedanken aber wieder verworfen. Was wussten diese Damen schon von der Erziehung junger Männer? Vielleicht tu ich ihnen unrecht, dachte sie, vielleicht wissen sie mehr, als ich ahne.

Den Nachmittag und Abend verbrachte sie damit, Briefe zu schreiben, an die Stadtverwaltung und an Helene, ihre Pflegemutter. Es war ungewiss, wann sie sie wiedersehen würde.

Erinnerungen an wen?

Sie war erfreut und fühlte sich bestärkt, dass der Telefonanschluss bereits einige Tage nach ihrem Antrag bewilligt und wenig später installiert wurde. Sie hoffte darauf, dass bald auch neue Mitarbeiter genehmigt würden.

An den meisten Tagen arbeitete sie zwölf Stunden und sank dann todmüde ins Bett, an den Wochenenden zwei, drei Stunden weniger. In diesen Wochen dachte sie kaum an die Pläne, das Land zu verlassen. Sie hatte den Kopf dafür wegen der Überlastungen nicht frei, außerdem gab es immer wieder ermutigende Zeichen, es würde doch nicht so schlimm! wie befürchtet.

In den ersten Wochen nach ihrer Rückkehr überfielen Therese die Erinnerungen an ihre Reise. Sie hatte den Eindruck, dass während dieser knapp drei Wochen mehr und Entscheidenderes passiert war als in vielen Jahren vorher. Sie nahm sich vor zu versuchen, ein Tagebuch zu führen. Aber es erwies sich schnell, dass sie nur die Alltagsereignisse der Arbeit notierte; zu mehr fand sie nicht die richtige Stimmung. Das war, merkte sie bald, unbefriedigend und nicht das, was sie suchte. Wochenlang lag das Heft, das sie als Tagebuch benutzen wollte, auf ihrer Nachtkommode. Sie wunderte sich selbst, dass da plötzlich auf dem Deckblatt das Wort »Schokoplätzchen« stand. Sie verstand es als ein Zeichen, zunächst über ihren Pflegevater Fritz Hufnagel zu schreiben. Die Nachricht von seinem plötzlichen Tod, der Gang mit Helene an sein Grab, das bewegte sie stärker als die Gespräche mit ihrem Bruder, sogar die Nacht mit Jonathan, die Gespräche mit der Diakonie. Sie hatte den Eindruck, nur unbeholfen aufschreiben zu können, was sie mit ihm erlebt hatte und sie umtrieb.

Fritz
Da ist ein ungestörtes Vertrauen von Kindheit an. Er liebte mich und zeigte es mir. Wie er mich in Rotterdam abgeholt hat! Pures Glück! Er hat mir Sicherheit für das ganze Leben geschenkt. Wie er Helene liebte und akzeptierte, war für mich ein Wunder! Mit ihrer Frömmigkeit konnte er nichts anfangen, aber er hatte ein großes Herz. Er ging sogar mit in ihre Gemeindekreise, während sich Helene mit den Sozialdemokraten schwertat.

Hier stockte sie und kaute an ihrem Bleistift. Sie stand auf und setzte Wasser auf für einen Tee. Würde sie in gleicher Weise über ihren leiblichen Vater Najo William schreiben können? Unmöglich, sie hatte zu wenig Zeit gehabt, um ihn kennenzulernen. Er stand wie ein gewaltiger Turm vor ihrer Erinnerung und hatte für sie etwas Fremdes, sogar Gewalttätiges, was natürlich auch mit der Zeit in Rotterdam zu tun hatte.

Sie beschloss, das mühsame Geschäft, die richtigen Worte für ihre Gefühle zu finden, erst einmal abzubrechen, aber irgendwann würde sie über Helene schreiben, über Edelgard, den Fabrikanten König, ihren Bruder Kodjo, vielleicht sogar über Jonathan. Sie notierte die Namen wie Stichworte, Aufgaben für morgen, für die Zukunft.

Mit jedem Namen verband sich eine ganze Welt von Kindheit und Jugend, Glück und Trauer. Eines Tages werde ich mich solchen Erinnerungen widmen, nahm sie sich vor!

Eines Tages …

Alarm

Im Heim führte sie ein strenges Regiment und ließ Nachlässigkeiten nicht durchgehen. Unlösbare Probleme mit ihren Mitarbeiterinnen hatte sie bisher nicht gehabt. Wenn es Klagen gab, hörte sie zu, ohne die Chefin herauszukehren; im Heim herrschte ein freundliches Miteinander, auch wenn alle unter der Arbeitsbelastung litten.

Sie vergaß an diesen Tagen, dass sie sich eigentlich um die Bücher kümmern wollte, die sie so geheimnisvoll und verlockend in der Auslage der Buchhandlung sah. Jedes Mal, wenn sie am Schaufenster stehen blieb, nahm sie sich vor hineinzugehen. Aber sie schaffte es einfach nicht.

Schon im Bett, griff sie an einem Abend, weil sie keine andere Lektüre hatte, nach einem Buch von Käthe Dorn, das ihr vor Jahren Thomas Wiedemann in Kaiserswerth geschenkt hatte: »Die schönsten Hände« lautete der Titel.

Das sei für jeden eine erbauliche und nützliche Lektüre, vor allem für junge Frauen, hatte er angemerkt, und würde ihr sicher gefallen.

Bei der Erinnerung an Wiedemann lächelte sie und legte schon nach den ersten Absätzen das Buch beiseite. Sie hatte keine Freude daran. Schnell konnte jeder Leser ahnen, dass der Herr Jesus auch aus den schlimmsten Verhältnissen und Vergehen die Rettung bringen würde.

Es wird jetzt wirklich allerhöchste Zeit, dass ich mich um andere Lektüre kümmere …

Könnte ich mich doch darüber mit Jonathan beraten, dachte sie. Wo mochte er wohl inzwischen sein? Sie beschloss, ihm am nächsten Tag zu schreiben, wenn sie Zeit dafür fand. Den Brief würde sie an die Universität Köln richten.

Über ihre Gefühle für ihn war sie sich nicht klar, aber er ging ihr seit ihrer Begegnung nicht aus dem Kopf.

Der erste Mann, mit dem ich einen Abend und eine Nacht allein verbracht habe! Der erste Mann, der mich ausgesucht höflich behandelt hat, ohne durchsichtige Absichten zu zeigen, wie sie es durchaus auch erlebt hatte.

Und mit ihm hatte sich alles richtig angefühlt. Er wollte wirklich etwas über mich erfahren.

Habe ich mich damals verliebt? Bin ich noch immer in ihn verliebt?

Er verschenkte sicher keine Bücher wie die von Käthe Dorn!

Sie schaltete ihr Radio ein, um ein bisschen Musik zu hören oder die Nachrichten. Das tat sie oft vor dem Schlafengehen. Wagners Musik mochte sie nicht, wohl aber Beethoven und Mozart. Viel mehr kannte sie nicht, aber seit dem Konzert ihres Bruders vor ein paar Jahren Johannes Brahms. Sie hatte immer noch eine Menge nachzuholen, dachte sie.

Von dem denkwürdigen Konzert hatte sie damals Schwester Waltraud erzählt, und die Freundin hatte ihr an ihrem letzten Abend mit schon brüchiger Stimme ein Lied vorgesungen, das sie bisher nicht kannte.

Guten Abend
Gut´ Nacht
Mit Rosen bedacht …

Das sei von diesem Johannes Brahms, hatte sie gesagt. Therese war erleichtert, dass dieser Komponist nicht nur anspruchsvolle schwerblütige Stücke komponiert hatte, die einen so gewaltig forderten.

Jetzt kamen die Nachrichten. Therese setzte sich spontan in ihrem Bett auf.

Die Stimme des Sprechers verkündete, Adolf Hitler sei zum Kanzler des Deutschen Reiches ernannt worden.

Sie schaltete das Gerät aus und saß sicher eine Viertelstunde wie versteinert auf ihrem Bett. Dann stand sie auf, zog sich an und ging zurück in die Verwaltungsräume des Heims, um zu telefonieren. Sie meldete ein Gespräch mit dem Hotel an, in dem Kodjo abends spielte. Sie wartete einige Minuten, dann hatte sie die Verbindung. Sie bat die Rezeption des Hotels, ihrem Bruder auszurichten, er möge in der Pause bei ihr im Heim anrufen. Er meldete sich schon wenige Minuten später.

»Ist was Schlimmes passiert?«, wollte er wissen.

»Nein, nein, hier ist alles so weit in Ordnung. Mir geht es gut. Hast du heute Abend die Nachrichten gehört? Nein? Halte dich fest: Dieser Hitler ist Reichskanzler geworden.«

»Deshalb rufst du mich an?«, fragte er gedehnt.

»Erinnere dich, was wir besprochen haben, als ich dich besucht habe! Was sollen wir machen, Kodjo?«

»Nun bleib mal ganz ruhig, liebe Schwester! Der kann doch nicht machen, was er und seine Nazi-Horden wollen! Und im Parlament sitzen gute Leute, die aufpassen, dass er nicht durchdreht.«

»Habe ich dir von dem Schild erzählt, in der Eisenbahn von Düsseldorf nach Elberfeld? ›Für Juden, Neger und Hunde verboten!‹ Und von diesem Nazi-Typen in der Verwaltung?!«

»Du hattest Sorge um deine Arbeit. Das verstehe ich ja. Gibt es jetzt wieder neue Probleme?«

»Das ist erst einmal alles in Ordnung.«

»Na, siehst du! Lass uns abwarten, wie sich die Dinge entwickeln. Anrufen kannst du mich immer!«

Was hatte Therese vom Gespräch mit ihrem Bruder erwartet? Sie wusste es selber nicht genau. Vielleicht Beruhigung, Trost? Es war so gut, einen Bruder zu haben, mit dem sie sprechen konnte. Das Telefonat würde teuer sein, aber sie bereute nicht, Kodjo angerufen zu haben.

Wenn sie mit ihm gesprochen hatte, ging es ihr einfach besser!

Sie kehrte in ihre Wohnung zurück und setzte sich auf ihr Bett. Ihr Bruder hatte die Sache mit den Nazis heruntergespielt. Sie wäre gern bereit, einfach abzuwarten. Aber sie war verunsichert. Was sollte sie tun? Sie setzte sich noch einmal an ihren Küchentisch und schrieb einen Brief an Jonathan.

Auf ihre Briefe hatte er nicht reagiert. Hatte er sie überhaupt bekommen? Sollte sie bei der Universität in Köln anrufen? Das kam ihr kindisch vor! In welchem Licht würde er sie sehen, wenn sie ihn mit Anrufen belästigte?

Sie zerriss den Brief, den sie gerade begonnen hatte, und beschloss, bei nächster Gelegenheit mit der Oberin vom Mutterhaus über ihre Zukunft zu sprechen.

Als sie am nächsten Morgen um sechs Uhr – es war noch dunkel, und es lag eine leichte Schicht Schnee auf der Straße – die Haustür hinter sich schloss, die wenigen Schritte bis zum Heim gehen wollte, hörte sie ungewöhnlichen Lärm, nur fünfzig Meter von ihrer Haustür entfernt. Sie sah im Dämmerlicht einen Trupp offensichtlich betrunkener SA-Männer, die die Scheibe der Buchhandlung bemalten. Sie trat näher, um zu sehen, was da passierte. Sie war wenig überrascht, als sie erkannte, was die Männer machten.

JUDE! hatten sie mit weißer Farbe an die Scheibe geschrieben.

Die SA-Männer hatten sie nicht bemerkt. Würde man sie sonst beleidigen, sie beschimpfen, wenn sie sie sehen würden? Plötzlich fühlte sie sich solidarisch mit dem alten Herrn, den sie schon häufig hinter der Theke der Buchhandlung gesehen hatte.

Sie nahm sich vor, den Laden in der Mittagspause aufzusuchen, endlich etwas zu kaufen, wie sie es sich schon so oft vorgenommen hatte.

Was hatte der Mann verbrochen, dass man seine Scheiben beschmierte? Über Judentum hatte sie bisher nicht nachgedacht, weil sie keine Juden kannte. Oder kannte sie welche, ohne es zu wissen? Sie würde man als Schwarze immer sofort erkennen! Konnte man als Jude einfach untertauchen, sich unsichtbar machen, ohne dass es jemand bemerkte? Wie erkannte man eine Jüdin oder einen Juden?

Würden ihre Kolleginnen sie ab heute anders behandeln, sie vielleicht Negerin nennen? Das war bisher selten vorgekommen!

Sie öffnete die Tür zum Heim, um als Erstes mit der Nachtwache zu sprechen. Das war an jedem Morgen ihre erste Arbeit.

Gab es besondere Vorkommnisse? Krankheiten, für die man einen Arzt rufen musste? Auffälligkeiten bei den Jugendlichen? Streitereien? Oder war alles ruhig geblieben?

Therese führte über jede Kleinigkeit, die passiert war, Buch und schrieb alles in eine dickleibige Kladde. Auf diese Weise begleitete sie jedes Kind durch die Zeit, ohne zu wissen, ob und wann sie oder andere Mitarbeiterinnen das einmal würden gebrauchen können.

Im Gespräch an diesem Tag machte nur ein junges Mädchen, das zur Ausbildung bei ihnen war, die Bemerkung, jetzt sei dieser Hitler an der Macht. Ohne es weiter zu kommentieren.

Therese ging kommentarlos zu anderen Themen der Arbeit über. Der Speiseplan für den Tag, Anweisungen an das Küchenpersonal, Begleitung der Erstklässler zur Schule, die ganz in der Nähe war, gab es Probleme, die mit den Lehrern besprochen werden sollten?

Keine Besonderheiten an diesem Tag. Sie ließ es sich nicht anmerken, dass sie durch die politischen Ereignisse und durch das Telefonat mit ihrem Bruder im Innersten aufgewühlt war. Zugleich war da eine nervöse Gewissheit, das Leben würde bald von ihr Entscheidungen verlangen.

Als sich die kleine Versammlung auflöste, sagte sie den Mitarbeiterinnen, in der Mittagszeit sei sie für eine halbe Stunde nicht im Hause. Simona möge auf das Telefon achten, das in ihrem Büro stand.

In der Buchhandlung

Um zwölf Uhr zog sie sich den Mantel an und ging vor die Tür, um die Buchhandlung aufzusuchen. Es hatte nicht wieder geschneit, auf dem Weg lag schmutziger Schneematsch, die Möwen flogen niedrig und setzten sich auf die Abfallkörbe, um sie nach Essensresten zu durchwühlen.

Einen Moment lang dachte sie: Ob der alte Herr in der Buchhandlung es als Provokation empfindet, wenn eine Schwarze in sein Geschäft kommt? Sie wischte den Gedanken beiseite. Ich fange schon an, Gespenster zu sehen!

An der Fensterscheibe der Buchhandlung sah man noch verwischte Spuren der Farbe, aber der Schriftzug war abgewaschen. Therese blieb vor der Auslage stehen und blickte verstohlen in den Laden. Keine Kundschaft, aber das war vielleicht normal an einem kalten Januarmittag.

Würden die Bürger dieses Stadtteils sich vom Kauf abschrecken lassen, weil hier ein Jude sein Geschäft hatte? Wie viele hatten den Schriftzug JUDE gesehen? Sprach sich das herum? Vielleicht waren die SA-Leute schnell weitergezogen, und der Buchhändler hatte die Spuren verwischt, bevor die Nachbarn sie sahen?

Als sie die Ladentür öffnete, hörte sie das leichte Klingeln der Türglocke.

Sie hatte sich nicht überlegt, was sie sagen würde, wenn man sie nach ihren Wünschen fragte.

Ein alter Herr kam aus den hinteren Räumen und stellte sich hinter die Theke, beide Hände aufgestützt. Er sah Therese freundlich entgegen.

»Kann ich Ihnen helfen?«, fragte er.

Therese war verlegen.

»Ja, es wäre nett, wenn Sie mich beraten könnten. Ich habe da neulich in der Auslage ein Buch gesehen, das mich interessiert. ›Im Westen nichts Neues‹ oder so ähnlich. Den Namen des Autors habe ich mir nicht gemerkt.«

Der Alte lächelte. Mit wenigen Schritten war er an einem Regal und zog das Buch hervor.

»Das haben wir mehrfach da, gnädige Frau. Dafür muss ich nicht ins Fenster klettern. In dem Buch geht es um den Weltkrieg, aber das wissen Sie sicher.«

Therese wollte ihre Ahnungslosigkeit nicht zeigen. Remarque, las sie. War das vielleicht ein Franzose? Sie nahm das Buch in die Hand.

»Ist der Autor Franzose?«

»Könnte man annehmen! Aber der ist so deutsch, wie man nur deutsch sein kann. Remarque ist sein Künstlername, Kramer von hinten gelesen und leicht verändert«, antwortete der Buchhändler.

»Das nehme ich«, sagte sie, und nach einem gespielten Zögern, so als ginge es um eine Nebensächlichkeit. »Heute ganz früh hat man Ihre Fensterscheibe beschmiert. Ich habe das mitbekommen, weil ich gleich da drüben im Kinderheim arbeite.«

Der alte Herr stand wieder an seinem Platz hinter der Theke. Er kaute an seinen Lippen, als würde er über die Antwort nachdenken müssen.

»Das waren irgendwelche Schmierfinken, so etwas kommt schon mal vor. Mit ein bisschen Wasser habe ich das weggemacht.«

»Es waren SA-Leute. Ich habe sie an den braunen Uniformen erkannt«, sagte sie. »Haben Sie gestern keine Nachrichten gehört?«

Der Mann schwieg. Erst nach einer Weile, während er an einem Stück Einpackpapier herumfummelte, nickte er:

»Ich weiß, was Sie meinen.«

Therese wollte nicht einfach zahlen und gehen. Sie meinte, dem Mann auf eine rätselhafte Weise etwas schuldig zu sein. Eine Freundlichkeit vielleicht, einen Zuspruch, eine Ermutigung. Wäre sie, eine Schwarze, die Richtige, einem Juden eine Ermutigung zu geben?

»Ich werde jetzt häufiger bei Ihnen kaufen, sobald die Stadt das Geld bewilligt hat. Wir brauchen für unser Heim Kinderbücher. Ich sehe, Sie haben ja eine eigene Abteilung für Kinderbücher.«

Der Mann nickte und lächelte. »Das würde mich freuen«, sagte er und schlug ein Blatt Papier um Thereses Buch. »Sie kommen aus Afrika?« Sie war dankbar, dass er ihr ein Stichwort gab, von sich zu sprechen.

»Meine Eltern kamen aus Afrika, aus Togo. Sie sind jetzt irgendwo in Russland. Wenn sie noch leben. Wir haben keine Nachricht von ihnen. Da ist ja so viel passiert, der Weltkrieg und dann die Kommunisten. Ich bin in Deutschland geboren und bin Deutsche.«

»Vielleicht geht alles gut!«, sagte der Mann. »Ich heiße Walter Rosenbaum. Hier haben Sie meine Karte. Und Ihr werter Name?«

»Therese William. Danke, wir sehen uns bald wieder. Vielleicht geht wirklich alles gut, Herr Rosenbaum.«

Sie steckte die Visitenkarte ein. Dann gaben sie sich die Hand wie alte Freunde.

Auf dem kurzen Weg zu ihrer Arbeitsstelle überlegte sie, wer von ihren Mitarbeiterinnen, sollte sie selbst bald ausscheiden, für die Übergangszeit ihre Stelle einnehmen könnte.

Simona vielleicht, die vor einigen Jahren aus Lettland gekommen war? Sie war schon in Hamburg ausgebildet worden und eine gute Pädagogin. Aber sie war schweigsam, schüchtern und vielleicht nicht so durchsetzungsfähig, wie die Stelle das verlangte.

Dann war da Susanne aus dem Rheinland, mit ihrem fröhlichen Gemüt, immer positiv eingestellt. Sie machte handfeste Vorschläge, wenn es darum ging, Probleme zu lösen. Sie hatte aber keinerlei pädagogische Erfahrung, keine Ausbildung; sie machte ihre Arbeit so, wie sie dachte, es sei angemessen. Ein Naturtalent als Erzieherin.

Dann Renate, die von allen Rennie gerufen wurde. Therese hatte lange überlegt, sie in der Küche einzusetzen, weil sie dazu neigte, an die Kinder Ohrfeigen zu verteilen, wenn ein besänftigendes Gespräch besser gewesen wäre. Von ihr konnte man nicht allzu viel erwarten.

Schließlich gab es da noch Marie. Sie war kaum 20 Jahre alt, also zu jung für eine leitende Stelle. Sie war klug, aber ihr fehlte die Lebenserfahrung.

Therese hatte sich ihre Mitarbeiterinnen nicht aussuchen können; sie waren ihr von der Stadt zugewiesen worden. Es war nicht immer einfach gewesen, mit allen klarzukommen und zu einer Arbeitsgemeinschaft zu formen. Denn in erster Linie ging es ihr ja um die Entwicklung und Betreuung der ihnen anvertrauten Kinder! Dieses Ziel musste sie freundlich, aber eindringlich vertreten.

Eigentlich geht es mich nichts an, wer nach mir den Laden schmeißen wird, dachte sie erbost! Sie stand schon vor dem Eingang, blieb stehen, und es war Wut, die sie plötzlich erfasste: Verdammt, ich habe in all den Jahren mein Bestes gegeben! Wenn dieses Land mich nicht will, dann gehe ich! Was gehen mich ihre Kinder an?

Ihre Wut hatte nichts Befreiendes! Im Gegenteil, Trauer legte sich auf ihr Gemüt.

Ich kann nicht fröhlich in meine Zukunft blicken, dachte sie und nahm sich vor, so bald wie möglich mit jemandem über ihre Lage zu sprechen. Mit wem? Sie dachte an Jonathan. Sollte sie doch noch einmal versuchen, ihn zu erreichen?

Ich habe nicht viele vertraute Freunde außerhalb der Diakonie, dachte sie. Darum habe ich mich zu wenig in den Jahren gekümmert. Sie hatte einfach keine Zeit gehabt, mehr nach draußen zu gehen. Nette Leute einzuladen oder von ihnen eingeladen zu werden.

Wie viele vertraute Freunde sollte ein Mensch haben?

Sie blickte noch einmal kurz in den trüben grauen Himmel, wo die Möwen kreisten, öffnete entschlossen die Eingangstür, hängte den Mantel an den Haken in ihrem Büro und wandte sich der Post zu, die wie an jedem Tag mittags auf ihrem Schreibtisch lag.

Meistens handelte es sich um Rechnungen, Benachrichtigungen der Stadtwerke oder Briefe von fernen Verwandten ihrer anempfohlenen Kinder.

Doch da war er, ein Brief mit französischen Marken. Von Jonathan Camara. Sie legte ihn mit Herzklopfen beiseite. Endlich hatte er geschrieben, nach so langer Zeit! Und dann war ein Brief von einem Ronald Beti gekommen. Sie erinnerte sich nicht, wer das sein könnte! Beide Umschläge steckte sie in ihre Handtasche, um sie zu Hause zu lesen.

Sie freute sich auf den Abend, würde heute vielleicht früher Schluss machen. Dann tauchte sie wieder ein in den hektischen Arbeitstag. Sie hatten einfach zu wenig Personal, und eine Entscheidung der Stadtverwaltung stand immer noch aus.

Briefe

Es war dann doch schon weit nach 22 Uhr, als sie sich in ihrer Wohnung einen Tee aufgoss und die beiden Briefe hervorholte. Sie las zuerst das Schreiben von Ronald, inzwischen war ihr eingefallen, wer sich hinter dem Namen Beti verbergen könnte; bisher hatte man in ihrer Gegenwart nur seinen Vornamen benutzt. Ronald war Ronnie, einer von Kodjos Freunden; sie erinnerte sich an ihre erste Begegnung. Und dass er ihr vor einem Jahr schüchtern einen überraschenden Antrag gemacht hatte.

München, Januar 1933

Liebe Therese,
hoffentlich erreicht Dich dieser Brief wohlbehalten und bei guter Gesundheit. Ich denke gern an unsere letzte Zusammenkunft und die freundliche Art, mit der Du mich behandelt hast. Ich bin in München und reise morgen nach Frankreich, um meine Papiere und Geldangelegenheiten in Ordnung zu bringen. Dann von Marseille aus nach Kamerun.
Auf der Fahrt nach Süden habe ich Deinen Bruder Kodjo besucht. Der Ärmste hofft immer noch auf bessere Zeiten, ich nicht mehr! Aber ich habe alles versucht, ihn nicht zu entmutigen. Es war schön, mit ihm einen Tag zu verbringen und abends seinem Spiel zu lauschen. Er hat mir auch von Dir erzählt. Er hat von mir alle Vollmachten, falls Ihr Euch entschließt zu rei-

sen. Du weißt schon, falls Ihr Geld brauchen solltet. Daran soll es auf keinen Fall scheitern.
Ich hoffe, Du nimmst mir meinen etwas hilflosen Antrag nicht übel, den ich Dir in Hamburg gemacht habe.
Herzliche Grüße in der Hoffnung auf ein Wiedersehen.
Ronnie

Sie legte den Brief beiseite. Ronnie war eine gute Seele. Und vielleicht war er doch ein bisschen verliebt in sie? Sie lächelte bei dem Gedanken. Ronnies Worte hatten sich in Hamburg pragmatisch, geradezu sachlich angehört, aber Therese hatte doch gespürt, dass da ein bisschen mehr war, als er ihr so schüchtern den Antrag machte.

»Wir können uns in Kamerun ja wieder scheiden lassen«, hatte er gesagt, um sie nicht zu beunruhigen und allem einen sachlichen Anstrich zu geben.

Dann öffnete sie den Brief von Jonathan, sie hatte ihn sich bis zum Schluss aufgehoben.

Paris, Januar 1933

Meine Liebste,
einen herzlichen Gruß aus Paris, wo ich jetzt lebe, um vielleicht bald nach Togo zu reisen. Den genauen Termin kenne ich noch nicht; das entscheiden andere. Man hat mich in eine Kommission gewählt, die mit den Franzosen verhandeln soll; es geht um die Zukunft des Landes, wie Du Dir denken kannst. Es wird schwierig, weil sich Frankreich darauf einrichtet, dass in Deutschland jetzt ein Diktator herrschen wird, und sie von Hitler und seinen Leuten nichts Gutes erwarten. Also finden sie alle möglichen Gründe, uns die Selbstständigkeit als Nation zu verweigern.

Aus Köln hat man mir nach einigen Wochen Deine Briefe nach Paris geschickt, ich habe mich sehr gefreut. Unser gemeinsamer Abend ist bei mir unvergessen, und ich bedaure immer noch, dass wir uns nicht wiedersehen konnten.

Eine Adresse in Togo habe ich noch nicht. Falls Du Deutschland verlassen willst, treffen wir uns sicher irgendwo in der Heimat.

Das überlassen wir am besten dem Schicksal. Oder noch besser: unserer Zuneigung. Daran sollst Du keinen Zweifel haben, liebe Therese.

Herzliche Grüße

Dein Jonathan

Ein wenig enttäuscht legte sie den Brief zur Seite und löschte das Licht. Was hatte sie eigentlich erwartet? Liebeserklärungen? Sehnsuchtsvolles Gestammel, die Bitte, sofort zu ihm zu kommen?

Sie lag noch eine Stunde wach. Wie lange kann man es aushalten, zwischen Ängsten, Befürchtungen und Hoffnungen hin und her zu pendeln? Sie dachte, stärker als an alles andere, an den Buchhändler Rosenbaum. Fühlte sie Verantwortung für ihn, einen fremden Mann?

Für ihn war die Lage sicher bedrohlicher, weil jeder in Deutschland den Hass des Führers auf die Juden und die Drohungen gegen sie kannte. Dieser Hitler hatte bisher über Schwarze, Neger oder Afrikaner nie freundlich gesprochen, sie eher als eine Bedrohung für die germanische Rasse dargestellt, aber ihnen nie gedroht, sie umzubringen, wie den Juden! Sie schämte sich sofort, dass sie darin ein beruhigendes Zeichen sah.

Man muss sich anständig verhalten. Das hatte mit Helenes Frömmigkeit oder den politischen Überzeugungen von Fritz wenig zu tun! Anständigkeit ist kein Erbe Afrikas oder Europas, das ist den Menschen mitgegeben! Eine Selbstverständlichkeit für das Zusammenleben!

Eines stellte Therese an diesem Abend trotzig fest: Es war ihr nicht gleichgültig, dass gegen Juden gehetzt und sie ganz offen bedroht wurden!

Sie beschloss, bis auf Weiteres ihre Arbeit zu machen und sich nicht allzu sehr verunsichern zu lassen.

Ermutigende Zeichen

Die ersten Zeichen der neuen Zeit waren erst mal nicht so beunruhigend. Der Kauf von Kinderbüchern wurde von der Stadt genehmigt, in einer Höhe, die Therese nicht erwartet hatte. Sie lief in einer Mittagspause zur Buchhandlung und bat Herrn Rosenbaum, für die verschiedenen Altersgruppen Listen mit Vorschlägen zu erstellen. Sie würde dann selbst entscheiden können, welche Titel angeschafft wurden; man hatte ihr weder zu den Titeln noch Autoren Vorschriften gemacht. Da sie keine Ahnung von Kinderbüchern hatte, beschloss sie, dem Buchhändler zu vertrauen!

Eine neue Mitarbeiterin würde sich bald melden, den Namen hatte man ihr schon genannt. Eine Woche später stellte sich diese junge Dame vor, die auf Therese einen ordentlichen Eindruck machte. Als sie die Personalpapiere durchsah, stellte sie fest, dass diese Edelgard Küsters eine Ausbildung als Pflegerin im Diakonischen Werk absolviert hatte und Untergauleiterin des Bundes deutscher Mädchen war. Therese las darüber hinweg, das musste nicht unbedingt etwas bedeuten. Schon am Tag darauf meldete sich eine weitere junge Frau, man habe sie von der Stadtverwaltung geschickt, hier solle eine Stelle als Kindergärtnerin neu besetzt werden. Sie hieß Anneliese Niebuhr und stammte von einem Bauernhof im Wendland, südlich von Lüneburg.

So willkommen die beiden Neuzugänge auch waren, brachten sie zunächst Unruhe und Unsicherheit in den Tagesablauf. Simona bewährte sich, als es darum ging, die beiden neuen jungen Frauen einzuarbeiten.

Therese entschied, einen bisher für Putzgeräte genutzten Raum für die Bibliothek einzurichten. Man würde Regale anschaffen müssen. Als Rosenbaum mit einem Mitarbeiter – sie stapften jetzt durch hohen Schnee – die erste Lieferung brachte, bat sie den alten Herrn in ihr Büro.

»Ich bin nicht sehr erfahren im Umgang mit Büchern. Sie stehen jetzt da. Und was jetzt?«

Der alte Herr lächelte. »Machen Sie es wie in einer richtigen Leihbücherei. In jedes Buch gehört eine Laufkarte, da sollte notiert werden, wie oft ein Buch von den Kindern – und von welchem Kind – ausgeliehen wurde. Dann haben Sie eine Kontrolle, auch für die Gespräche mit den Kindern, um zu erfahren, was bei ihnen hängen geblieben ist. Darüber mit den Kindern zu sprechen ist unglaublich wichtig und schön.«

Therese sah ihn verständnislos an.

»Ich habe Ihnen mal ein Muster einer solchen Laufkarte mitgebracht, morgen oder übermorgen bekommen Sie von uns 300 Stück davon. Die kleben Sie dann in jedes Buch.« Er legte eine Karte auf Thereses Schreibtisch. »Wenn das Ganze mal ins Laufen gekommen ist, könnten Sie einmal in der Woche eine Gesprächsrunde einführen, damit die Kinder von ihrer Lektüre erzählen. Das wird ihnen Freude machen, glauben Sie mir.«

Das Gespräch mit dem Buchhändler wurde immer wieder unterbrochen, und so verabschiedete sich der alte Herr bald, er würde morgen den Rest der Bücher bringen, dann könnte er alles noch einmal erklären.

Therese fühlte sich nicht zum ersten Mal überfordert: von der neuen Bibliothek, den neuen Mitarbeiterinnen. Und bald kam man vielleicht auch ihrem Wunsch nach, eine männliche Hilfskraft zu schicken. Würde sich ein Mann einfügen in die Gruppe der Mitarbeiter, die bisher so gut funktioniert hatte?

Diese Veränderung kam schneller als erwartet.

Der neue Chef

Dann stand ohne Voranmeldung ein Mann in der Tür. Er kam in Zivil, mit dem Parteiabzeichen der NSDAP am Revers.

So als würde er sich hier auskennen, kam er sogleich in Thereses Büro, grüßte knapp und stellte sich kurz vor; »Gerlach mein Name!«, um dann fortzufahren:

»Es tut mir leid, dass ich Sie hier vertreibe, Frau William. Aber unsere neue Regierung legt großen Wert auf die richtige nationale Erziehung der deutschen Jugend. Dafür haben Sie sicher Verständnis. Bis auf Weiteres bekommen Sie Ihr Gehalt in der bisherigen Höhe, Ihr Büro allerdings brauche ich.«

Therese war wie vor den Kopf geschlagen. So einfach hatte man sie von einem Moment zum anderen entmachtet, degradiert. Die endgültige Abschiebung würde wohl nicht lange auf sich warten lassen.

»Hat es damit zu tun, dass ich eine Schwarze bin?«, fragte sie.

Der Mann antwortete verlegen: »Das kann ich nicht sagen, Frau William. Man sagte mir, Sie hätten bisher ganz gut gearbeitet, sogar freiwillig auf Urlaub verzichtet. Ich denke, hier geht es nicht um Rasse, sondern um Erziehungsfragen, vor allem der Jungen!«

»Darf ich das Telefon noch benutzen?«

Der Mann zögerte. »Telefonieren Sie!« Dann drehte er sich um. »Wo sind denn hier die Toiletten?«

Therese zeigte auf den Flur. »Zweite Tür links.« Dann griff sie zum Hörer und rief die Buchhandlung an. Rosenbaum war gleich am Apparat.

»Hier Therese William. Haben Sie heute nach 19 Uhr eine halbe Stunde Zeit für mich?«

»Gern, kommen Sie vorbei. Ich warte auf Sie.«

Sie stand wie benommen vor ihrem Schreibtisch. Was sollte sie mit den dienstlichen Unterlagen machen? Ausräumen? So etwas hatte sie noch nicht erlebt. Zugleich mit dem Gefühl von tiefer Kränkung, das sie überflutete, wuchsen Wut und Trotz.

»Nehmen Sie nur Ihre persönlichen Sachen mit, bitte! Alles andere gehört zu meiner neuen Stelle. Ich finde mich da schon zurecht. Wenn ich Fragen habe, stehen Sie ja zur Verfügung.« Breitbeinig stand der Mann in der Tür. »Veranlassen Sie bitte, dass alle Mitarbeiterinnen von der Veränderung erfahren. Dann sollen sie sich in alphabetischer Reihenfolge hier im Büro vorstellen, damit ich sie kennenlernen kann. Bitte erst ab vierzehn Uhr, vorher will ich hier Ihre Unterlagen in Augenschein nehmen. Haben Sie mich verstanden?«

»Das kommt alles sehr überraschend für mich«, sagte Therese.

»Man hat Sie nicht informiert? Das wusste ich nicht. Tut mir leid!«

Therese bekam nicht mit, was der neue Chef ihren Mitarbeiterinnen zu sagen hatte. Sie saß wie eine Heimatlose im Raum der neuen Bibliothek vor halb gefüllten Regalen und wusste nicht so recht, was sie tun sollte. Sich um den Mittagstisch kümmern? Um die Aufteilung der Arbeiten? Besprechung von Problemfällen? In der Küche ihre Hilfe anbieten?

Das meiste wäre nicht mehr ihre Aufgabe. Der neue Mann hatte sie nicht einmal um ein Gespräch zur Situation des Heims oder über ihre künftigen Aufgaben gebeten, schon gar nicht darüber gesprochen, was von ihr erwartet und wie und ob sie weiter beschäftigt würde. Er hatte sich einfach in ihrem Büro breitgemacht und sie vertrieben.

Wie eine lästige Fliege!

Sie blätterte in den Büchern, die immer noch darauf warteten, dass jemand die Laufzettel einklebte. Sie nahm ein Buch von Erich Kästner in die Hand und las die ersten Zeilen, ohne wirklich das Gedruckte aufzunehmen. Sie versuchte, sich zur Ordnung zu rufen! Du bist doch keine Anfängerin mehr! Warum war man nicht zufrieden mit ihrer Arbeit und hatte sie degradiert?

Ihre Vorstellung von der Welt war größer und weiter geworden, seit sie »Im Westen nichts Neues« und etliche andere Bücher gelesen hatte. Sie würde noch mehr lesen, Neugierde und die Sehnsucht nach Geschichten hatten sie befallen. Ich habe viel nachzuholen, dachte sie und redete sich Mut zu.

Das Buch von Kästner mit dem Titel »Gesang zwischen den Stühlen« steckte sie heimlich in ihre Tasche, um es am Abend zu lesen. Das würde niemandem auffallen …

Könnte sie doch nur ihren Pflegevater Fritz anrufen! Telefonieren vom Kinderheim aus wäre ab sofort schwierig. Plötzlich, wie eine Reaktion auf ihre gegenwärtigen Sorgen, stand die anheimelnde kleinbürgerliche Welt ihrer Kindheit in Elberfeld vor ihr. Diese Welt war für sie immer ein Schutz und hatte ihr Sicherheit gegeben. Sogar die Nachbarn Rose gehörten dazu – oder auf seine Art der gütige Fabrikant König. Sie waren aufrechte Menschen mit einem Sinn für Würde und Anstand. Etwas von dieser Würde hatte sie auch in dem Roman von diesem Remarque wiedergefunden; eine solche Haltung war nicht gebunden an eine kleine oder große, reiche oder arme, gebildete oder ungebildete Welt!

Der Gedanke tröstete sie.

Nachdenken in der Buchhandlung

Sie machte pünktlich Feierabend. Vor dem Raum, wo Gerlach saß, ihrem alten Büro, blieb sie stehen. Die Tür stand offen. Er hatte seine Jacke ausgezogen und saß in Hemdsärmeln an ihrem Schreibtisch, vor sich eine Menge Papiere und Thereses Arbeits-Tagebuch. Da er nicht von seiner Beschäftigung aufsah, verließ sie das Haus, ohne sich zu verabschieden.

Vielleicht hat er mich gar nicht wahrgenommen!

Sie ging die zweihundert Meter bis zur Buchhandlung. Die Tür war geschlossen. Als sie klopfte, kam Herr Rosenbaum aus den hinteren Räumen und öffnete.

»Ich hoffe, Sie sind mit den Lieferungen zufrieden«, begann er geschäftig, schloss hinter ihr die Ladentür und bat sie in sein Büro.

Therese antwortete nicht und setzte sich dem Mann gegenüber.

»Darf ich gleich einmal von hier aus telefonieren?«, begann sie. Sie wollte ihren Bruder anrufen und ihm die neuen Entwicklungen mitteilen. Aber wichtiger war ihr das Gespräch mit Herrn Rosenbaum. Der Buchhändler nickte.

»So oft Sie wollen«, sagte er. Er spürte wohl, dass diese Frau unter Spannung stand und nicht nur wegen eines Telefonats zu ihm gekommen war. Sie griff auch nicht gleich nach dem schwarzen Hörer, hielt ihre Hände im Schoß gefaltet und schwieg. Er ließ ihr Zeit, einen Anfang zu finden.

»Ich werde gleich mit meinem Bruder in Baden-Baden telefonieren. Vom Büro aus ist das jetzt schwierig.«

Sie gab keine weitere Erklärung, der Buchhändler guckte sie geduldig an.

»Warum ist das jetzt schwierig?«, fragte er vorsichtig.

»Seit heute Mittag gibt es einen neuen Chef. Das ist ein Lehrer aus Lüneburg, ein Parteimitglied. Man hat mich darüber nicht informiert.«

Sie schwiegen einige Minuten beide.

»Hat man Sie entlassen?«, fragte er.

»Nein, aber ich vermute, das wird nicht lange auf sich warten lassen.«

»Das ist alles sehr schlimm«, sagte Rosenbaum. »Werden Sie kündigen, also von allein gehen, bevor man Sie rausschmeißt?«

»Darüber will ich mit meinem Bruder in Baden-Baden sprechen, deshalb will ich ihn anrufen.«

»Sie können bei mir immer telefonieren, Frau Therese! Das sollen Sie wissen!« Und nach einer Pause. »Es scheint doch nicht alles gut zu gehen.«

»Nein, es geht nicht gut.«

Sie griff nach dem Hörer und drehte die Scheibe, um eine Verbindung anzumelden. Die Nummer des Hotels hatte sie im Kopf.

Während sie ungeduldig auf die Verbindung mit ihrem Bruder wartete, ging der Buchhändler, so als hätte er Wichtiges zu tun, in den Laden. Er wollte nicht stören; das war Therese klar, und sie war dankbar dafür.

Hätte er ihr während des Gesprächs gegenübergesessen, hätte sie das aber auch nicht gestört. Zu diesem Menschen hatte sie Vertrauen!

Rosenbaum schien im Laden eine Menge zu tun zu haben, denn er tauchte in seinem Büro erst wieder auf, als das Telefonat beendet war. Kodjo war schon nach einer Viertelstunde in der Leitung.

»Gibt es was Besonderes, liebe Schwester?«

»Ich bin im Heim nicht mehr die Chefin. Da sitzt jetzt ein Mann der Nazi-Partei.«

»Hat man dir gekündigt?«, wollte er wissen.

»Noch nicht. Auch mein Gehalt ist, wie der Neue sagte, bis auf Weiteres das gleiche.«

»Mach dir nichts vor, Therese. Sie machen so etwas schrittweise. Die Kündigung kommt bestimmt. Da bin ich sicher! Und vorher kannst du noch eine Menge Demütigungen erwarten.«

»Was soll ich machen, Kodjo?«

»Man merkt die neue Zeit, wie sie es nennen, ja überall! Auch hier! Einige Hotelgäste haben sich beschwert, dass ein Neger beschäftigt wird und häufig Negermusik spielt, wie sie den Jazz nennen. Hör mal zu: Wir machen uns gemeinsam auf die Socken und gehen nach Togo. Da haben wir noch Familie, die kann uns den Start erleichtern. Und wir haben ja noch Ronnie. Wie viel Geld hast du?«

»Nicht viel, vielleicht zweihundert Reichsmark.«

»Das reicht nicht für die Überfahrt. Ich habe auch etwas zurückgelegt, ich werde Ronnie schreiben, der ist ja noch in Paris. Am besten, du wartest noch dein Gehalt zum Monatsende ab. Du hast da doch auch Leute in der Diakonie, die früher in Togo eine Einrichtung hatten und von den Franzosen rausgeschmissen worden sind. Sie sollen versuchen, für dich die Weichen zu stellen, damit du da vielleicht arbeiten kannst. Daran müssten sie doch ein Interesse haben, oder?«

»Ich werde mit ihnen sprechen, gleich am nächsten Wochenende. Vielleicht können sie uns helfen, in Togo Fuß zu fassen. Aber was wird da aus dir? Männliche Diakonissen gibt es nicht!«

Sie lachten beide über ihren Scherz.

»Keine Ahnung, ob man in Togo Musiker braucht. Das ist jetzt nicht so wichtig. Entscheidend ist, dass du irgendwo unterkommst. Kennst du vielleicht Leute in Togo?«

»Nur Jonathan Camara, der ist politisch tätig. Den habe ich in Kaiserswerth kennengelernt. Da hat er wissenschaftlich gearbeitet.«

»Hast du seine Adresse? Vielleicht kann er uns mit Kontakten helfen? Schreib ihm, sobald wir den Termin für die Reise haben.«

»Er hat mir aus Paris geschrieben und wusste noch nicht, wann er nach Togo reisen würde.«

»Ich mache mich gleich morgen daran, um zu erfahren, wann und von wo wir reisen können. Vielleicht von Marseille aus. Besprich du die Sache mit der Diakonie, das ist vielleicht dein Rettungsanker für den Anfang in Togo. Und sag besser an deinem Arbeitsplatz kein Wort darüber, dass du aufhören willst, denn dann schmeißen sie dich sofort raus. Wenn dein Gehalt in zwei Wochen da ist, machst du dich einfach vom Acker! Du kommst hierher, und wir reisen zusammen nach Frankreich.« Nach einer nachdenklichen Pause: »Noch besser, du beantragst deinen Jahresurlaub. Und guck nach, ob dein Pass noch gültig ist. Und deine anderen Papiere, Geburtsurkunde und so. Ruf mich in ein paar Tagen noch einmal an, ja? Oder ich melde mich!«

»Ruf ja nicht im Heim an. Besser, ich melde mich bei dir, hier bei meinem Buchhändler kann ich telefonieren.«

»Was ist das für einer?«

»Ein netter Mensch. Ich habe alle Bücher fürs Heim bei ihm gekauft, er gibt mir Lektüreempfehlungen.« Sie lachte. »In einen solchen Mann könnte ich mich verlieben, von der Sorte gibt es nicht viele. Aber er ist schon ein alter Herr und sehr freundlich. Und sicher auch verheiratet, wie die meisten netten Männer.«

»Dann bin ich beruhigt. Also bis bald, liebe Schwester! Pass gut auf dich auf, lass dich nicht provozieren, sonst kriegst du dein letztes Gehalt nicht mehr! Ich muss jetzt zurück an mein Klavier!«

»Pass du auch auf dich auf, Kodjo!« Bei ihren letzten Worten wurde ihre Stimme ganz rau. Ihr schwirrte der Kopf.

Sie starrte noch vor sich hin. Die Entscheidung, die sie jetzt zwei Jahre hinausgezögert hatte, war gefallen. Sie dachte an den Zettel in der Eisenbahn nach Wuppertal. »Für Juden, Neger und Hunde verboten!« Sie dachte an die SA-Leute am Düsseldorfer Bahnhof mit ihren Affengeräuschen. An den Typen in der Stadtverwaltung. »Wollen Sie bei den Affen Fieber messen?«

Mit diesem Parteigenossen in ihrem Heim war das Maß voll. Sie würde sich nicht noch einmal demütigen lassen, hatte sie beschlossen, und ihr Bruder hatte sie darin bestärkt. Wie gut, dass sie ihn hatte!

Er glaubte schon lange nicht mehr an eine Musikerkarriere in diesem Land.

»Das haben wir nicht verdient!«, sagte sie laut und zornig vor sich hin und legte den Hörer auf.

Rosenbaum kam lautlos herein und setzte sich auf seinen Platz, in seinem Rücken Regale voller Papiere und Ordner. Er hatte wohl das Ende des Telefonats mitbekommen und ihre letzten Worte gehört.

»Alles in Ordnung?«, fragte er vorsichtig.

Therese lächelte entspannt und aufgeregt zugleich. »Wenn man mit Krokodilen spielt, muss man es listig anstellen«, sagte sie lachend und erinnerte sich an die Geschichte aus ihrer Kindheit, die ihr die Pflegeeltern immer wieder erzählt hatten. Sie war jetzt mehr denn je stolz über ihr Verhalten damals. Als Rosenbaum sie verständnislos anschaute, erzählte sie ihm:

»Ich war vielleicht vier oder fünf Jahre alt und spielte mit meiner Freundin Edelgard. Wir saßen auf dem Teppich mit unseren Puppen. Da fragte meine Freundin, warum ich keine schwarze Puppe habe. Da soll ich geantwortet haben, schwarze Puppen gebe es nicht und die Kinder in Afrika würden mit Krokodilen spielen.«

Der Buchhändler hatte ihr lächelnd zugehört.

»Was sagt Ihr Bruder? Wie soll es jetzt weitergehen?«

»Mein Bruder und ich, wir werden bald nach Togo reisen.«

Rosenbaum sah sie ernst an. »Haben Sie Familie in Togo?«, fragte er.

»Natürlich, aber die müssen wir dort erst noch suchen. Unsere Eltern können wir nicht fragen, die sind noch irgendwo in Russland. Vielleicht ist es in Togo einfach, Verwandte zu finden. Ich weiß nur, wo mein Vater und meine Mutter geboren wurden. Dort leben sicher noch Leute aus meiner Familie. Vielleicht unsere Tanten und Onkel, Vettern und Cousinen.« Sie sah den Buchhändler besorgt an. »Und Sie? Was werden Sie tun, wenn für Juden die Probleme erst richtig anfangen?! Hitler hat immer wieder den Juden gedroht.«

»Es ist nicht so, dass ich mir keine Sorgen mache. Was soll ich tun? Meine Frau und ich, wir sind alte Leute. Also abwarten! Vielleicht ist der Spuk bald vorbei. Wir leben doch in einem zivilisierten Land, oder?« Er kaute wieder an seinen Lippen. »Sie gehen nach Togo, in Ihre Heimat. Wo könnte ich denn hingehen?«

»Meine Heimat ist auch hier!«, flüsterte Therese und war sich nicht sicher, ob das noch zutraf.

Auf die Frage von Herrn Rosenbaum, wohin er gehen könnte, hatte Therese keine Antwort, aber ihr wurde die Tragweite dieser Frage schmerzlich bewusst. Und dass es vielleicht darauf keine Antwort gab!

Was könnte sie diesem Mann Tröstliches sagen? Sie schwiegen beide, bedrückt dachten sie daran, wie nahe ihnen das Schicksale so plötzlich gerückt war.

Neuer Alltag

Am nächsten Tag beantragte sie bei ihrem neuen Vorgesetzten ihren Jahresurlaub, möglichst ab April oder Mai. Er hatte keine Einwände.

»Den Urlaubsschein können Sie morgen abholen. Vielleicht geht es erst ab Anfang Mai«, beschied er sie, ohne Fragen zu stellen oder Bemerkungen zu machen. »Kümmern Sie sich bitte bis dahin um den neuen Buchbestand. Wer hat das alles eigentlich bestellt? War das Ihre Idee?«

»Die Stadtverwaltung hat das Geld genehmigt, es sind nur Kinderbücher.«

»Wer hat die Titel ausgesucht?«, wollte er wissen.

»Ich«, sagte sie, ohne wegen des Schwindels ein schlechtes Gewissen zu haben.

»Sobald ich hier mit den Papieren durch bin, gucke ich mir das mal an«, sagte er. »Ich finde es ja richtig, dass diese Bande ans Lesen kommt! Dann bleibt für Sie vielleicht noch Zeit, dass Sie den Einkauf für die Küche und die sanitären Anlagen unter Ihrer Kontrolle behalten wie bisher. Dazu komme ich im Moment nicht.«

Therese war erleichtert, sie würde nicht mehr nutzlos herumsitzen und das Ende jedes Tages abwarten müssen. Das hatte ihr zu schaffen gemacht.

An den medizinischen Vorlesungen der Universität nahm sie seit einigen Wochen nicht mehr teil. Unaufgefordert hatte man ihr eine

Bescheinigung für fünf Semester ausgestellt, die sie ganz oder teilweise besucht hatte. »Vielleicht können Sie das Papier mal brauchen!«, hatte ein junger Mann in der Verwaltung gesagt und sie freundlich angelächelt. Bei der Gelegenheit bemerkte Therese, dass sie begonnen hatte, das Verhalten der Menschen ihrer Umgebung wachsam zu taxieren.

Sie erinnerte sich an das letzte Telefonat mit ihrem Pflegevater; ihm war aufgefallen, was sich in ihrer Haltung verändert hatte.

»Du musst aufpassen, dass du nicht alle Welt mit Misstrauen anglotzt!«, hatte er sie ermahnt. »Das haben die Leute nicht verdient.«

»Nicht alle«, hatte sie kurz angebunden geantwortet.

»Natürlich nicht alle! Darum geht es nicht. Es geht um deine Haltung den Leuten gegenüber! Das macht mir Sorgen! Wenn du dein Misstrauen ins Kraut schießen lässt, stehst du sehr bald ziemlich allein da!«

»Ich weiß nicht, ob du dir vorstellen kannst, in Hamburg mit einem schwarzen Gesicht herumzulaufen«, hatte sie bedrückt gesagt.

»Nein, das kann ich nicht. Und ich versuche es auch gar nicht! Dabei würde nur eine verlogene Heuchelei herauskommen.«

»Davon habe ich die Nase voll!«, hatte sie gesagt und gehofft, Fritz würde das Lächeln trotz der Entfernung bemerken.

»Du hast gerade gelächelt«, hatte er gesagt und sie damit glücklich gemacht.

Sie wusste, dass Fritz recht hatte mit seiner Ermahnung. Niemand in ihrer Umgebung verstand sie so gut wie er. Und sie lächelte noch einmal bei dem Gedanken, dass sie nur einen Mann wie Fritz Hufnagel heiraten würde. Egal, ob schwarz oder weiß!

Zwei Tage später kam Gerlach unangemeldet in den Raum, wo die Bibliothek des Heims untergebracht war. Inzwischen hatte jedes

Buch eine sogenannte Laufkarte, auf der das Stichwort »Lesealter« stand, dann war das Thema vermerkt: »Abenteuer in fernen Ländern, Familie, Schulgeschichten« und Ähnliches.

Er zog sich aus dem Nebenraum einen Stuhl heran, offenbar hatte er sich Zeit für seinen Kontrollbesuch genommen. Therese hielt sich im Hintergrund und schrieb weiter an der Titelliste, die sie bald abschließen wollte. Gerlach ging an den Regalen entlang, betrachtete ausführlich die Buchrücken, nahm hin und wieder einen Titel in die Hand, stellte ihn zurück. Therese erwartete gespannt, ob geharnischte Kritik kommen würde. Gerlachs einziger Kommentar: »Sehr schön! Nun müssen wir die Bande nur noch ans Lesen kriegen. Erwarten wir noch weitere Lieferungen?«

»Eine ganze Menge sogar«, sagte Therese.

Dann ging er in sein Büro zurück.

Therese wusste nicht, ob Gerlach die Auswahl akzeptierte, weil er sie gut fand, und stillschweigend auch Autorinnen und Autoren akzeptierte, die einem Nazi nicht gefallen konnten. Oder er war völlig ahnungslos, was Kinderbücher anging.

Das geht mich eigentlich schon nichts mehr an, dachte sie.

Beratung unter Freundinnen

An diesem Samstag im Monat März 1933 hatte sie keinen Dienst im Heim. Sie rief Schwester Waltraud an, dass sie für ein paar Stunden nach Stellingen kommen würde. Ob sie Zeit hätte, sie zu treffen.

»Für dich bin ich immer da!«

Es war wie ein Abschiedsbesuch, auch wenn von Abschied in ihren Unterhaltungen keine Rede war. Nachdem Therese der Oberin und ihrer Vertrauten, Schwester Waltraud, von den Veränderungen und dem Telefonat mit ihrem Bruder berichtet hatte, ging es nur noch um Thereses Zukunft in Togo. Den Damen war sofort klar, dass es für Therese kein Zurück mehr gab, als sie von den Veränderungen im Heim erfuhren.

Telefonate mit Düsseldorf-Kaiserswerth und der Diakonie-Missionszentrale in Bremen gingen hin und her; eine Menge Fragen war zu klären.

Deutschen, ganz gleich, in welchen Berufen, war die Arbeit in den früheren Einrichtungen der Diakonie in Togo nicht mehr gestattet, aber man hoffte, dass Therese als Togoerin einen anderen Status haben würde. Aus Bremen kam auch die Nachricht, zwei Schwestern Thereses, Lisa und Annie, von denen sie noch nie gehört hatte, seien schon in Togo und würden in einem der alten Werke aus der deutschen Kolonialzeit als Erzieherinnen von Kindern und in der Frauenbildung arbeiten. Niemand konnte ihnen sagen, welche Ausbildung sie mitgebracht und wo sie bisher gelebt hatten und ob inzwischen aus französischen Missionswerken Mitarbeiter und Mitarbeiterinnen mit der Arbeit begonnen hatten.

In der allgemeinen Aufregung konnte Therese diese Nachricht, dass sie in ihrer Heimat auf zwei Schwestern treffen würde, gar nicht richtig begreifen. Wusste ihr Bruder Kodjo davon? Wie hatten sie bisher gelebt? In welcher Sprache würden sie sich verständigen können?

Sie würde ihn am Telefon danach fragen.

Unverhofft, wenn auch unfreiwillig würde ihre Welt sich noch einmal erheblich vergrößern! Sie hätte jetzt gern mit Fritz und Helene darüber gesprochen. Gerade jetzt fehlten ihr die beiden sehr.

Seit ihrem Besuch bei Helene und nach dem Tod von Fritz hatte Therese es sich zur Aufgabe gemacht, einmal in der Woche einen Brief zu schreiben, oder sie verabredeten sich zum Telefonieren. Sie wollte damit keine Schuld abtragen; es war ihr ein Bedürfnis, den Kontakt nicht abreißen zu lassen.

Tief in der Nacht brachte sie ein Auto des Werkes in ihre Wohnung zurück. Die letzte Straßenbahn hatte sie verpasst.

Kontrolle

Therese war immer noch beunruhigt wegen der Bücher, die noch unangetastet in den Regalen standen. Sie war nicht sicher, ob Gerlach vor einigen Tagen wirklich Titel und Inhalte kontrolliert hatte und ihre Bedenken sich damit erledigt hatten.

Sie hatte schon damit begonnen, auf der letzten Seite die Laufzettel auszufüllen und allen Bänden einen Schutzumschlag anzulegen, als Wolfgang Gerlach plötzlich in der Tür stand.

»Was machen Sie da?«, fragte er, nicht unfreundlich.

»Die Bücher bekommen einen Schutzeinband, damit sie beim häufigen Gebrauch nicht leiden. Und einen Laufzettel mit Titel und Datum.«

»Gibt es eigentlich eine Liste der Titel, die Sie gekauft haben?«

»Die Titel stehen auf der Rechnung, die habe ich an die Stadtverwaltung zur Bezahlung gegeben.«

»Wer hat die Liste genehmigt?«, wollte er wissen.

»Die Stadtverwaltung hatte keine Einwände«, sagte sie, »ich habe die Vorschläge eingereicht, es gab keine Beanstandungen.«

»Machen Sie mal weiter. Ich werde mir morgen die Liste kommen lassen. Haben die von der Stadt auch bestimmt, bei welcher Buchhandlung der Einkauf zu erfolgen hat?«

»Sie haben mich angewiesen, eine Buchhandlung hier im Stadtteil zu beauftragen. Der örtliche Buchhandel sollte möglichst berücksichtigt werden.«

Gerlach murmelte etwas. Therese war beruhigt, dass er nicht nach dem Namen der Buchhandlung fragte.

Sehe ich schon Gespenster, fragte sie sich und arbeitete weiter. Ich mache hier eine Arbeit, die jeder Lehrling machen könnte, dachte sie. Aber sie war guter Dinge, die nächsten Wochen würden abenteuerlich werden. Noch lag vieles im Dunkeln.

Als sie gegen 19 Uhr aufbrechen wollte und schon ihren Mantel über dem Arm hatte, kam ihre liebste Mitarbeiterin Simona in den Bibliotheksraum. Zuerst stand sie verlegen im Eingang und hatte die Tür hinter sich geschlossen.

»Ist noch was?«, fragte Therese.

Das Mädchen suchte offenbar nach Worten. »Wenn Sie gehen«, stotterte sie leise, »wenn Sie gehen, dann gehe ich auch!«

Therese war verblüfft. Hatte man ihr die Absichten angesehen? Hatte es sich vielleicht schon herumgesprochen? Das wäre fatal!

»Wer sagt denn, dass ich gehe?«, fragte sie ebenso leise.

»Niemand sagt es«, antwortete Simona, »aber ich spüre, dass etwas mit Ihnen ist. Nur mein Gefühl sagte es mir, und das macht mich unglücklich, Frau Therese.«

Therese legte ihren Mantel über einen Stuhl und nahm das junge Mädchen in den Arm. Sie hielten sich lange fest.

»Wir wissen alle nicht, was wird«, flüsterte Therese. »Du sollst dir keine Sorgen um mich machen. Ich habe dich sehr lieb!«

Sie nahm ihren Mantel, verließ das Gebäude und ging zur Buchhandlung Rosenbaum, um noch einmal mit ihrem Bruder zu telefonieren.

Der Urlaub wurde für Anfang Mai genehmigt.

»Vorher geht es leider nicht«, sagte Gerlach mit Bedauern in der Stimme. »Bis dahin brauche ich Ihre Hilfe. Da Sie gerade da sind, gucken wir uns doch mal gemeinsam den neuen Buchbestand an. Ich habe mitbekommen, dass eine neue Lieferung gekommen ist.«

Therese blieb neben der Tür stehen, während Gerlach an den Regalen entlangging. Er stellte keine Fragen, kommentierte nichts. Nach einer Viertelstunde drehte er sich um.

»Einen Teil dieser Bücher kenne ich noch von unserer Schule in Lüneburg. Das ist eine gute Auswahl, die Sie getroffen haben. Kompliment!« Nach einem Zögern fuhr er fort: »Da sind einige Titel von Autoren, die sich nicht gerade beliebt gemacht haben, Irmgard Keun oder Erich Kästner zum Beispiel, der sich politisch aus dem Fenster hängt. Ich habe nichts dagegen. Wann wollen Sie anfangen, die Bücher an die Kinder auszugeben?«

»Sobald Sie mir den Startschuss geben.«

»Dann legen Sie mal los«, sagte er, »ich bin wirklich gespannt, ob Sie die jungen Rabauken zum Lesen bringen!«

Noch vier Wochen

Noch vier Wochen bis zum Beginn ihres Urlaubs. Therese hatte Zeit, in aller Ruhe ihre persönlichen Sachen in Kartons zu packen und nach Baden-Baden an die Adresse ihres Bruders zu schicken. Sie behielt nur Kleidungsstücke zurück, die sie dringend brauchte, und ein halbes Dutzend Bücher. Remarque, das erste Buch, das sie sich selbst gekauft hatte, und einige Titel, die Rosenbaum ihr geschenkt hatte.

Das Wohlwollen von Gerlach, als er die Buchauswahl besichtigte, hatte wieder Zweifel in ihr geweckt, ob man wirklich mit dem Schlimmsten rechnen müsste und ob die Abreise nach Afrika nicht überstürzt war, eine Panikreaktion.

Sie kaufte nun täglich eine Zeitung, auch den »Völkischen Beobachter«. Was sie da regelmäßig las, vertrieb alle Zweifel: Dieses Deutschland war auf einem neuen Weg. Und in diesem Land würde sie keinen Platz haben; ganz gleich, wie vorsichtig Rosenbaum versuchte, die Situation herunterzuspielen. Das Land befand sich in einem Aufbruch, die Entscheidungen der neuen Regierung, sogar Hitlers Reden vom Frieden beruhigten offenbar die Gemüter, konnten Therese aber nicht überzeugen! Sie fühlte sich hin- und hergerissen zwischen Empörung, dem Schmerz, ihre Heimat zu verlassen, und immer wieder auftauchender Hoffnung, es würde wohl nicht so schlimm kommen wie befürchtet.

Ihrem Freund Rosenbaum war bisher nichts geschehen. Die Diakonie durfte arbeiten wie bisher, hatte man ihr gesagt, ihnen keine Auflagen gemacht, sogar ihr soziales Engagement wurde als patriotisch gelobt. Irgendwann hatte sie gelesen, der Führer hätte auf seinem Nachttisch die Herrnhuter Losungen und würde sie täglich lesen. Dann gab es eine Gruppe von Pfarrern, die sich »Deutsche Christen« nannte. Was war damit gemeint? Konnte man solchen widersprüchlichen Meldungen Glauben schenken? Sooft es ging, suchte sie das Gespräch mit Rosenbaum, vielleicht aus dem Wunsch heraus zu hören, alles wäre falscher Alarm!

Die Freundinnen in der Diakonie, denen sie sich immer noch auf besondere Weise zugehörig fühlte, machten sich über die Zukunft des Landes keine Illusionen! Auf einem der Flure hatte Therese zufällig gehört: »Wer so viel von Frieden redet, will den Krieg!«

Was war das für eine Logik?

Im Hintergrund war man im Werk eifrig damit beschäftigt, für Thereses Zukunft in Togo die Weichen zu stellen, so gut man das von Hamburg oder Bremen aus konnte. Politische Gespräche hatten seit Wochen kaum Platz, wenn sie wieder einmal einen Besuch in Stellingen machte. Nur Schwester Waltraud sprach, wenn sie allein waren, ganz offen über die Gefahren, die von dieser neuen Regierung drohten. Die alte Dame hatte ein klares Urteil und hatte ihr auch wiederholt von ihrer Sorge um jüdische Diakonissen im Rheinland erzählt.

Das Leben im Kinderheim schleppte sich dahin, seit Therese das Datum ihrer Abreise nach Baden-Baden und Frankreich kannte. Die Motivation, sich um Verbesserungen zu bemühen, das Sich-Kümmern um einzelne Jugendliche, die eine Orientierung suchten, war ganz in den Hintergrund getreten. Sie konnte nicht mehr um das Vertrauen junger Menschen werben. Irgendwelche Versprechen würde sie nicht mehr einlösen können! Das schmerzte sie.

Abend bei Rosenbaum

Am Tag vor Beginn ihres Urlaubes, am 15. Mai, folgte sie der Einladung des Buchhändlers, ihn bei sich zu Hause zu besuchen. Auch seine Frau Rahel würde sich freuen, sie kennenzulernen. Über ihre Reisepläne war das Ehepaar bereits informiert.

Nachdem sie Gerlach ihren Schlüssel zum Kinderheim übergeben hatte, das war üblich bei Urlaubsbeginn, machte sie sich auf den Weg. Die Wohnung des Buchhändlers lag ganz in der Nähe des Kaiser-Friedrich-Ufers. Sie hatte keine Probleme, sich in dem Stadtteil zurechtzufinden. An diesem Abend würde sie zum letzten Mal in ihrer kleinen Wohnung übernachten und erst von Baden-Baden oder Frankreich aus der Stadtverwaltung mitteilen, dass sie nicht nach Hamburg zurückkehren würde.

Es war für Therese seltsam, den alten Herrn Rosenbaum in einer völlig anderen Umgebung zu treffen. Er und seine Frau bewohnten eine geräumige Etage im Erdgeschoss eines Mehrfamilienhauses. Rahel schloss Therese ohne Zögern in die Arme, als handelte es sich um eine alte Freundin. Therese vermutete, dass sie über die besondere Beziehung, die Therese zu ihrem Mann und seiner Buchhandlung hatte, gut informiert war.

So herzlich war sie, außer in der Diakonie, lange nicht empfangen worden.

Ich hatte zu wenig Zeit oder habe mir einfach nicht die Zeit genommen, hier Freundschaften zu pflegen, dachte sie. Ich bin ja nicht einmal mehr in jener Kneipe gewesen, wo ich mit Kodjo, Ronnie und den anderen Freunden das Konzert gehört habe. Ich habe zu viel gearbeitet, zu wenig gelebt! Ich konnte nicht aus meiner pflichtbewussten Haut! Auch mit Rosenbaums hätte ich früher engere Freundschaft schließen können, über das Geschäftliche hinaus. Es gibt in Deutschland wunderbare Menschen!

Bei dem Gedanken lächelte sie.

Ich konnte nicht aus meiner Haut!

Rahel hatte den Tisch festlich gedeckt, mit Kerzen, erlesenem Porzellan, Gläsern für den Wein und für Wasser. Es fehlte nichts! Zum ersten Mal sah Therese den siebenarmigen Leuchter, von dem sie gehört hatte als ein Zeichen des Judentums. Als sie den vornehm gedeckten Tisch vor sich sah, dachte sie unwillkürlich an das Essen vor einigen Jahren mit ihrem Bruder und seinen afrikanischen Freunden in Ronnies Kneipe.

Bei dem Gedanken fiel Therese in eine heitere Stimmung, die sie ihren Gastgebern nur schwer erklären könnte. Hier lagen ordentlich rechts und links der Teller je zwei Messer und Gabeln, Löffelchen für den Nachtisch, sogar Messerbänkchen aus Silber sah sie zum ersten Mal in ihrem Leben ganz aus der Nähe. Die kannte sie nur aus den vornehmen Auslagen in den Geschäften am Jungfernstieg.

Das Ehepaar wollte von Therese wissen, wie ihr Leben in ihrer afrikanischen Heimat sein würde. Therese hatte davon keine wirkliche Vorstellung!

»Was weiß ich schon vom Leben in Afrika?! Nur das, was hier in den Zeitungen steht, und damit kann ich nicht viel anfangen. Das Wichtigste haben mir die Schwestern erzählt, die in meiner Heimat gelebt haben. Und einiges weiß ich von meinem Freund Jonathan, dass meine Leute die Franzosen bald aus dem Land werfen wollen. Wie das gelingen soll, weiß niemand so genau. Aber irgendwann sind ja auch die Deutschen verschwunden.

Wenn ich davon höre oder lese, fühle ich mich wie eine naive Provinzpflanze, die von nichts eine Ahnung hat. Ich bin ja schon froh, dass ich, wenn ich in Togo ankomme, so ungefähr weiß, wo meine erste Arbeit sein wird. Da gibt es noch ein paar pädagogische Einrichtungen der Diakonie, vermutlich kann ich dort als Erzieherin arbeiten. Ich hörte sogar, dass zwei meiner Schwestern da schon beschäftigt sind. Von denen wusste ich nichts und habe keine Ahnung, wo sie bisher gelebt haben in Deutschland oder der Schweiz.

Und als Erstes werde ich wohl die Landessprache ordentlich lernen müssen. Und Französisch natürlich, da habe ich nur Grundkenntnisse aus der Schule.«

Das Ehepaar hatte staunend zugehört. Dann sagte Rosenbaum:

»Eine naive Provinzpflanze sind Sie nicht, Therese! Sie bringen eine Menge Erfahrungen mit in Ihre Heimat, Erfahrungen, die man da brauchen kann, das werden Sie bald feststellen! Und eine Menge der hiesigen Kultur!«

»Welche Erfahrungen meinen Sie, Herr Rosenbaum?«

Der Mann zögerte, streichelte ihre Hand und sagte:

»Sie haben ein pragmatisches Wesen, einen Sinn für das, was man machen kann und was man machen sollte! Das habe ich in der Zeit, seit Sie zum ersten Mal in den Laden gekommen sind, bemerken können. Jemand wie Sie kommt überall auf der Welt zurecht!«

Sie sah ihn dankbar an. »Ist es richtig, dieses Land zu verlassen? Ich verdanke ihm so viel!«

»Das können nur Sie entscheiden, liebe Therese! Nach allem, was Sie mir erzählt haben, gibt es ja Gründe genug, hier wegzugehen! Und Gründe, die Heimat Ihrer Familie kennenzulernen, gibt es noch mehr! Vielleicht tut es Ihnen gut, eine Zeit lang in Togo zu leben und zu arbeiten.«

Rosenbaum stand auf und ging ans Fenster. Er schob die Gardinen beiseite. Seine Frau stellte sich neben ihn.

»Da ist Feuer«, sagte er leise. »Ich kann aber nichts erkennen!«

»Sollen wir mal nachsehen, wo es brennt?«, fragte sie.

Therese hatte es gehört, ging zur Garderobe und nahm ihren Mantel.

Auch Rosenbaums zogen sich an. Gemeinsam gingen sie in Richtung Wasser, hinunter zum Kaiser-Friedrich-Ufer. Über ihnen kreisten noch Möwen durch das Licht der Straßenlaternen und schrien.

Um ein Feuer herum, gleich an der Promenade, standen zwei Dutzend oder mehr Menschen, einige davon Studenten in den Farben einer Burschenschaft, andere in braunen Uniformen. Die meisten in Zivil, vielleicht zufällige abendliche Spaziergänger.

Einer der Studenten hielt ein Buch in der Hand, dann warf er es ins Feuer. Was er sagte, konnten sie nicht verstehen. Therese und Rosenbaums hielten sich im Hintergrund. Der Buchhändler hatte Therese untergehakt, so standen sie abseits der Versammlung im Dunkel. Ihr war sofort klar, hier wurden unliebsame Bücher verbrannt. Dass so etwas kommen würde, hatte sie oft genug in den Zeitungen gelesen, konnte es sich allerdings nicht vorstellen.

Obwohl sie entfernt standen, verstand Therese einige Namen: Franz Werfel, Thomas Mann, Heinrich Mann, Remarque, Wegner. Einige Namen, die ein Student laut und pathetisch brüllte, kannte sie nicht.

Von wem stammte das Zitat, das ihr Rosenbaum einmal genannt hatte? Von Heinrich Heine? »Wo man Bücher verbrennt, verbrennt man bald auch Menschen!« Sah sie schon wieder Gespenster?

Nein, das hier war die Wirklichkeit, der Anfang einer scheußlichen Wirklichkeit, die sie viel zu spät begriffen hatte; sie wollte sie nicht wahrhaben.

Das Ehepaar neben ihr sah stumm zum Feuer hinüber. Auch sie schwiegen. Hier gab es nichts zu reden! Sie zogen ihre Mäntel enger um sich, denn es blies ein kühler Wind. Und dabei hatte der Abend so schön begonnen!

Die Möwen schrien immer noch und flatterten durch Rauch und Laternenlicht, verschwanden im Dunkel wie Nachtmahre. Im Dunkeln fuhr lautlos ein Ruderboot nahe am Ufer vorbei, als sei nichts geschehen und die Welt noch in Ordnung.

Auf ein stummes Zeichen von Rosenbaum gingen sie in die Wohnung zurück; die fröhliche Stimmung, mit der der Abend begonnen hatte, wollte nicht wiederkehren. Dann war es Zeit für Therese aufzubrechen. Sie standen schon im Flur, der Buchhändler half ihr in den Mantel.

»Sie haben mich gefragt, wohin Sie gehen könnten«, sagte sie leise. Die beiden Alten sahen sie an. »Vielleicht sollten Sie nach Amerika gehen.«

Der alte Rosenbaum legte eine Hand auf ihren Arm.

»Mein liebes Kind«, sagte er, »vergessen Sie nicht, dass wir alte Leute sind. Wir haben uns das überlegt, auch mit unseren jüdischen Freunden. Viele gehen jetzt. Aber wir sind zu alt, um irgendwo einen Neuanfang zu machen.«

»Ich schreibe Ihnen, wenn ich in Afrika bin«, sagte Therese und war den Tränen nah. »Wer weiß, wann wir uns wiedersehen.«

Sie hielt Rahel im Arm wie eine gute Freundin. Diese Frau war ihr wie durch ein Wunder an einem Abend vertraut geworden. War es die gemeinsame Sorge um die Zukunft? Nein, es gab noch mehr zwischen den Menschen, und einiges davon war wunderbar.

»Wir bringen Sie noch bis zur Haltestelle«, sagte Rahel.

»Nein, Sie bleiben jetzt hier. Sie haben mir einen so schönen Abend geschenkt, auch wenn er traurig endet und mein Abschied traurig ist. Leben Sie wohl!«

Dann fiel die Haustür ins Schloss, und sie machte sich auf den Weg.

Abreise

Es gab nichts mehr für sie zu regeln. Sie hatte die Schlüssel zum Kinderheim abgeliefert, ihre Wohnung heimlich leer geräumt, dem Hausmeister unter einem Vorwand Wohnungs- und Hausschlüssel übergeben und sich von allen Mitarbeiterinnen verabschiedet. Besonders herzlich, aber wortlos von Simona. Nur sie ahnte, dass Therese nicht wiederkommen würde.

Am nächsten Morgen, es war der 16. Mai 1933, nahm sie die erste Zugverbindung nach Baden-Baden. Die Fahrt verlief ohne hässliche Zwischenfälle. Im Zug las sie in dem Buch, dass ihr Rosenbaum gestern Abend geschenkt hatte. Heinrich Heines »Winterreise«. Dort las sie zum ersten Mal die Sätze »Denk ich an Deutschland in der Nacht, dann bin ich um den Schlaf gebracht!«.

Sie hatte Mühe, sich an den besonderen Stil, an das Lesen von Gedichten überhaupt, zu gewöhnen.

Es war Abend, als sie nach mehrmaligem Umsteigen in Baden-Baden aus dem Zug kletterte. Zuverlässig stand ihr Bruder auf dem Bahnsteig und nahm ihren Koffer entgegen. Niemand beachtete sie hier in dieser Stadt, in der seit Jahrzehnten internationales Publikum verkehrte. Hier konnte sich jeder, wenn man nichts Genaueres wusste, fast wie zu Hause fühlen.

Kodjos Wohnung war schon in Auflösung begriffen; auf dem Flur standen seine Koffer, auf dem Fußboden lagen Matratzen für ihre letzte Übernachtung.

»Frühstücken können wir morgen am Bahnhof«, sagte er entschuldigend. Sie waren beide zu erschöpft, um noch lange Gespräche zu führen.

»Einreise nach Frankreich?«, fragte sie. Sie lag schon unter ihrer Decke.

»Wir kriegen ganz neue Ausweispapiere! Französische. Durch den Zaubertrick sind wir plötzlich französische Staatsbürger, wenn auch noch nicht vollwertige. Von Paris aus nehmen wir den Zug nach Marseille. Da übernachten wir bei einem Freund, unser Schiff geht am 20. Mai nach Lomé und fährt dann weiter nach Kamerun.«

»Woher hast du das Geld, Kodjo?«

»Ronnie«, sagte er noch leise, »irgendwann zahlen wir es ihm zurück. Irgendwann! Im Deutschen sagt man am Sankt-Nimmerleins-Tag.«

Er lachte einmal kurz auf. Dann war er eingeschlafen. Therese lag noch lange wach und dachte über all die Dinge nach, die sie vor ihrer Abreise noch hatte erledigen wollen: einen Brief an Helene, an den Fabrikanten König, an Schwester Waltraud, an Walter und Rahel Rosenbaum, an Gerlach.

Das würde sie von Frankreich aus nachholen, nahm sie sich vor. Wenn alles planmäßig verlief, würden sie in Marseille zwei Tage Aufenthalt haben.

Alles verlief planmäßig.

Reise in die Heimat

Dann stand Therese allein am Bug des Dampfers und sah die Küstenstreifen von Marseille vorbeiziehen. Sie waren wegen einiger Verspätungen und Irrtümern der Verwaltung stolpernd und schwitzend an Bord gekommen, hatten hektisch und noch unsicher ihre neuen Papiere vorgezeigt, mühsam die vielen Gepäckstücke hinter sich hergezerrt.

Jetzt dachte Therese nicht mehr an die ungewisse Zukunft in einem fremden Land. Ihre Erinnerungen gingen zurück in ihre Kindheit, das Spielen mit Helene, Fritz oder Edelgard, die Wochenenden im Garten. Unwirkliche Szenen wie aus dem Nebel standen vor ihr, und sie empfand noch einmal das Glück, weil Fritz ihr im Schrebergarten ein eigenes Beet eingerichtet hatte, damit sie Blumen und Kürbisse ziehen konnte. Als sie dann nach Kaiserswerth und Hamburg gezogen war, hatte Fritz ihr kleines Beet betreut und sie am Telefon über Wachsen und Ernten unterrichtet. Der Garten war bleibendes lebendiges Glied zwischen ihr und den Pflegeeltern, die Erinnerung daran würde sie wohl immer begleiten. Ihr erstes eigenes Stück Land!

Therese war so versunken in die Bilder der Vergangenheit, dass sie erst spät bemerkte, dass jemand unmittelbar neben ihr stand. Erst als dieser Mensch sich räusperte, drehte sie sich um. Es war Jonathan Camara.

»Kennen wir uns nicht?«, fragte er scherzhaft.

»Wenn nicht, können wir ja versuchen, uns kennenzulernen«, entgegnete sie, trat einen Schritt zurück, um sich diesen Mann anzusehen. Als wollte sie prüfen, ob sie in Zukunft mit ihm zu tun haben wollte. »Du bist vermutlich zufällig hier auf dem Schiff?«

»Unser neuer Geheimdienst hat gut gearbeitet.« Er grinste. »Unsinn, ich habe in Hamburg bei deinen Leuten angerufen und mich nach dir erkundigt. Keine Auskunft über Therese! Dann habe ich es bei Schwester Hedwig in Kaiserswerth versucht, die mich ja kannte. Von ihr habe ich erfahren, du wärest mit deinem Bruder unterwegs nach Marseille.

Hier im Hafen war alles einfach. Ich fand dich mit deinem Bruder auf der Passagierliste. Meine Reisepläne habe ich geändert und diese Passage gebucht, aus einem einfachen Grund.«

Therese sah ihn fragend an.

»Ich wollte dich wiedersehen!«

Thereses Gefühle pendelten zwischen Freude und Zweifel, sie behielt ihre Zurückhaltung noch ein paar Minuten aufrecht. Bis sie sich von Jonathan umarmen ließ.

Zukunft

Jonathan ließ sich scheiden und heiratete Therese. Damit hatten sich auch ihre Sorgen um Arbeit und Lebensunterhalt erledigt; ihr Mann besaß eine gut gehende Druckerei, wo er Schriften gegen die Kolonialregierung druckte und verlegte.

Während der Jahre der Nazi-Herrschaft schrieb sie regelmäßig an Helene, bekam aber keine Antwort. Vielleicht lassen die Nazis keine Post aus Afrika durch, dachte sie, und es beunruhigte sie sehr, nichts von Helene zu wissen.

1959 wurde Jonathan für einige Monate an die Universität Köln eingeladen und unterrichtete dort afrikanische Literatur. Da hatte er schon einen diplomatischen Status der neuen nationalen Togoer Regierung.

Nachdem sie eine Wohnung in Bad Godesberg eingerichtet hatten, wollte Therese unbedingt ihre Pflegemutter Helene besuchen. Jonathan schlug ihr vor, den Dienstwagen zu nehmen, die Fahrt mit dem Zug sei umständlich.

Therese schüttelte den Kopf. »Weißt du, das sind einfache Leute, da möchte ich jetzt nicht mit einem dicken Mercedes vorfahren. Ich nehme den Zug über Düsseldorf.«

Aus einem plötzlichen Einfall heraus nahm sie in Wuppertal einen kleinen Umweg durch die Straße »Zum Kipdorf«, wo früher das Eden-Theater war. Sie hatte das Gebäude unklar in Erinnerung, es aber nie betreten.

Warum hatte sie den Ort nicht früher schon besichtigt? Und ausgerechnet jetzt?

Überrascht stellte sie fest, dass hier kein Theater mehr war, sondern ein Kino mit Namen REX betrieben wurde. Mittags, das wusste sie, waren Kinos bis auf wenige Ausnahmen geschlossen. Sie ging um das Gebäude herum, um vielleicht jemanden zu finden, der sie einlassen würde.

Auf dem Hinterhof zimmerte ein alter Mann im grauen Kittel an Stühlen und Bänken herum, offensichtlich mit Reparaturarbeiten beschäftigt.

Sie sprach ihn an. »Gehören Sie hier zu diesem Gebäude? Dem Kino? Früher war hier doch ein Theater, oder?«

Der Mann sah auf, und Therese sah ihm die Verblüffung an, dass eine schwarze Frau vor ihm stand und so perfekt die deutsche Sprache beherrschte.

»Ja, gute Frau. Das war mal das Eden-Theater. Jetzt ist das das Kino Rex.«

»Sind Sie vielleicht hier der Hausmeister? Ich frage, weil ich gern mal einen Blick in die Räume werfen würde.«

Der Mann sah Therese verständnislos an.

»Was gibt es denn da zu sehen? Das Kino hat die erste Vorstellung um drei Uhr, am Nachmittag. Jetzt haben wir zwölf.«

Sie trat ein bisschen näher und sah den Mann lächelnd an.

»Wissen Sie, vor ungefähr fünfzig Jahren bin ich in diesem Theater geboren worden. Und würde den Ort gerne noch einmal sehen.«

»Sie? Hier geboren?« Der Mann legte seinen Hammer beiseite und richtete sich auf.

»Meine Eltern waren Schausteller, müssen Sie wissen. Afrikanische Schausteller. Hier in diesem Gebäude, damals das Eden-Theater, hat meine Mutter mich tatsächlich zur Welt gebracht.«

»Das ist ja ’n Ding!«, sagte der Mann. »Wenn das so ist, können se reinkommen. Das kann mir keiner verbieten! Sonst is das ja nicht erlaubt, wissen se! Nur wenn es da Vorstellung gibt.«

Die Art, wie der Alte sprach, wärmte Thereses Herz und erheiterte sie zugleich. Den Elberfelder Tonfall hatten ihre Pflegeeltern nicht gesprochen, aber sie hatte ihn bei den Nachbarn oft gehört. Er ging voraus und kramte in seinem Kittel nach dem Schlüsselbund.

»Also jetzt kommt erst mal ein Flur, da müssen wir durch. Dann kann ich Ihnen den Saal zeigen. Da hat sich wohl nicht viel verändert seit früher, wonnich?« Er schüttelte den Kopf und ging voran. »Wenn ich dat heute Abend meine Frau verzählen tu, hält die mich für bekloppt!« Er schaltete die Beleuchtung ein.

Therese setzte sich in die zweite Stuhlreihe des Kinosaals.

Hier waren Nayo William mit seinen Frauen und viele andere aus Togo aufgetreten. Wo war sie geboren worden? Vermutlich in einem der hinteren Räume. Sie hatte auch nicht den Wunsch, sich alle Räume anzusehen. Hier, in diesem großen Raum mit dem Vorhang und den Lichtern, waren ihre Leute auf eine geheime Weise für sie gegenwärtig, so stark, dass es sie tief anrührte und ihr ein paar Tränen übers Gesicht liefen.

Der Hausmeister hatte sich im Hintergrund gehalten und geduldig gewartet, bis Therese aufstand.

»Das muss ja für Sie was Besonderes sein, wonnich? Kann man sich ja denken.«

Sie legte ihm eine Hand auf den Arm und begleitete ihn zurück auf den Hinterhof.

»Das war für mich wirklich was ganz Besonderes! Ich bin Ihnen sehr dankbar, dass Sie mir das ermöglicht haben«, sagte sie.

Sie kramte in ihrer Handtasche, um dem Mann einen Zehnmarkschein in die Hand zu drücken.

Der wehrte es sofort ab.

»Kommt nicht infrage, gute Frau! Lassen se et stecken! Alles Gute auch! Und kommen Sie ruhig mal wieder!«

Er schaute Therese noch lange nach, bis sie in die Morianstraße eingebogen war.

Sie ging langsam durch die Innenstadt, blieb an Trümmergrundstücken stehen, betrachtete die Schaufenster, von denen einige wieder gut mit Waren bestückt waren. Sogar eine Eisdiele hatte geöffnet.

Dann sah sie die Straße und die Häuser ihrer Kindheit, das Haus, wo sie mit Hufnagels gewohnt hatte, und hoffte, Helene anzutreffen.

Sie suchte an der Haustür die Reihen der Namen an der Klingel, als ihr jemand die Hand auf die Schulter legte.

»Dat kann doch nur unsere Therese sein, die Schwatte von früher! Ich kriech mich nicht mehr ein. Bis du es tatsächlich?«

Therese kannte die alte Frau, eine frühere Nachbarin, aber ihr Name fiel ihr nicht ein. Sie gaben sich die Hand, die Frau wollte Thereses nicht mehr loslassen und schüttelte sie kräftig.

»Sagen Sie mal, hier haben doch die Hufnagels gewohnt.«

»Helene Hufnagel lebt doch nicht mehr, wissen Sie das denn nicht? Beim Bombenangriff 1943, da hat sie es nicht mehr schnell genug in den Keller geschafft, ein Steinbrocken hat sie erschlagen. Da konnte ihr niemand mehr helfen. Das war eine so nette Frau, sag ich Ihnen. Haben Sie sie gekannt?«

»Helene war doch meine Pflegemutter.«

»Jetzt erinnere ich mich, klar doch! Das tut mir nun aber wirklich leid!«, sagte die Frau.

»Wissen Sie, ob Familie Rose noch hier lebt?«

»Die sind auch weggezogen, ich weiß nicht wohin.«

Therese stand schweigend da, die Frau an ihrer Seite wurde verlegen.

»Wollen Sie vielleicht hier wieder herziehen?« Sie hob die Stimme mit dem hier typischen Tonfall am Ende des Satzes.

Therese schüttelte den Kopf.

»Nein, nein. Ich wohne jetzt in Bonn. Ich nehme die Straßenbahn zum Unterbarmer Friedhof, mehr habe ich hier nicht zu tun und danke auch.«

Sie schüttelte der Frau die Hand und machte sich auf den Weg.

In der Straßenbahn erinnerte sie sich an die bombastisch ausgestatteten Gräber dieses Friedhofes, die sie bei ihrem letzten Besuch mit Helene gesehen hatte. Als sie jetzt am Blumengeschäft wartete und die Reihe der wuchtigen Grabmäler vor sich sah, kam ihr ein Mann mit einem kleinen Jungen an der Hand entgegen. Sie hörte, dass der Kleine, der beim Anblick einer germanischen Kriegergestalt stehen geblieben war, seinen Vater mit hoher Stimme fragte:

»Papa, sind hier richtige Helden begraben?«

»Nein! Keine Helden!«, antwortete der Mann, »hier liegen nur die reichen Leute.«

Mehr bekam sie von dem Gespräch zwischen Vater und Sohn nicht mit. Sie flüsterte leise einen Satz vor sich hin, der sie erheiterte und zugleich traurig machte:

»Am Ende landen alle auf einem Friedhof. Auch Helden wie die Hufnagels, die mir zuerst gezeigt haben, wie man mit Krokodilen spielt.«

Wie gut, dass es nicht regnet. Sie hatte den Schirm zu Hause vergessen. Das darf einem in dieser Stadt nicht passieren.

Sie kaufte einen großen bunten Strauß Freesien, weil Helene diese Blumen so sehr geliebt hatte. Dann ging sie langsam den steilen Weg hinauf, ließ die Grabmäler der reichen Familien hinter sich bis zum bescheidenen Teil der Anlage, wo die Gräber der einfachen Leute waren. Der Kies knirschte unter ihren festen Schuhen.

Helene und Fritz Hufnagels Grab schmückte ein Holzkreuz mit beider Namen. Sie überlegte, für einen Grabstein zu sorgen. An der Wasserstelle wählte sie eine der Vasen aus, die da herumstanden, stellte sie mit den Blumen vorsichtig auf die feuchte Erde unter das Holzkreuz und lächelte dabei. Dann ging sie den Weg in die Stadt zurück.

Nachwort

Im Jahr 1977 hatte ich mir als junger Verleger einige Monate Zeit genommen, um Autoren in Afrika kennenzulernen. Meine Reise begann in Togo, ich wohnte bei einem befreundeten Bankier, den ich in Deutschland kennengelernt hatte. Als man mir bei Besuchen der Universität und der einzigen Buchhandlung in Lomé bescheinigte, Schriftsteller gebe es in diesem Land nicht, wollte ich in den verbleibenden Tagen bis zu meinem Flug nach Kamerun dem Rat meines Gastgebers folgen und das berühmte »Grasland« im Norden Togos besuchen.

»Deck dich mit Lebensmitteln ein«, riet er mir, »da oben kannst du vielleicht ein paar Bananen und Erdnüsse kriegen, normale Restaurants oder Hotels gibt es da nicht!« Noch einen launigen Rat gab er mir: »Vorsicht in den Flüssen, die Krokodile da oben fressen mit Vorliebe weiße Missionarskinder!«, und spielte damit auf meine Herkunft an.

Ich suchte einen modernen Supermarkt im Zentrum von Lomé auf. Soweit ich das überblicken konnte, war ich in dem Laden der einzige Weiße. Als ich mit meinen Einkäufen in der Nähe der Kasse stand, stellte sich heraus, dass die Kasse defekt war: Der Kassierer bestand darauf, erst Geld anzunehmen, wenn der Schaden repariert worden sei. Die Kunden vor und hinter mir warteten geduldig, plauderten in Sprachen, die ich nicht verstand.

Hinter mir stand eine vornehm in traditionellem Gewand gekleidete ältere Dame. Sie sprach mich auf Französisch an. Ich sagte ihr bedauernd auf Englisch, ich würde leider kein Französisch verstehen. Sie wechselte in ein perfektes Englisch und fragte, aus welchem Land ich kommen würde.

Aus Deutschland, from Germany!

Da wechselte sie noch einmal die Sprache, und in einem tadellosen Deutsch fragte sie: »Und aus welcher Stadt in Deutschland, wenn ich fragen darf?«

Ich war natürlich erstaunt über ihre Sprachkenntnisse und nannte ihr als meinen Heimatort Wuppertal. Da legte sie eine Hand auf meinen Arm, ich sah Rührung in ihren Augen: »Da bin ich geboren worden!«

In dem Moment wurde die Kasse geöffnet. »Laufen Sie mir nicht weg! Ich würde mich, wenn Sie Zeit haben, gern mit Ihnen unterhalten!«

Ich hatte Zeit und folgte ihr in ihre Wohnung in einem schönen alten Kolonialgebäude. Sie öffnete die Fenster, von der Straße drangen Autohupen, Stimmen und Eselsgeschrei zu uns. Therese, so stellte sie sich vor, öffnete eine Flasche Champagner, und wir versanken für viele Stunden in Gespräche über ihre abenteuerliche Lebensgeschichte.

Beim Abschied bat ich sie, ihr Leben auf Kassetten zu erzählen. Ich muss gestehen, dass die fünf Tonträger lange bei mir im Schrank lagen, bis ich einer Verlegerin aus München von dieser Begegnung (zwischen Kaiserreich, Erstem Weltkrieg, Weimarer Republik, Nazi-Zeit und Bundesrepublik) erzählte und wir uns einig wurden, dass aus dem ungewöhnlichen Stoff ein Buch werden könnte.

Es ist keine Biografie der Therese William geworden, dazu waren viele Teile ihrer Erzählung zu unvollständig. Vieles schrieb ich, »wie es gewesen sein könnte«!

An der Stelle möchte ich eine persönliche Erfahrung von Reisen in Afrika einfügen: Ich fand häufig nicht das, was ich gesucht hatte! Manchmal war das Gefundene aber wertvoller als das Gesuchte! So erfuhr ich zum Beispiel erst im Norden Togos, dass das berühmte »Grasland« weiter östlich in Kamerun zu finden sei. Dass ich auf der Suche nach Autoren war und mir im Supermarkt eine ungewöhnliche Lebensgeschichte geschenkt wurde, gehört in die gleiche Kategorie wie auch das Rätsel um den Namen Therese:

Das Geheimnis, das den Namen Therese umgibt, die ich 1977 als Madame Thérèse in Lomé kennenlernte, die aber im Geburtenregister von Elberfeld am 12. Dezember 1900 als Regina Philomena eingetragen ist, konnte ich nicht klären; es handelt sich ohne Zweifel um dieselbe Person.

Eine wichtige Hilfe waren mir die Bücher von Rea Brändle, vor allem ihre gut recherchierten Werke »Nayo Bruce. Geschichte einer afrikanischen Familie in Europa.« (2007, Chronos Verlag, Zürich) und »Wildfremd, hautnah. Zürcher Völkerschauen und ihre Schauplätze 1835–1964« (2013, Rotpunktverlag, Zürich). Beide Werke sind reich illustriert mit Fotos und zeitgeschichtlichen Dokumenten. Der Lektüre verdanke ich viele Namen und Zusammenhänge der Familiengeschichte der tatsächlichen Regina/Therese. Weil große Teile dieses Buches literarisch gestaltet sind, habe ich die Namen einiger Personen geändert.

So ist keine Biografie des Lebens von Therese entstanden, sondern ein Roman, der sich an Stationen ihres Lebens orientiert. Ich hoffe, dass Mitglieder der Familien Bruce, William und Camara, wo immer sie heute leben oder von diesem Buch erfahren, dem Autor wegen seines freien Umgangs mit ihren Vorfahren und Verwandten Verständnis entgegenbringen.

Therese starb in Lomé am 21. September 1991. Auf ihre Bitte hin hatte ich ihr von 1977 bis 1991 jährlich den Neukirchner Abreißkalender geschickt, den sie aus ihrer Kindheit kannte.

Den Mitarbeiterinnen und Mitarbeitern im Stadtarchiv Wuppertal danke ich für geduldige Hilfe bei meiner Suche nach Dokumenten, ebenso Dr. Norbert Friedrich von der Fliedner Kulturstiftung Düsseldorf-Kaiserswerth. Hilfe und gute Ratschläge habe ich auch erhalten von Beatrix Burghoff, Lucas Greiner, Peter Hohberger, Lutz Kliche für kritische Durchsicht des Manuskriptes; außerdem danke ich meinen jungen Freundinnen aus Kamerun, Michelle und Emmanuelle, die mir aus ihrem Alltag als schwarze Mädchen in deutschen Schulen berichteten, und ihrer Mutter Cecile.

Hermann Schulz am 2. Juni 2021

Hermann Schulz, geboren 1938 in Ostafrika, leitete von 1967 bis 2001 in Wuppertal den Peter Hammer Verlag. Reisen führten ihn in mehr als fünfzig Länder. Seit 1998 veröffentlichte er regelmäßig eigene Bücher für Kinder, Jugendliche und Erwachsene.
Er wurde vom deutschen PEN-Zentrum mit der Hermann-Kesten-Medaille ausgezeichnet, erhielt den von-der-Heydt-Kulturpreis der Stadt Wuppertal und die Ehrendoktorwürde (Dr. h. c. phil.) der Bergischen Universität.

Von Hermann Schulz sind in der *Reihe Hanser* bisher erschienen:
»Auf dem Strom« (dtv 64038)
»Die Reise nach Ägypten« (dtv 64022)

Inhalt

Ankunft unter einem Himmel,
der Schneefall erwarten ließ (1900) 7
Ein Pferd ist gestürzt 10
Das schwarze Kind 16
Erste Versuche, Eltern zu sein 25
Die Landsleute von da unten 28
Geht die Farbe nicht ab? 31
Ich bin keine richtige Mutter! 36
Minderwertig? Wie kommst du darauf? 39
Was Krokodile fressen 41
Da sind sie alle gegangen! 44
Vom Klauen und Lügen 46
Einfach rausschmeißen! 49
Besuch in der Fabrik 53
Da geh ich nicht rein! 55
Schrebergarten 59
Schulprobleme 61
Eine Art von Einsamkeit 63
Wie man sich wehrt 65
Bedrückende Nachricht 68
Ein Abschied 70
Die Fahrt nach Rotterdam 73
Bist du Therese William? 77

Alltag im Lager 81
Dem Tod nahe 86
Morgen reisen wir ab! 90
Warten auf den Vater 93
»Zieh dich aus!« 95
Vater und Tochter 98
Im Krieg 101
Entscheidungen 105
Ein frommes Abenteuer bahnt sich an 109
Ein Anfang 114
Eine bestimmte Sorte Männer 117
Hamburger Perspektiven 120
Das andere Leben 124
Besuch 131
Die Musterschülerin 135
Strenger Alltag 137
Überraschende Begegnung 139
Die andere Seite des Lebens 146
Einkauf am Jungfernstieg 150
Das Angebot 152
Das Konzert 158
Schüchterner Antrag 164
Planungen einer jungen Frau 167
Die Reise 172
Auf der Parkbank 180
Lebensbilanz 183
Therese allein im Park 190
Abreise 193
Das Treffen mit Jonathan 198
Schicksalhafter Abend 200
Vielleicht sehen wir uns noch 208

Abschied von Hedwig 210
Der Brief 214
Zu Hause 216
Böse Nachricht 219
Auf dem Friedhof 223
Der Versuch, Ordnung zu schaffen 225
Das Geschrei der Möwen 229
Die Oberin 233
Wieder in Groß Borstel 236
Auf dem Amt 238
Erinnerungen an wen? 242
Alarm 244
In der Buchhandlung 250
Briefe 255
Ermutigende Zeichen 259
Der neue Chef 262
Nachdenken in der Buchhandlung 265
Neuer Alltag 271
Beratung unter Freundinnen 274
Kontrolle 276
Noch vier Wochen 279
Abend bei Rosenbaum 281
Abreise 286
Reise in die Heimat 288
Zukunft 290
Nachwort 296

Lehrmädchen.

Schriftliche Meldungen erbeten.
Aug. Koschland,
Barmen=Wupperfeld.

Kochlehrmädchen

für **sofort** gesucht.
Hotel=Restaurant „Thurmhof",
Remscheid=Hasten.

Fräulein, Küchen=, Zweit= und Haus=Fr… hen sof. u. später ges. Stell. unentg. E… rfelder Mädchenheim, Oststraße 62.

Suche für 1. Mai oder früher erfahrenes

Küchenmädchen,

das auch Hausarbeit übernimmt.
Frau Willy Niemann,
Barmen, Heckinghauserstraße 23.

Zum sofortigen Eintritt ein

Küchenmädchen

gesucht, welches auch Hausarbeit übernimmt. Näh. Barmen, Unterdörnen 81.

Wegen Heirath des jetzigen suche zum 1. Februar ein

Küchenmädchen

oder Mädchen, welches Lust zum Kochen hat. — Frau Rechtsanwalt Landé, Elberfeld, Louisenstraße 85.

Gesucht

für Anfang Januar 1901 ein im Putzen, Serviren, Bügeln und Nähen erfahrenes

Zweitmädchen.

Kommerz. Schoeller, Elberfeld, Aue 5.

Mädchen,

welches die bürgerl. Küche u. alle Hausarbeit versteht, Mitte Dezember gegen hohen Lohn ges. Frau Theodor Uebbing, Barmen, Wertherstraße 46.

Ein in all. Hausarb. durchaus erfahrenes evangelisches

Mädchen

findet auf bald in einer kleinen Familie in einem freundlichen Städtchen am Rhein gegen

hohen Lohn und gute Behandlung

dauernde Stelle. Anerbietungen mit Zeugnißabschr. u. Angabe des Alters unter E 2681 bef. die Expedition dieses Blattes.

Mädchen.

Braves, propres evangelisches Dienstmädchen für kleinen, besseren, bürgerlichen Haushalt gesucht, möglichst zum sofortigen Eintritt. Näheres Elberfeld, Gesundheitsstraße Nr. 99, I. Etage.

Ein ordentliches sauberes

Dienstmädchen

in kleinen Haushalt gegen hohen Lohn sofort gesucht. **Frau Baumeister Jacobi, Neviges,** (Rhld.).

Ordentl. Dienstmädchen

in kl. Haushalt 1. Jan. oder Febr. n. J. ges. Barmen=Rittershausen, Feuerstr. 14.

Dienstmädchen,

durchaus tüchtig und zuverlässig, nach Weihnachten ges. Frau Victor Narath, Barmen, Altenmarkt 13.

Ordentl. Dienstmädchen

sofort ges. Elberf., Gesundheitsstr. 126.

Zuverl. fleiss. Dienstmädchen

für kleinen Haushalt auf 15. Dezember ges. Barmen, Oberdörnerstr. 68, I. Et.

Dienstmädchen

sofort ges. Elberfeld, Kipdorf Nr. 56.

Für **sofort** ein braves

Dienstmädchen

gegen **hohen** Lohn gesucht. Elberfeld, Elisenstr. 28, I. Etg.

Tüchtiges katholisches

Dienstmädchen

per 1. Februar gesucht. Zu melden bei Frau Wimmer, Barmen, Schützenstr. 71.

Tüchtiges Dienstmädchen

sofort gesucht. Hülfsprediger Harney, Barmen, evangel. Kirchstraße Nr. 9.

Junges Dienstmädchen,

welches zu Hause schlafen kann, für Hausarbeit und Ausgänge gesucht. — Barmen, Wertherstraße 1.

Zum 15. Januar ein

propres Dienstmädchen

mit g. Zeugn. ges. E., Nordstr. 60, 2 Tr.

Tüchtiges Dienstmädchen

geg. h. Lohn ges. Elberf., Weststr. 62.

Ordentl. Waschmädchen

sofort ges. Elberfeld, Blankstr. 30, II.

Stellengesuche

Anzeigen unter dieser Rubrik werden pro Zeile mit 10 Pfg. berechnet.

Junger Kaufmann,

firm in Buchführung, Expedition, auch tüchtiger Verkäufer, sucht bald oder 1. Januar Stellung. Selbiger würde event. Filiale übernehmen oder nachweislich gutgehendes Geschäft, gleich welcher Branche, kaufen. Kaution kann bei einer Vertrauensstellung in beliebiger Höhe gestellt werden. Gefl. Off. unter E 2713 an die Exped. dss. Bl. erbeten.

Junger Mann,

welcher seine Lehre beendet, sucht bei bescheidenen Ansprüchen Stellung. Off. unter R 16 an die Haupt=E dss. Blattes Barmen, Neuenweg 41

Vater und Sohn suchen Beschäftig letzterer kann auch schriftliche Arb besorgen. Elberfeld, Hardtstraße Nr

---

Ordentl. Fuhrknecht

sucht sofort Stelle. Näheres Elbe von der Heydtsgasse Nr. 6, am B

Junger Mann sucht **Lehrstell** einem Eisenwaaren=Detail=Geschäft. unt. E 2708 an die Exp. dss. Bl. erb

---

Eine Dame,

mit Stenographie und Schreibma vertraut, sucht Stelle. Solche, w sich praktisch einarbeiten kann, wird vorzugt. Gefl. Offerten unter R an die Haupt=Exp. B., Neuenweg 41

Junge Dame,

welche in allen Comptoirarbeiten auch in Korrespondenz, Stenogr und im Maschinenschreiben bewa ist, sucht, um sich zu verändern, p oder 15. Januar 1901 Stellung. unter R 12 an die Haupt=Exped dieses Bl. Barmen, Neuenweg 41

28jähr. Fräulein w. Stelle in ein. Fi event. ein Geschäft zu übernehmen. O R 29 an die Exped. B., Neuenweg 41

Perfekte Verkäuferin sucht Ste einem Eisen= und Haushaltungsge Martha Schmitz, Halzenberg b. Dh

---

Tüchtige Verkäuferin

mit gut. Zeugn. sucht per Januar in bess. Kolonialw.=Geschäft. Off. 8695 an die Exp. B., Berlinerstr.

Ordl. Mädchen sucht St zur Aushülfe in ein. Kolonialw.=Ge Näh. Elb., Bellealliancestr. 18, IV

Erstwärterin,

ärztlich geprüft, mit guten Zeugn sucht Stelle vom 15. Februar bis 15. April. Gefl. Offerten unter E an die Expedition dieses Blattes erb

---

Erst= od. Zweitwärterin s. z. 15. Ja Stelle; Frau sucht Stelle zu Kindern o kl. Haushalt; Küchen= und Zweitmä suchen zum 1. Mai Stellen in einem H durchs Elberfeld. Mädchenheim, Oststr

---

Junges

Kindermädchen,

welches schon als solches gedient sucht Stelle zu Kindern. Gefl. Off unter R 7 an die Haupt=Exped dieses Bl. Barmen, Neuenweg 41

Ält. Mädchen in den 30er Jahren s. als **Haushälterin** für sofort od. sp bei einzelner Dame oder Herrn ode kleinem Haushalt. Offerten unter an die Haupt=Exp. B., Neuenweg 41

Braves k. Mädchen,

in Küche und Haushalt sowie auc Nähen und Schneidern erfahren, Stelle als

Stütze der Hausfrau.

Off. unter R 24 an die Haupt=E dss. Blattes Barmen, Neuenweg 41